길드의 접수원

*uketsukejou*
*saikyou*

# 접수원

인데,
야근이 싫어서
보스를 혼자 토벌
하려고 합니다

[글] 코사카 마토
[ill] 가오우

**2**

# 1

굼뜨고 멍청하다. 그런 말을 자주 들었다.

공부도 못한다. 운동도 못한다.

뭘 해도 남들보다 못하고, 배우는 속도도 느려서.

그런 나라도 누군가에게 인정받고 싶었다. 아니, 아무것도 할 수 없으니까 누군가에게 인정받는 것으로 내게 존재가치가 있다고 믿고 싶었다. 자신감을 느끼고 싶었다.

그래서 힐러가 되었다.

왜냐하면 힐러는 '힐러' 이기만 해도 유용하고, 사람들이 찾는 존재였기 때문이다.

탱커 뒤에서 치유의 빛을 쏘기만 하면 됐다.

굼뜨고 멍청한 나라도 탱커 뒤에 숨어 있으면 남에게 폐를 끼치지 않았다.

쉽고, 안전하고, 게다가 필요한 역할이었다.

이보다 더 좋은 역할은 없다고 생각했다.

이 정도면 나도 할 수 있다고 생각했다.

나는 치사하다.

깨끗한 마음으로 타인을 배려하고, 동료에게 마음의 안식을 주는 힐러……. 그런 얼굴의 이면에서, 나는 어디까지나 영악하고, 교활하고, 비겁하고, 겁쟁이다.

그딴 추악한 마음으로, 아무런 각오도 없이, 힐러가 되었다.
——그딴 식으로 살았으니까, 동료가 죽었다.

## 2

아리나 클로버는 올해로 모험가 길드의 접수원 3년차다.

베테랑이라고 하기에는 경력이 짧지만, 신입 시기는 이미 지났고 업무도 어느 정도 익숙해질 무렵이다.

그런 아리나는 최근 어떤 '목표'를 설정했다. 그것은 목숨을 걸고 반드시 실현해야 할 중요한 목표였다.

"잘 다녀오세요!"

퀘스트 카운터에 서 있던 아리나는 퀘스트 발주를 마친 모험가를 웃으며 배웅했다.

창구가 바쁠 때는 뒤로 미루던 발주서 사무 처리도 그 자리에서 바로바로 끝낸다. 마지막으로 누락된 사항이 없는지 꼼꼼히 확인하고 발주서를 모으는 곳에 쌓아두었다.

"아, 평화롭다……!"

대도시 이피르에서도 가장 큰 규모를 자랑하는 퀘스트 접수처, 이피르 카운터.

그곳에 있는 다섯 개의 창구 중 하나에 선 아리나는 만족스러운 듯 중얼거리며 카운터 너머를 둘러보았다.

높은 천장에 달린 창문에서 은은한 햇살이 들어오고, 벽면을 가득 채운 퀘스트 보드를 보는 모험가들은 모두 차분하게 퀘스트를 선택하고 있었다. 벽시계의 바늘은 12시를 가리키며 점심시간임을 알리고 있었다. 오전 창구 업무는 아주 평온하게 끝나려 하고 있었다.

"자~ 점심시간이다!"

시내 시계탑이 정오의 종을 울리는 것과 동시에 아리나가 기지개를 켰다. 다른 창구에 서 있던 접수원들도 하나둘씩 점심 휴식에 진입한다. 아리나도 '오전 접수는 끝났습니다' 팻말을 내려놓고 의기양양하게 카운터를 떠나려 했다.

――그때였다.

"잠깐, 잠깐, 잠깐!"

큰 소리와 함께 덩치 큰 모험가 한 명이 이피르 카운터로 뛰어들었다.

잠시 당황한 나머지 발걸음을 멈췄는데―― 이것이 이후 아리나의 실책이 된다.

그 모험가는 다른 창구에는 눈길도 주지 않고, 아리나를 똑바로 보며 카운터에 달려들었다.

"세이프! 오전이 끝나기 전에 올 수 있었어!"

아니, 아웃인데……?

그야 아리나는 아직 카운터에 서 있지만, 이미 오전 접수 시간은 확실히 지났다.

하지만 '내가 알기로는 아직 오전 중임.'이라고 말하는 것처럼, 그 남자 모험가는 왠지 모르게 안도하는 한숨을 쉬고 땀을 닦아내면서 아무렇지도 않게 말했다.

"조금 급하게 발주하고 싶은 퀘스트가 있어서 말이야. 점심 시간이 되면 받아주는 데가 없는데, 아리나 씨라면 시간이 조금 지나도 괜찮을 것 같아서 달려왔어! 응, 정말 잘됐어! 자, 퀘스트 발주 부탁할게!"

응. 죽어.

얼어붙은 미소를 띤 입에서 무의식중에 마음의 소리가 흘러나올 뻔했다. 꾹꾹 참으면서도, 의도한 범행임을 눈치챈 아리나의 가슴속에 엄청난 살의가 치밀어 오른다.

이 남자는 고작 몇십 분만 편의를 봐주면 된다는 가벼운 마음으로 이토록 어리석은 짓을 저지른 것이겠지만── 까놓고 말해서, 큰 범죄다.

긴 근무 시간 중에서 귀중하디 귀중한 자유 시간. 우울한 인간관계에서 벗어나 마음을 해방할 수 있는 천국 같은 한 시간. 1분, 아니 1초도 낭비할 수 없는 그 시간을 희생하라는 것이다. 용서받을 수 없다.

"……."

그러나 아리나는 울분을 참을 수밖에 없었다.

세이프냐고 묻는다면 아웃이지만, 그렇다고 무조건 안 된다고 할 수도 없는, 최악의 타이밍이다. 적어도 발걸음을 멈추지 않았다면 몰랐다고 변명할 수 있었을 텐데.

"……그래요. 아직 괜찮습니다. 발주하실 퀘스트를 선택해 주세요."

이 말이 도대체 얼마나 착한 의도로, 얼마나 많은 희생을 치르고 나온 말인지, 이 모험가에게 한 시간 정도 시간을 들여서라도 알려주고 싶은 심정이다. 하지만 아리나는 모든 것을 꾹꾹 참으며 미소를 지었다.

이럴 때 가차 없이 쳐냈다가는 나중에 귀찮은 민원이 될 수 있다. 점심시간을 약간 희생하는 것과 불만 대응 보고서를 쓰는 바람에 업무가 늘어날 위험을 저울질하고── 결국 아리나는 전자를 택해 승낙한 것이다.

얼굴을 보자마자 알았지만, 이 남자는 아리나의 창구에 자주 줄을 서는 단골이었다. 남자의 얼굴을 마음속 블랙리스트에 넣고, 약간 입꼬리를 올리며 이것도 일이라고 자신을 타일렀다.

잠시 머릿속을 스쳐 지나가는 것은 반드시 성취하겠다고 마음속으로 다짐하고 세운 '어떤 목표'였다.

그래, 내게는 그 목표가 있다. 지금은 안이하게 불필요한 일을 더 늘릴 수 없다──.


\* \* \* \*


"점심땐 재수가 없었네요, 아리나 선배."

책상에서 늦은 점심시간을 보내고 있던 아리나에게 누군가 말을 걸었다.

동그랗고 까만 눈과 힘차게 흔들리는 트윈테일이 인상적인, 귀여운 소녀다. 아리나보다 두 살 어린 후배로, 올해 입사한 신입 접수원 라일라다.

"진짜 재수가 없어……."

유치하게 입술을 시옷자로 만들고 화풀이하듯 점심 끼니용 빵을 입에 가득 넣는다.

결국 이런저런 이유로 발주 절차가 길어지면서 점심시간의 절반이 날아갔다. 아리나는 평소 밖에서 점심을 먹는데, 그럴 시간도 없이 책상에서 점심을 먹게 된 것이다.

"아슬아슬한 시간에 오는 사람일수록 귀찮은 일을 맡기는 이유가 뭐야……? 모처럼 요즘은 야근도 없고 평화로웠는데…… 성수기도 아닌데 왜 점심시간에 일해야 하냐고……!"

살의를 활활 불태우는 아리나를 보고 놀란 듯 라일라가 눈을 휘둥그레 뜨고 말했다.

"선배, 화나서 얼굴이 이상해졌어요……! 선배는 가만히 있으면 엄청나게 미인이니까, 세상 모든 남자의 망상을 깨부수는 마물 같은 얼굴은 하지 마세요……!"

"미인이든 마물이든 신성한 점심시간을 망친 분노는 평등해."

입에 가득 넣은 빵을 꿀꺽 삼키고, 아리나는 고개를 들어 눈을 흘겼다.

아리나 역시 모험가들 사이에서 은근 인기가 있는 미소녀다.

길고 윤기가 도는 검은 머리, 커다란 비취색 눈동자가 사랑스럽고, 부드럽고 고운 피부와 날씬한 몸매. 조용히 웃고 있으면 저절로 눈길이 간다는, 열일곱 살의 꽃다운 처녀다――.

하지만 지금 그 표정은 감출 생각이 없는 증오로 일그러졌고, 분홍색 입술은 삐뚤어졌으며, 사랑스러운 비취색 눈동자는 살의로 이글거리며 살벌한 기운을 드러내고 있었다. 그래서 귀한 미소녀가 망가진 것이다.

"내 점심시간을 망친 그 빌어먹을 모험가 새끼⋯⋯! 용서할 수 없어⋯⋯! 죽어 마땅해⋯⋯!"

"지금 아리나 선배한테는 무슨 말을 해도 소용없네요⋯⋯."

모처럼 예쁘장한 얼굴을 감추지 않는 분노로 일그러뜨리는 아리나를 본 라일라는 다 포기하고 한숨을 쉬었다.

"하지만 거절해도 됐잖아요?"

"귀찮은 일이 늘어날 가능성을 조금이라도 없애고 싶었어."

흥, 하고 콧방귀를 뀌며 아리나는 주먹을 꽉 쥐었다.

"이게 다 올해는 반드시 달성해야 하는 '목표'를 위해서⋯⋯!"

"목표요?"

"그래⋯⋯."

아리나는 벽에 붙은 전단지를 대충 흘겨봤다.

낮에 불합리한 발주를 처리하는 동안 화가 나서 눈을 부릅뜬 탓에 핏발이 서고 피곤한 눈이지만, 그래서인지 어떻게 보면 엄청난 패기가 깃들어 있다. 그 눈을 더욱 크게 뜨고, 아리나는 외쳤다.

"백년제야!!!! !!!"

모험가들이 많이 찾는 이피르 카운터 벽에는 홍보를 위해 다양한 전단지가 붙어 있다. 그중 하나에는 일주일 앞으로 다가온 축제의 전단지가 붙어 있었다.

백년제.

대도시 이피르가 대대적으로 개최하는 최대 규모의 축제다. 원래는 과거 이 헬카시아 대륙에 존재했던 '선인'을 모방하고 그들을 연구하는 일환으로 행해진 것이지만, 지금은 주로 모험가들이 시끌벅적 놀기 위한 구실로 전락했다.

하지만 매년 열리는 백년제는 그 열기를 더해가며 이피르의 명물로 자리를 잡았다. 3일 밤낮으로 열리는 축제에는 도시 밖에서도 손님이 찾아올 뿐만 아니라 '사람이 있는 곳에 장사가 있다'는 말이 있듯이 각지에서 실력 있는 요리사, 행상인, 심지어는 곡예사도 노점을 차려 북새통을 이룬다.

그 풍경에서는 선인들이 이 땅에 오래전부터 전해지는 '신(디아)'에게 힘을 바라며 실시한 엄숙한 의식 행위를 흔적도 찾아볼 수 없다. 그저 마시고 노는 일대 이벤트가 되었다.

백년제가 가까워지면서 도시 전체도 들뜨기 시작했다. 그 들뜬 기분을 느끼며, 아리나는 주먹을 쥐고 답답한 속내를 토해냈다.

"작년에도, 재작년에도, 야근에 쫓겨 백년제에 가지 못했어······! 축제 음악을 들으며 혼자 야근하는 것이 얼마나 힘들었는지······! 이제는 고문에 버금가는 고통과 분노······!"

"하긴····· 그렇죠·····. 별로 상상하고 싶지 않아요······."

"올해야말로! 백년제 당일, 정시 퇴근을 사수하는 거야!"

척! 하고 깃펜으로 저 멀리 하늘을 가리키는 모습은 마치 병사들을 이끌고 전장으로 돌격하는 전쟁신 같다. 아니, 그만큼 목표에 대한 아리나의 의지는 강했다.

"그리고 축제를 3일 밤낮으로 한껏 즐기는 거야!!"

그렇다. 이것이 바로 접수원 3년차인 아리나에게 가장 큰, 가장 중요한 '목표'였다.

이피르에 3년 넘게 살면서 아직 백년제를 한 번도 즐기지 못했다는 게 말이 될까? 아니다. 올해만큼은 꼭 가고 싶다. 가야만 한다.

비록 노동과 시간을 바치고 돈을 받아 생활하는 신세일지라도, 인간에게는 누구나 좋아하는 것을 즐길 권리가 있다. 자기 시간을 자유롭게 사용할 권리가 있다. 그 소중한 권리를, 야근이라는 무자비한 노동으로 무참히 짓밟아서는 안 된다.

이것은 더 이상 '야근만 하면 지겨우니까 가끔은 축제에 가고 싶다'는 식의 어설픈 이야기가 아니다. 한 노동자가 인간의 존엄성을 되찾고, 자유를 쟁취하는 것과 다름없는 투쟁이다······!

"백년제, 저도 기대하고 있어요!"

아리나의 열기에 이끌려 라일라의 눈도 반짝반짝 빛났다.

"이피르의 일대 이벤트! 제가 이피르의 접수원을 지망한 이유에는 이피르에서 살면 매년 백년제를 즐길 수 있다는 것도 있어요~!"

그리고 라일라가 무언가를 깨달은 듯 고개를 갸웃거렸다.

"어? 그런데 백년제 당일은 그렇게 힘을 주지 않으면 정시에 퇴근할 수 없는 건가요……? 요즘은 야근도 없으니까, 이런 식이면 당일에 후다닥 일을 끝마치고 퇴근하면 되잖아요! 우리는 '접수원'이잖아요?"

"라일라. 네가 무슨 말을 하고 싶은진 알겠어."

접수원. 모험가들의 퀘스트 발주 처리를 하고, 기록하고, 위험한 던전으로 가는 모험가들을 친절하게 배웅하는 공무.

평생직장으로 불리는 접수원은 어지간해선 실직하지 않는 철밥통이고, 모험가와 달리 위험하지도 않으며, 사회적 신용도 좋고, 평생 월급이 보장되는, 완벽하고 이상적인 직업이다. 비록 땀내 나고 허세가 심한 모험가들에게 친근하게 웃음을 팔고, 보람이고 뭐고 없는 사무를 무덤덤하게 처리해야 하지만 —— 기본적으로 업무 내용이 편하다.

"하지만 그 생각은 너무 안일해……. 그리고 너무 멍청해."

"어?"

"백년제 당일, 이곳은 전장이 될 거야."

"어어?!"

깜짝 놀란 라일라가 눈을 휘둥그레 뜨자, 아리나는 오랜 원한이 담겨 차가운 목소리로 대답했다.

"왜냐면…… 백년제 기간에 발주한 퀘스트는 달성 보수를 평소보다 더 많이 주기 때문이야……. 그 가증스러운, 피로써 피를 씻는, '백년제 특별 보너스 기간'이기 때문이야……."

"트, 특별 보너스 기간?!"

라일라는 벼락에 맞은 것처럼 비틀거렸다.

"잠깐만요, 달성 보수를 더 준다고요?! 그게 뭐예요! 그런 소리는 처음 들어요!"

"요전번에 길드 본부에서 슬그머니 연락이 왔잖아. 중요한 것일수록 스리슬쩍 오니까 자기 책임하에 잘 확인하고 준비해 두지 않으면 갑자기 뒤통수를 세게 맞고 죽을 거야."

아리나도 1년차에 연락 확인을 깜빡 잊었다가 뒤통수를 세게 맞고 나가떨어졌는데, 같은 실수를 저지른 라일라에게 뻔뻔한 얼굴로 잔소리를 늘어놓는다.

"보너스 기간에 발주하려고 그동안 숨죽이고 있던 모험가들이 떼로 몰려올 거야……. 그러니까 알겠지? 백년제 기간에 근무 시간 내로 처리해야 할 업무량이 얼마나 많을지. 도대체 몇 시에 퇴근할 수 있을까? 이렇게 되면 기다리는 건 죽음뿐이야."

"죽음……!"

"나는 여태까지 백년제 당일의 야근 때문에 축제를 즐길 겨를이 없었어……!"

평소에는 정시 퇴근이 가능한 접수원의 일터도, 특정 조건이 갖춰지면 격무와 야근 지옥으로 뒤바뀐다.

새로운 던전이 발견되거나, 어딘가의 던전에서 완전 공략이 눈앞에 다가오거나── 이번처럼 길드에서 이벤트 기분으로 달성 보수를 더 주는 식의 파격적인 시책을 실시하면, 욕심에 눈이 먼 모험가들이 몰려든다. 그리고 미친 듯이 퀘스트를 발주하여 야근의 폭풍을 일으키는 것이다.

그런 야근 지옥 중에는 건전하고 문화적인 최소한의 생활도 맨발로 도망칠 만큼 바쁘다.

죽기 살기로 야근하고, 기어가듯 집에 도착하면 이미 녹초가 되어서, 쥐꼬리만큼 남은 힘으로 만든 허접한 음식을 속에 욱여넣은 다음 기절하듯 잠들 뿐…… 물론 축제를 구경하러 갈 기력은 없고, 애초에 그때쯤이면 다 끝났다.

"해마다 길드에서 벌이는 이 야비한 보수 할증 작전에 나는 완패했어……. 방대한 사무를 처리하지 못해 야근에 쫓겨 백년제에 가지 못했어……!"

"야비하다뇨."

"모험가들은 머릿속이 텅텅 비어서 참 좋겠네……. 보너스 기간에만 발주하고 백년제가 끝난 다음에 무사히 달성하면 축제도 즐기고 할증된 보수도 받을 수 있으니 꿩 먹고 알 먹기잖아……. 그렇다면 당연히 사방에서 벌레처럼 무한정 기어나오겠지?"

"아리나 선배…… 눈이 무서워요……."

"이걸 봐."

아리나의 범상찮은 기백에 몸을 떠는 후배를 무시하고, 탕! 하고 종이 뭉치를 책상에 내리쳤다. 앞면에는 거창한 글씨체로 '백년제 특별 보너스 기간 완전 공략 매뉴얼'이라고 적혀 있었다.

"이……이건……?!"

"내가 2년간의 경험을 바탕으로 정리한, 백년제 보너스 기간의 발주 러시 처리용의, 경향과 대책을 정리한 매뉴얼이야……. 나는 언제까지고 야근에 찌든 패배자가 되지 않을 거라고! 그리고!"

아리나는 책상 구석에 소중히 보관하던 소책자 하나를 펼쳐 보였다.

그것은 주로 관광객들에게 나눠주는 백년제에 대한 자세한 내용이 담긴 가이드북이었다. 휴대할 수 있을 정도로 작으면서도 조금 두툼하고, 3일 동안의 축제 프로그램, 노점 배치, 활기찬 축제 그림이 있다. 원래는 이피르 밖에서 온 사람들에게 축제 안내용으로 나눠주는 거지만, 아리나는 누구보다도 일찍 입수해 이미 세세한 주석을 여럿 달았다.

"백년제 실행위원회에서 발행한 공식 일정은 이미 다 외웠어. 꼼꼼한 탐문 조사로 매년 줄을 서서 기다리는 품절 확정의 인기 노점의 위치도 완벽히 파악했고. 구경하고 싶은 가게를 엄선하고, 가장 빠르고 효율적으로 모든 것을 아우를 수 있는 동선은 세 가지 패턴까지 상정을 마쳤어……! 이제 백년제 당일 3일 동안 야근 없이 퇴근하기만 하면 돼……!"

"대……대단해요…… 그동안 야근에 억눌린 만큼 백년제에 대한 열의가 엄청나네요……."

"후후…… 우후후후후후후…… 기다려, 백년제……. 접수원 3년차인 나한테는 지금까지 쌓은 경험과 기술이 있어! 올해는 기, 필, 코! 정시에 퇴근해서 백년제를 3일 밤낮으로 즐겨주겠어……!"

백년제에 대한 한층 뜨거운 열의와 함께 검은 불꽃을 이글이글 태우며, 아리나는 주먹을 불끈 쥐었다.

3

"아아, 정시 퇴근은 정말 멋져……!"

아리나의 흥겨운 목소리가 이피르의 큰길로 빨려든다.

일용할 양식에 대한 고마움을 잊지 않는 것과 같은 감각으로, 정시에 퇴근할 수 있는 날에 정시에 퇴근하는 기쁨을 곱씹는 것은 중요하다. 야근이라는 지옥의 맛을 아는 사람만이 아는 기쁨이다.

일을 마치고 집에 가는 이피르 주민들. 그들과 함께 아리나도 직장을 떠나 집으로―― 아니, 오늘은 집에 가기 전에 잠깐 샛길로 빠졌다.

 "안녕하세요!"

 활기찬 인사와 함께 단골 가게 안으로 들어간다. 벽돌로 지어진 아담한 가게 안에는 유물 기술을 응용한 냉장 보관고가 있고, 그 안에는 다양한 케이크가 진열되어 있었다.

 "이거랑 이거랑 이거랑 그리고 이것도 주세요."

 케이크를 왕창 산 아리나는 흐뭇한 미소를 지으며 이제 집으로 향했다.

 퇴근길의 케이크 대량 구매. 이런 사치가 허락되는 것은 사회인이기 때문이다. 그리고 무엇보다 중요한 것은 아직 가게가 영업하는 시간에 퇴근할 수 있다는 점!

 "이것이 정시 퇴근의 승리자에게 허락된 특권……!!"

 야근 중에 야식으로 먹어도 전혀 맛있지 않다. 일에서 해방되어 정시에 퇴근하고, 사랑하는 집에서 느긋하게 혼자 단것을 먹어 치운다. 이것이 아리나가 아는 최고의 정시 퇴근 루틴 중 하나다.

 "집에 가서 케이크 많이 먹어야지~!"

 흥겨운 아리나의 시선이 문득 지나가던 대광장의 중심으로 갔다.

 이피르의 중심에 있는, 돌로 포장된 대광장. 거대한 청수정

전이장치와 분수가 있는 깔끔한 광장은 한 달 뒤에 있을 백년
제를 앞두고 평소보다 조금 어수선했다.

광장에는 목재가 산더미처럼 쌓였고, 일시적으로 물을 막은
분수는 천을 씌워서 가렸다.

백년제 마지막 날, 축제 열기가 최고조에 달하는 밤에 선보이
는 특설 무대다.

자랑은 아니지만(정말 자랑이 아니다), 아리나는 지금까지
야근 지옥을 여러 번 돌파했다. 그때마다 업무 처리 속도가 빨
라지고, 실수하는 횟수가 줄어들었다. 최근 들어서 접수원으
로서 확실한 성장을 느끼고 있다.

(갈 수 있어……! 올해는! 백년제를, 반드시 갈 거야……!)

지금까지 눈물만 삼켰던 백년제. 지금이 설욕할 때다——.

"아리나 씨!"

그런 결심이 넘쳐나는 아리나를, 갑자기 들뜬 목소리로 부르
는 소리가 들렸다.

상큼한 웃음을 뿌리며 한 모험가가 뛰어오고 있었다.

지나가다 보면 무심코 다시 쳐다보게 될 정도로 얼굴이 잘생
긴 청년이다. 평균 신장보다 머리 하나 정도 큰 키, 경갑에 딱
들어가는 몸은 탄탄하며, 거대한 유물 무기인 대형 방패<sup>라이트아머</sup>를 등
에 짊어지고서도 가뿐하게 달려온다. 지나가는 여자들도 무심
코 쳐다보고, 그 정체를 알아차린 사람들은 작은 환희의 비명
까지 지른다.

"……."

미남이 라이트아머를 장비하고 걷고 있다. 그 말에 딱 들어맞는 남자가 한눈팔지 않고 아리나를 향해 뛰어오는데── 아리나의 표정은 여전히 딱딱하다. 아니, 눈썹 사이에 주름이 심하게 잡혀 있었다.

"뭔데?"

의도치 않게 낮게 깔린 목소리가 입에서 흘러나온다. 달려온 제이드는 잠시 멈춰서 말없이 얼굴을 찡그린 아리나를 가만히 바라보더니, 이내 작은 한숨과 함께 감격에 겨워 목청을 떨었다.

"아아…… 한 달 만의 아리나 씨 성분이야……!"

"변태 발언은 그만하시지?"

나타난 것은 이피르에서 산다면 이름을 모를 리가 없는── 길드 최강의 모험가로 명성을 떨치고 있는 제이드 스크레이드다.

석양을 반사해서 빛나는 은발, 신이 축복한 얼굴, 타고난 체격. 그것만이 아니라 그는 모험가 역사상 최초로 한 개만 있어도 대놓고 기뻐하는 초역<sup>시구르스</sup> 스킬을 세 개나 각성한, 길드 최강으로 불리는 탱커다. 모험가 중에서도 엄선된 강자들이 모인 정예 파티 《백은의 검》의 일원이기도 한 그는 약관 열아홉 살에 리더를 맡은 천재 모험가다.

하지만 화려한 겉모습과는 달리 심각한 스토커이기도 했다.

한 번 눈에 띄면 그걸로 끝장. 때려도 독설을 퍼부어도 다가온다. 죽을 뻔해도 바퀴벌레 같은 생명력을 발휘해 죽음의 구렁텅이에서 벗어나 다가온다. 좀비 같은 남자다.

"퇴근했어? 아리나 씨?"

"어차피 몰래 봐서 알 거잖아."

"그래. 그래서 왔어!"

"아, 그러세요……."

미안해하는 기색도 없이 뻔뻔하게 긍정하는 것을 넘어서 당당하게 구는 바람에, 아리나는 인상을 썼다.

"아리나 씨. 그보다도 나는 말이야. 마음속 어딘가에서 조금은 믿었어."

아리나가 가슴속으로 백 번쯤 욕을 하는 동안 제이드는 무언가를 슬쩍 말문을 열었다.

"한 번쯤은, 불쑥, 병문안을, 와 줄 거라고……."

"……."

일부러 강조한 '병문안'이라는 말에, 아리나는 시선을 홱 돌렸다. 한편, 제이드는 실망한 듯 어깨를 축 늘어뜨리고 딱 봐도 슬픈 투로 말했다.

"아주 깔끔할 정도로 한 번도 오지 않았잖아……."

"내가 왜 네 병문안을 가야 하는데."

"나는 시구르스 스킬을 써서 근처에 아리나 씨의 기척이 없는지 계속 살폈어……."

"잠자코 잠이나 자."

"그랬는데 한 번도 느끼지 못했지……."

"그야 근처에 얼씬거리지도 않았으니까 당연하지."

"함께 죽을 고비를 넘긴 동료잖아?!"

"어쩌다가 같은 자리에서 우연히 함께 싸웠을 뿐이거든요."

"그럴 수가……!"

"그 이전에 3개월 자택 요양이 아니었어? 아직 한 달밖에 안 지났는데."

그렇다. 이 녀석이 지금 여기서 기운차게 한탄하는 게 이상하다. 한 달 전에 들은 바로는 전치 3개월의 큰 부상으로 모험가 활동을 자제하고 자택 요양 중이라고 했다.

덕분에 지난 한 달은 정말 평화로웠다. 스토킹 피해도 없고, 퇴근길에 잠복당하지도 않아서 혼자만의 시간을 즐길 수 있었는데. 그런데 왜 이 "변태 스토커 백은 바퀴벌레 놈이 벌써 풀려난 거야?"

"마지막에 마음의 소리가 입에서 나왔는데요, 아리나 씨."

"진심이니까."

"후후후. 내 생명력이면 웬만한 부상은 한 달에 다 낫는다고, 아리나 씨."

"아, 그래……?"

그럴 리가 없지만, 더 말하면 입만 아프니까 아리나는 적당히 말을 끊고 한숨을 한 번 쉬며 인적이 뜸한 뒷골목으로 들어섰다. 속은 완전 스토커 같은 제이드지만, 일단은 길드 간부급과 동등한 지위에 있는 정예 파티의 리더다. 여러모로 너무 눈에 띈다. 애초에 길드의 일개 접수원에 불과한 아리나가 길거리에서 함부로 욕설을 퍼부을 상대가 아니다.

뭐, 요즘은 제이드가 너무 당당하게 아리나에게 호의를 들이대는 바람에 오히려 주변 주민들이 신경 써서 모른 척할 정도지만.

"그나저나 그 이야기는 생각해 봤어?"

아리나를 따라 뒷골목을 걷던 제이드가 문득 새로운 화제를 꺼냈다.

"어떤 이야기?"

"그야 뻔하지!《백은의 검》에 들어가는 이야기야!"

눈을 반짝이며 제이드는 검지를 척 세웠다.

"한 달 전, 아리나 씨도 백은의 일원으로 우리와 함께 마신이라는 미지의 강적과 사투를 벌였잖아! 그걸 계기로 아리나 씨도 모험가의 업무 내용을 이해하고 백은에 관심이 생기지 않았을까 싶어서."

"안 생겨."

퉁명스럽게 말하면서 아리나는 담담하게 발걸음을 옮겼다.

"아리나 씨의 힘이라면 모험가가 되어 억만장자가 되는 것도 꿈이 아닌데?"

"내 꿈은 억만장자가 되는 게 아니라 접수원으로서 평! 온!

하게! 사는 거야! 애초에 한 달 전에도 도와주면 이피르 카운터 인력을 늘려주고 야근을 없애준다고 해서 열심히 일한 거잖아! 영원히 내버려둬 줄래?"

"큭…… 뭐, 그렇게 말할 줄 알았어."

제이드는 여전히 포기하지 않고 끙끙댄 뒤, 뒤적뒤적 종이 한 장을 꺼냈다.

"그래서 오늘은 절충안을 가지고 왔어."

"절충안……?"

"한 달 동안 한가했으니까. 아리나 씨가 접수원 일을 하면서 백은의 일원이 될 방법을 쭉 생각했어. 즉, 이렇게 하면 모든 게 해결되겠지……. 봐!"

"무슨……."

제이드가 의기양양하게 내민 서류 한 장을 보고, 아리나는 얼어붙었다.

그 서류에는 거창한 글씨로 이런 내용이 적혀 있었다. '《백은의 검》 대표 제이드 스크레이드의 명령에 따라 아리나 클로버를 《백은의 검》 전속 접수원으로 임명한다.'

"이……게…… 뭐야."

길드의 인장까지 꼼꼼하게 찍힌 그 서류를 멍하니 읽는 아리나에게, 제이드는 의기양양하게 입꼬리를 올렸다.

"《백은의 검》의 리더인 내게는 백은의 전속 접수원을 임명할 권한이 있어. 이건 내가 길드 마스터와 직접 담판을 지어서 억지로 얻어낸 거니아아아아아! 임명장을 찢어버리지 말라고!"

아리나는 무표정하게 임명장을 낚아채자마자 망설임 없이 네 등분으로 찢고, 허둥대는 제이드를 흘겨보며 뭉쳐서 내던졌다.

"장난치지 마. 바퀴벌레 스토커 놈……."

"바퀴벌레?!"

"백은의 전속 접수원이라고 하면 밤낮을 가리지 않고 퀘스트 발주가 쏟아져 휴일도, 개인 시간도, 아무것도 없는 초절정 혹사 환경이잖아!!"

아리나가 소리치자, 제이드의 표정이 딱딱해졌다.

"아, 아니, 그렇진 않은데?"

"네 권력으로 나를 백은의 전속 접수원으로 만들겠다면 한번 해봐……. 원형을 유지할 수 없을 때까지 망치로 다져서 태어난 걸 후회하게 해줄게……."

음침하게 중얼중얼 말하면서, 아리나는 아무것도 없는 허공에서 거대한 은색 워해머를 출현시켰다.

아리나가 가진 신역 스킬, 〈거신의 파쇄추〉다.
디 아      디아 브레이크

현재 아리나만이 보유한 최강 스킬이며, 과거 이 땅에 존재했으며 '디아니아(신의 나라)'로 불릴 만큼 발전한 국가를 건설한 '선인'들과 동급의 힘이라고 한다.

하지만 아리나에 따르면 이 힘에 그런 화려한 일화는 하나도 없다. 선인들은 '디아'로 추앙받는 신적 존재로부터 축복을 받아 힘을 얻었다고 하지만, 아리나가 〈디아 브레이크〉를 각성한 것은 야근에 지친 결과다.

아무튼 여러모로 대단한 능력이지만, 아리나는 그것을 눈앞에 있는 스토커를 때려죽이기 위해서만 발동시켰다.

분노로 목청을 떠는 아리나와 워해머를 본 제이드가 황급히 거리를 벌리면서, 그래도 포기하지 않고 목소리를 높였다.

"내내내내내내, 내 권력을 쓰면 말이지! 아리나 씨의 인사 발령 정도는 마음대로 할 수 있다고!"

제이드의 말을 듣고, 아리나의 눈썹이 곤두섰다.

"아하, 그래? 그런 말을 하는구나. 그래, 네가 진심인 건 자~알 알겠어."

"진짜? 그러면 백은에 들어와서 끄허억!!!"

잠시 기뻐서 환하게 웃은 제이드의 얼굴에, 곧바로 아리나의 워해머가 정통으로 꽂혔다. 제이드의 강인한 몸은 가볍게 날아가 나선을 그리다가 바닥에 미끄러지고, 골목길 담벼락에 세게 부딪히고 나서야 겨우 멈췄다.

"권력이 뭐 어째……? 나는 접수원 인생이 위기에 처했다고……!"

"저기…… 잠깐…… 모처럼 아문 상처가 다시…….."

"끈질기다고 이 빌어먹을 백은 놈아아아아아아아!!"

"끄아아아아아악!"

아리나가 워해머를 휘두르자 제이드는 비명을 지르며 도망

첬다. 그렇게 대도시 이피르의 평화로운 황혼에 무시무시한
타격음과 청년의 비명이 울려 퍼졌다.

4

　다음 날 아침. 접수 시간 전의 이피르 카운터.
　선배나 상사는 아직 출근하지 않은 조용한 접수처에서, 아리
나는 라일라와 함께 걸레를 들고 응접실 창문과 벤치를 닦고
있었다. 말단 직원의 숙명, 아침 직장 청소다.
　"자~ 오늘도 빠릿빠릿하게 일해야지! 백년제를 위해!"
　"선배, 열정이 넘치시네요!"
　아리나가 유난히 활기찬 모습을 보이자, 라일라 역시 얼굴이
환하게 빛났다.
　"활기찬 선배를 보면 왠지 여러모로 안심할 수 있어요!"
　"후. 당연하지. 올해는 백년제를 꼭 즐길 거니까."
　어쨌든 아리나에겐 백년제 구경이라는 긍정적 목표가 있다.
　눈을 지그시 감고 아리나는 며칠 후의 찬란한 미래를 상상했
다. 흥겨운 축제 음악이 울려 퍼지는 가운데 노점을 돌아다니
며 맛있어 보이는 음식을 마음껏 먹고, 각지에서 모인 진귀한
물건들을 사고, 맛있는 술을 마시며 밤늦게까지 축제를 즐기
는 미래의 자신을. 상상만 해도 무한한 힘이 솟아난다. 어쩜 이
렇게 멋질까, 백년제는————.

"그런데 요즘은 왠지 발주량이 조금 많은 것 같지 않나요? 아리나 선배."

문득 라일라가 던진 질문에 백년제에 대한 환상에 빠져 있던 아리나는 갑자기 흠칫하며 표정을 굳혔다.

"평소와 다름없이 평화롭지만, 손님이 조금씩 끊이지 않는다고 해야 할까요? 아직 백년제 특별 보너스 기간도 아닌데 왠지 이상해요. 그렇지 않나요?"

"아, 그러네."

의아한 듯 고개를 갸웃거리는 라일라의 옆에서, 아리나는 시원찮은 투로 맞장구를 쳤다.

라일라의 의문은 아리나도 분명히 감지하고 있었다. 아니, 이피르 카운터의 1일 발주량을 집계하는 일도 하는 아리나는 사실 명확한 수치로 전년도의 같은 기간과 비교해서 확연히 다른, 많아진 발주량을 확인했다.

"왜 그럴까?"

하지만 아리나는 굳이 대답하지 않고 얼버무렸다.

그 작은 이상 현상의 원인이 최종적으로 자신에게 있다는 사실을 알기 때문이다.

"역시 한 달 전에 '비밀 퀘스트'를 발견한 영향일까요……."

아리나는 얼버무리고 했지만, 라일라는 그 원인을 정확히 짚어냈다.

"그럴……지도 모르겠네……."

모험가를 대상으로 한 의뢰는 개인적인 것부터 던전 공략까지 다양하다. 그 퀘스트들은 모두 모험가 길드에 모여서 하나도 빠짐없이 공개된다.

그런 일반 퀘스트와 전혀 다른 존재인 비밀 퀘스트는 모험가 길드를 비롯해 누구에게도 공개되지 않는 퀘스트를 말한다.

'비밀 퀘스트를 발주하면 숨겨진 던전이 등장한다', '특별한 렐릭을 얻을 수 있다' 등 다양한 억측이 오랫동안 모험가 사이에서 떠돌았다. 비밀 퀘스트는 단순한 헛소문에 불과했다.

──한 달 전까지만 해도.

"그런데 설마 비밀 퀘스트가 렐릭에 숨겨져 있었다니, 정말 대단하네요!"

라일라는 의문을 쉽게 떨쳐버리고, 그 대신 호기심이 가득한 눈치로 눈을 반짝였다.

"도대체 누가 발견한 걸까요? 렐릭은 가장 단단한 물질이잖아요? 그걸 파괴하면 엄청난 괴물이겠죠?!"

"뭐…… 그렇겠지……. 누구일까?"

아리나다.

식은땀을 살짝 흘리며, 아리나는 고개를 딴 데로 돌리고 맞장구를 쳤다.

무엇을 숨기랴. 한 달 전, 아리나는 우연히 렐릭을 파괴하고 그 안에 숨겨져 있던 비밀 퀘스트를 발견하고 말았다. 그리고 소문대로 숨겨진 던전인 '하얀 상아탑'이 등장했다.

세간에 공표된 바에 따르면, 하얀 상아탑은 《백은의 검》이 도전해 죽음의 위기에 몰리면서도 완전히 공략했다고 한다. 그러나 그 공략에는 아리나가 깊이 관여했다.

어쨌든 비밀 퀘스트가 실제로 있고, 전설대로 숨겨진 던전도 진짜 출현한다는 사실은 이미 널리 알려진 사실이었다.

그리고 일부 모험가 사이에서는 비밀 퀘스트를 찾기 위해 던전에 널린 렐릭을 하나둘씩 회수하는 움직임이 나타나기 시작했다. 다들 숨겨진 던전에 잠들어 있다는 '특별한 렐릭'을 찾는 것이다. 최근 들어 발주량이 조금씩 늘고 있는 이유다.

"애초에 숨겨진 던전은 위험하니까 함부로 비밀 퀘스트를 찾지 말라고 길드에서 재차 경고했는데…… 이놈이고 저놈이고 죽고 싶은 거야? 정예인 《백은의 검》도 숨겨진 던전 공략으로 죽을 뻔했잖아?"

"그래도 찾아볼 거예요. 비밀 퀘스트를 찾으면 숨겨진 던전에 있는 특별한 렐릭을 얻을 수 있다고요! 즉, 보물이죠!"

"……."

렐릭. 과거에 이 헬카시아 대륙에서 번영을 누리다 하루아침에 멸망한 선인들이 고도로 발달한 기술로 만들어 남긴 유산이다.

그들이 멸망한 현재는 렐릭과 동등한 것을 만들기가 어려워서, 잃어버린 기술이 담긴 렐릭은 비싼 값에 팔 수 있다. 모험가들에게는 더없이 귀중한 보물이다.

"렐릭 중에서도 특별한……! 분명 금은보화도 맨발로 도망가는 엄청난 물건일 거예요!"

"그럴지도 모르겠네. 궁금한걸."

"마음이 눈곱만치도 안 담긴 말은 하지 말죠, 선배."

"관심 없으니까."

하지만 아리나는 알고 있다. '특별한 렐릭'의 정체를.

금은보화……처럼 꿈같은 게 아니다.

인간을 모방하고, 감정과 지성을 가지고, 움직이고, 말하고, 창을 휘두르고, 지나치게 튼튼한 몸과 여러 개의 디아 스킬을 구사하며, 웃으면서 사람을 죽이는――덤으로 아리나의 야근도 방해한――엄청난 민폐의 화신, '마신'이라는 이름을 가진 살아있는 렐릭. 그것이 바로 특별한 렐릭의 정체다.

숨겨진 던전에서 잠들어 있던 마신은 인간의 영혼을 먹어서 부활하고, 길드의 최강 탱커인 제이드를 심심풀이 삼아 빈사 상태로 만든 강적이었다. 더군다나 그것이 하나만 있는 것이 아니라 아직 여러 마신이 이 땅에 잠들어 있다고 하니, 정말이지 귀찮은 일이 아닐 수 없다.

한 달 전, 아리나의 디아 스킬로 간신히 물리쳤지만, 솔직히 말해서 야근보다 더 무서운 존재다. 아무것도 모르는 모험가에 의해 숨겨진 던전이 출현하고, 그 안에 잠들어 있는 마신을 깨우면 도저히 견딜 수가 없다.

하지만 특별한 렐릭의 정체에 관한 정보는 혼란을 초래한다는 이유로 일절 비밀에 부쳐져 일반인에게는 공개되지 않았다. 아리나 역시 모험가 길드의 마스터인 그렌 갈리아에게 마신에 대해 함구하라는 지시를 받았다.

"그, 그건 됐고! 오늘도 열심히 일하자."

걸레를 꽉 쥐고, 아리나는 억지로 화제를 바꿨다.

"백년제를 위한 싸움은 지금 이 순간부터 시작이야⋯⋯!"

"그러고 보니 선배, 어제는 깜빡하고 못 물어봤는데요⋯⋯."

문득 라일라가 손을 멈추고 미심쩍은 기색으로 아리나를 돌아보더니, 갑자기 입꼬리를 올렸다.

"그토록 백년제에 목숨을 걸고 있다는 건⋯⋯ 애인이 있는 거군요?!"

"애인?"

예상하지 못한 지적에 놀란 아리나는 눈을 깜빡였다. 그러자 라일라가 바짝 다가와 눈을 음흉하게 뜨고 아리나를 팔꿈치로 쿡 찌른다.

"아이참, 아리나 선배~ 딴청 부리지 않아도 되는걸요? 백년제라고 하면 완전 데이트 이벤트의 정석이잖아요!"

"그게 뭐야?"

"어?"

"난 몰라."

"백년제에서 데이트한 커플은 백년 동안 함께한다는 말이 있잖아요? 그래서 멀리서 찾아오는 커플도 있다는데⋯⋯."

"흐응."

알 리가 없다. 이피르에 온 뒤로 백년제 기간에는 야근만 했으니까. 눈곱만큼도 관심이 없는 쓰레기 정보를 한 귀로 흘리고, 다시 아무렇지 않게 걸레질을 하려는 아리나의 어깨를 라일라가 붙잡아 뒤로 끌어당겼다.

"자, 자자, 잠깐만요. 데이트가 목적이 아니라면 도대체 누구랑 가려고요?"

"응? 혼자 갈 건데?"

"혼자?!"

"왜?"

"왜긴요. 백년제는 커플 천국인데요······?! 여기저기서 커플이 애정행각을 벌이는데요?! 거기에 혼자 돌격한다고요? 죽고 싶으세요?!"

"백년제는 커플을 위한 축제가 아니잖아. 혼자 즐기는 게 뭐가 문제야?"

"강······강해······!"

라일라는 충격을 받은 듯 눈을 크게 뜨고 그 자리에서 주저앉았다.

"이게······ 야근 달인의 결말인가요······?!"

"저기."

"으으······ 제가 같이 가고 싶지만, 아쉽게도 저도 그날은 사랑하는 사람과 데이트라서요······."

"아, 그래."

"궁금한가요?! 역시 궁금하죠? 선배로서! 후배의 데이트 상대가 누군지!"

"아니, 딱히……."

"우후후. 듣고 놀라지 마세요, 아리나 선배."

아리나의 말을 가로막고, 라일라는 가슴을 펴고 당당하게 말했다.

"처형인님이에요!"

미끄덩. 이상한 소리를 내고, 아리나는 걸레를 밟고 성대하게 나자빠졌다.

"콜록. 이, 이상한 데를 찧었어."

"아이참. 너무 놀라지 않아도 되잖아요."

"아니, 놀라지!"

처형인……. 모험가 사이에서 소문이 자자한, 정체불명 모험가의 별명이다.

그 이름은 공략이 막힌 난관 던전에 불쑥 나타나서 파티도 구성하지 않고 단독으로 계층 보스에 도전해 일방적으로 해치우는 기괴한 모습에서 비롯된 것 같다.

머리를 싹 가리는 망토를 둘러서 정체를 알 수 없다. 거대한 위해머를 출현시키는 미지의 스킬을 구사하여 토벌하는 데 어려움을 겪는 플로어 보스를 때려잡는다는 모험가의 도시 전설이다.

아니, 도시 전설이었다고 말해야 하리라.

한 달 전, 처형인이 실존한다는 사실을 백은의 제이드가 증언했다. 실제로 처형인은 이피르에 모습을 드러내 괴력을 발휘해서 마물을 물리쳤다. 게다가 숨겨진 던전의 보스도 처치해 전멸 위기에 처한 백은을 구했다.

——그렇다. 무엇을 숨기랴. 처형인의 정체는 아리나다.

야근에 지친 아리나는 2년 전 갑자기 각성한 디아 스킬을 사용해 야근의 원인인 보스를 조금 해치우고 다녔는데…… 어느새 그런 소문이 돈 것이다.

(처형인과 데이트……? 설마, 가짜한테 속은 건 아니겠지……?!)

그야 라일라는 다소 세상 물정을 모르는 구석이 있고, 정체불명의 처형인에 대한 남다른 동경도 있다. 스스로 처형인이라고 주장하는 사람이 있다면 있을 법한 일이다.

식은땀을 삘삘 흘리며, 그러나 섣불리 충고할 수도 없는 아리나에게, 라일라는 씩 웃었다.

"후후후……. 알아요. 선배가 무슨 말을 하고 싶은지. 처형님과의 데이트는 있을 수 없다고요. 하지만 처형인님과의 데이트는 가능해요. 이것으로!"

그렇게 말하며 자신만만하게 꺼낸 것은 손바닥만 하게 작은 인형이었다.

이등신 인형으로, 머리부터 완전히 외투를 뒤집어쓰고 있다.

얼굴은 후드에 가려져 보이지 않지만, 등에는 은색 워해머가 달려 있었다.

상상했던 사태보다 훨씬 더 평화로운 것이 나타나서, 아리나는 깜짝 놀라 눈을 깜빡였다.

"그건…… 처형인 인형……?"

"어때요?! 밤에 틈틈이 만든 거예요! 이 처형인님 인형 버전과 함께 축제를 즐기면 유사 데이트 체험을 할 수 있어요!"

"무슨 특별한 마법으로 그 인형이 인간으로 변하거나 하는 거야?"

"네? 그럴 리가 없잖아요. 인형은 인형이에요. 하지만 이 인형을 보세요! 상당히 세세한 부분까지 신경 써서 만든 거예요. 이 후드도 벗길 수 있거든요?! 게다가 후드를 벗기면 제가 상상하는 잘생긴 처형인님의 존안까지 재현해서……."

"아~ 아~ 그러세요. 알았어. 무슨 말을 하고 싶은진 알겠으니까 도로 집어넣어."

콧김을 씩씩거리며 아리나에게 밀착해 후드를 벗겨 보여주려고 하는 라일라를 제지하고, 아리나는 한숨을 쉬었다. 가뜩이나 처형인 이야기는 최대한 피하고 싶은데, 처형인 일편단심인 라일라는 틈만 나면 '그 사람'에 대한 사랑을 이야기하고, 한번 시작하면 멈추지 않는다. 요즘은 그걸 상대하기도 귀찮아져서 열이 오르기 전에 이야기를 중간에 끊는다.

"……."

라일라가 아쉬운 눈치로 맥없이 인형을 치우는 것을 보며, 아리나는 주먹을 불끈 쥐었다.

"뭐, 이유가 뭐든 백년제 당일, 칼퇴근해서 축제를 즐기기 위해 우리가 할 일은 하나야!"

"그래요!"

마음을 다잡은 듯 라일라도 주먹을 내밀었다.

"저도 즐거운 처형인님과의 데이트가 기다리고 있으니까, 백년제 특별 보너스 기간에는 완벽한 상태로 준비를……."

라일라의 활기찬 말이, 갑자기, 기어들기 시작했다.

"?"

의아한 기색으로 라일라의 얼굴을 보니, 입을 쩍 벌리고 아무 말도 하지 않았다. 그 대신 입술이 바르르 떨리고, 핏기가 사라지기 시작한다. 그 시선은 한곳을 응시하며 얼어붙었다.

"무슨 일 있어?"

"서……선, 배…… 저기…….."

라일라가 가리킨 곳으로, 아리나도 시선을 돌리고——.

그리고 침묵했다.

"뭐……어……?"

그곳은 이피르 카운터 출입구였다. 렐릭을 활용해 만든 획기적인 유리문. 문제는 그 바깥이다.

투명한 문 너머에는 이미 수많은 모험가가 굶주린 짐승처럼 눈을 부라리고 영업시간이 되기만을 이제나저제나 기다리고 있었다.

"저기…… 어, 어어어?"

그 광경에 아리나는 당황한 나머지 이를 딱딱거리고, 저도 모르게 비틀거렸다. 그동안 여러 번 발주 러시를 경험했지만, 이토록 기이한 광경은 처음 봤다. 다음으로 그 시선은 자연스럽게 벽에 걸린 시계로 향했다.

이피르 카운터의 영업시간이 몇 분 남지 않았다. 몇 분이 지나면 저 '무리'를 막고 있는 문을 열어야 한다. 마른침을 꿀꺽 삼켰다.

마치 적군에게 포위된 패잔병이 된 기분이다.

"선배…… 어쩌죠……? 저걸 어쩌죠……?"

"어, 어쩌긴…… 열 수밖에…….."

어느새 출근한 다른 선배 접수원들도 이 광경을 보고 웅성대고 있다.

"앗! 미처리 바구니……!"

아리나는 정신을 퍼뜩 차리고 성수기에 사용하는 '미처리 바구니'를 대량으로 준비했다. 모험가들에게 받은 발주서를 임시로 보관해 두었다가 나중에 일괄적으로 처리하기 위한 것이다. 또한, 평소보다 더 많은 퀘스트 발주 용지를 카운터에 세팅하고, '성수기 모드'로 전환한다.

그와 동시에 라일라가 조심조심 출입문 자물쇠를 풀었다.

"어, 어서 오세으허헙!!"

그 순간, 라일라는 평소에 하는 인사조차 끝내지 못하고 밀려드는 모험가들의 물결에 휩쓸렸다. 그 불쌍한 모습을 시야 끝자락에서 확인했지만, 아리나는 구하러 갈 여유가 당연히 없다.

"열렸다!"

"비켜, 내가 먼저야!"

"시끄러워, 밀지 마! 구석에 짜지라고!"

지축이 울릴 것 같은 노도의 기세, 벌써 오가는 노성과 함께, 해방된 모험가들이 한꺼번에 카운터로 몰려들었기 때문이다.

──그리고 지옥이 시작됐다.

5

"이게 무슨…… 일이야……?"

목이 쉰 아리나의 목소리가 조용해진 이피르 카운터에 울려 퍼졌다.

어느새 접수 시간이 끝났다.

창밖에서는 해가 뉘엿뉘엿 넘어가고 있었고, 붉게 물든 석양이 비추는 접수처의 상황은 처참했다.

카운터에 있어야 할 발주서는 여기저기 흩어져 있고, 관엽식물의 잎은 다 떨어져 나가고, 설치했던 벤치는 제자리에서 한참 떨어진 곳까지 날아갔으며, 작은 의자는 뒤집혀 있었다.

"무슨 일……일까요……?"

마찬가지로 라일라 역시 넋이 나간 상태로, 현재는 트윈테일의 한쪽이 풀렸다. 출입문이 잠긴 것을 확인하고, 아리나는 영혼이 빠져나간 듯 맥없이 카운터에 털썩 주저앉았다.

기억이 별로 없다. 점심을 먹었는지도 의심스럽다. 몸에 밴반사신경만으로 발주 업무를 처리하고 있었다. 도대체 눈앞에서 무슨 일이 벌어지고 있는지 생각할 겨를조차 없었다. 시종일관 밀려드는 모험가들을 응대하느라 당연히 발주서의 사무처리는 한 장도 끝나지 않았다. 다른 선배 접수원들도 마찬가지여서, 피로와 당혹감에서 책상 앞에 주저앉아 평소보다 두배 이상 높아진 발주서의 산을 멍하니 바라보고 있었다.

"길드에서 예년보다 보수를 일찍 올렸나……? 아니야. 보너스 기간을 앞당길 거면 미리 연락이 왔을 텐데, 무엇보다 보수는 평소와 같고…… 새로운 던전도 발견되지 않았고…… 공략을 눈앞에 둔 던전이 있는 것도 아니야……. 애초에 발주된 퀘스트가 어느 한 곳에 집중되지 않았어……."

아리나는 카운터 아래에서 몸을 웅크리고 중얼거리며 조금씩 상황을 정리해 나갔다.

돌발적인 발주 폭주는 대체로 새로운 던전이 발견되었거나, 던전이 완전히 공략되기 전이기 때문인 경우가 많다. 설령 자신들이 파악하지 못한 정보라 할지라도, 접수를 처리하다 보면 다들 같은 퀘스트를 발주하고 있다는 것을 알게 되면서 그 원인을 쉽게 짐작할 수 있는데, 이번 발주 폭주의 원인은 정말로 알 수 없었다.

"저, 저도 너무 갑작스러워서 전혀 몰랐어요…….'

소문을 좋아해서 어디선가 정보를 입수하는 라일라도 이번만큼은 원인을 파악하지 못한 듯 당혹스러운 눈치다.

"너무 바빠서 모험가들에게 물어볼 여유도 없었고…… 그 이전에 몰려든 분들의 눈빛, 위험하지 않았나요……? 다들 눈에 불이 켜졌다고 할까…….'

"그런 반응인 걸 보면, 뭔가 먹음직한 미끼가 걸린 거겠지. 모험가는 단세포 생물이니까.'

"악의적인 표현은 그만두죠, 선배.'

간신히 일어나 자빠진 벤치와 관엽식물을 치우고, 아리나와 라일라는 책상에 앉았다. 직시하고 싶지 않지만…… 책상 주변은 손님이 있던 공간보다 더 살벌한 풍경이 펼쳐져 있다.

서류가 빼곡히 담긴 미처리 바구니가 산더미처럼 쌓여서 여기저기 방치되어 있다. 개중에는 산이 무너져 서류가 산사태를 일으키고 있다. 정돈할 시간조차 허락되지 않은 것이다.

"흐엑, 뭐가 이렇게 많아요……. 괴물인가요…….'

라일라가 절망하는 말을 중얼거렸다. 접수 시간 내내 쉴 새 없이 밀려드는 모험가들을 처리하느라 완전히 지쳤는데, 지금부터 이 많은 사무를 처리해야 하는 것이다.

아리나도 다시 한번 그 지긋지긋한 현실을 목격하고 한동안 말없이 서 있었다. 그리고 잠시 후, 메마른 입술을 꾹 깨물며 라일라에게 조용히 말했다.

"라일라. 나 잠시 나가볼게."

"네?!"

갑작스러운 선언에 라일라가 눈을 크게 떴다.

"이걸 남기고 가게요?! 백년제는…… 우리 백년제는 어떻게 되는 거죠?!"

"물론 돌아올 거야. 백년제까지는 당일 업무를 다음 날로 넘기지 않아……. 이건 무조건 지켜……! 하지만 이건 아무리 봐도 비정상적인 상황이야. 예상치 못한 일이 아니라……! 해결하지 않으면 정말로, 올해도."

백년제가 야근으로 다 날아간다.

너무나도 끔찍한 미래를, 아리나는 차마 더 말하지 못했다. 그러나 무자비한 가능성은 농후한 현실감으로서 짙게 드리워 있었다.

"그런 일이…… 있어서는 안 돼……!"

원인을 알아야 한다. 그리고 아주 빨리 그 원인을 제거해야 한다.

아리나는 이를 악물고 접수처를 뛰쳐나갔다.

# 6

같은 시각. 제이드 스크레이드는 길드 본부의 훈련장에 있었다.

그곳은 길드 본부에 건설된 훈련장이 맞지만, 주변 풍경은 훈련장과 거리가 멀다.

네 개의 기둥이 지탱하는 실내 공간. 벽은 보이지 않지만 어딘지 모르게 폐쇄적이고, 어둠이 짙게 깔렸다. 오랫동안 가두어진 습한 공기, 던전 안을 가득 채우는 독특한 에테르 냄새. 강력한 마물들이 서식하는 던전 깊은 곳――속칭 '보스방'과 흡사한 광경이다.

그리고 희미한 불빛이 비추는 것은 머리가 셋 달린 네발짐승, 케르베로스다.

(언제 봐도 실물과 똑같단 말이지…….)

낮게 으르렁거리는 케르베로스를 올려다본 제이드는 방심하지 않고 렐릭 아르마인 대형 방패를 들었다.

눈앞에 있는 케르베로스는 송곳니를 드러내며 이미 전투태세를 갖추고 있지만, 공격할 기미가 보이지 않는다. 진짜였다면 진작에 달려들었을 텐데, 마치 인형처럼 꼼짝도 하지 않는다.

그럴 수밖에. 보스방의 풍경도, 케르베로스도, 모두 길드 연구반에서 렐릭을 바탕으로 개발한 영상장치, 허상구축장치가 <ruby>홀로그램</ruby> 만들어낸 허상이기 때문이다.

"언제든 좋아! 시작하자!"

제이드가 말하자, 케르베로스는 마치 숨을 들이마신 듯 고개를 들었다.

홀로그램. 길드가 개발했다고 하기보다는 원래 이렇게 정보를 입체적으로 투영하는 렐릭을 길드가 어떻게든 복원했다고 하는 게 맞다. 짝을 이루는 수정에 기록한 정보를 마치 현실에 있는 것처럼 투사하는 것이다.

수정이 기록하는 정보는 시각뿐만 아니라 오감을 통틀어 마물의 행동 패턴, 울음소리, 육체의 단단함, 공격력까지 읽어낸다. 어떤 기술로 이런 일이 가능한지, 핵심적인 것은 하나도 밝혀지지 않았다.

그렇게 생각하면 선인들이 보유했던 기술력은 진짜 터무니없이 대단한 셈이다.

(그러니 그런 마신도 만들 수 있겠지.)

제이드의 뒤에는 힐러 역할을 하는 백마도사 루루리와 후방 공격수(백 어태커) 역할을 하는 흑마도사 로우가 있다.

그리고 새롭게 전방 공격수(톱 어태커) 역할로 영입한, 대검을 사용하는 소년 시빌이다.

아직 열다섯 살의 어린 나이로 경력은 짧지만, 경험이 적은데도 뛰어난 전투 감각으로 강력한 마물들을 차례로 해치우며 단숨에 대검사로 이름을 알린 신예 모험가다.

"마혹광!"

제이드의 외침과 함께, 칼날을 드러낸 검에서 환영 마법의 빛이 뿜어져 나온다. 칼끝을 땅바닥에 꽂자, 케르베로스의 여섯 눈이 모두 제이드를 주시했다.

"적대를 끌어냈어!"

제이드의 외침과 동시에 전투가 시작됐다.

"스킬 발동, 〈철벽의 수호자〉!"

진홍색 스킬의 빛이 제이드의 방패에 드리운다.

대상을 단단하게 만들어 방어력을 부여하는 스킬이다. 곧이어 케르베로스가 그 거대한 몸집에서 상상하기 힘든 속도로 제이드에게 다가와 날카로운 발톱이 달린 앞발로 공격했다.

제이드는 그 일격을 방패로 가볍게 쳐내면서도 방심하지 않고 상대를 관찰했다.

케르베로스. 지옥의 파수견으로 불리는 마물로, A급 던전에서는 웬만한 마물을 물리치고 플로어 보스가 될 수 있는 힘을 가진 강적이다.

가까이 다가가면 굵은 네 발과 날카로운 발톱으로 강력한 물리 공격을 퍼붓고, 세 개의 머리에서 각각 다른 속성의 마법이 담긴 브레스로 공격한다. 원거리와 근거리 공격 수단을 모두 가지고 있어 약점을 공략하기 어려운 상대다. 덤으로 움직임이 빨라 빈틈이 거의 없다. 온몸을 덮은 강모는 타격 공격이 거의 통하지 않으며, 물리 공격 중 유일하게 효과적인 것은 베기 공격이다. 대검을 사용하는 시빌과 궁합이 좋다.

"이그니스!"

로우가 로드를 휘둘러 공격 마법을 발동시켰다. 화염술을 응용한 농축 화염구다. 강한 빛을 발산하는 화염구는 케르베로스의 눈앞에서 폭발했고, 목표대로 케르베로스의 오른쪽 머리를 휘청거리게 했다.

"으라차!"

재빨리 시빌이 오른쪽으로 돌아가며 대검을 수평으로 휘둘렀다. 원심력을 더한, 공기를 울리는 큰 일격. 허리에 힘을 주고 회전시킨 전신 운동으로 날린 강렬한 베기는 힘이 가장 잘 전달되는 곳을 정확히 타격해 두툼한 케르베로스의 목을 단칼에 날렸다.

"아자! 어때?! 봤어? 지금 봤지? 머리 하나에 일격, 일격이야!"

일단 물러선 시빌이 신나게 외치고, 제이드는 어린 순수함에 무심코 쓴웃음을 지었다.

하지만 확실히 시빌의 공격력은 자랑할 만하다. 양팔과 온몸의 근육을 사용해 다루는 거대한 대검은 그 일격필살급 공격력이 매력이다. 하지만 케르베로스처럼 빠른 마물을 상대로는 애초에 대검의 최대 공격력을 타이밍에 맞춰 때리기 어렵다. 단순한 마초 무기처럼 보이지만, 실제로는 소지자의 기량에 따라 공격력이 크게 좌우되는 고난도 무기다.

그래서 보통은 머리 하나를 없애는 데도 시간이 걸리는 법인데, 그것을 한 방에 없앨 수 있다는 것은 대검을 잘 다룬다는 증거다.

"잘했어, 시빌. 다음에도 부탁해!"

——하지만 지금부터가 진짜다.

크허어어어엉!

머리 하나를 잃은 케르베로스가 한층 더 크게 포효했다.

"윽!"

조금 전과 같은 방식으로 달려든 시빌의 공격을 휙 피한 케르베로스의 발톱이 팔을 스친다. 부상 때문에 흥분 상태가 된 케르베로스는 공격력, 민첩성이 모두 곱절 가까이 껑충 뛰기 때문이다.

피격 판정. 홀로그램이 시빌의 어깨 보호대에 균열을 투사하고, 어깨에서 피가 흘러나오는 연출이 추가된다. 뚝뚝 소리와 함께 바닥에 피가 튀었다. 물론 그냥 영상이다. 실제 시빌의 육체에는 부상이 하나도 없지만.

"루루리!"

힐러인 루루리에게 지시를 내린다. 실전을 방불케 하는 훈련에 불과하다고 해도, 결코 허투루 하지 않는다.

"힐!"

제이드의 외침보다 한순간 늦게 힐이 날아가서 정확히 시빌의 어깨에 명중했다.

(……?)

한순간, 제이드는 묘한 위화감이 들었다.

루루리의 반응이 느리다. 평소 같으면 제이드가 지시를 내릴 때쯤 이미 힐이 날아가서 회복을 시작했을 텐데.

(훈련이라서 집중하지 않는 걸까……? 아니야, 루루리는 그럴 애가 아닌데…….)

하지만 작은 위화감에 연연할 때도 아니었다.

"시빌! 흥분 상태가 되면 경직 효과가 떨어지니까 신중하게 움직여!"

"알겠습니다!"

하지만 아까와 달리 공격이 맞지 않는다. 흥분한 케르베로스가 날뛰기 때문이다.

"젠장! 맞아라아아!"

조급해진 시빌도 점점 이판사판으로 싸우고 있다. 어설픈 공격과 동작으로 미세한 피격이 늘어난다. 별로 좋지 않은 경향이다. 가만히 놔두면 언젠가는 큰 것을 맞는다.

홀로그램을 활용한 모의 토벌 훈련의 유일한 단점이 바로 이것이다. 부상 연출이 있긴 하지만, 그것은 어디까지나 시각적 정보다. 실제 통각이 없으니까 부상 하나하나를 경시하는 경향이 있어 실전과 같은 긴장감을 조성하기 어렵다.

그렇다면 어떻게 할 것인가. 로우의 마법 공격으로 흐름을 바꿀까? 제이드가 고민하고 있을 때——.

갑자기 천장에서 사람이 내려왔다.

"?!"

아니, 그것은 내려왔다고 온건하게 표현해도 될 기세가 아니다. 마치 공중에서 지상의 먹잇감을 노리고 수직으로 떨어지는 새처럼 무언가가 홀로그램 안으로 돌입한 것이다.

꽝! 하고 둔탁한 소리와 함께 바닥에 금이 가며 착지한 그 인물은——.

"어? 처형인?!"

온몸과 얼굴을 완전히 가리는 후드가 달린 외투. 갑자기 눈앞에 나타난 인물을 본 시빌은 깜짝 놀랐다.

처형인—— 아니, 처형인으로 분장한 아리나는 케르베로스와의 전투가 한창인데도 그대로 제이드에게 다가와서 말을 걸었다.

"물어볼 게 있어."

엄청나게 낮게 깔린 목소리로, 그 말만 했다.

"저기, 잠깐만. 처형인, 지금은 바빠서……."

크어어어어엉!

허둥대는 제이드의 말을 가로막고, 갑자기 자리를 어지럽히는 존재에 흥분한 케르베로스가 울부짖었다.

"앙?"

성가신 것처럼 돌아본 처형인은 그제야 A급 던전 보스급 마물인 케르베로스를 보고, 놀라기는커녕 혀를 찼다.

"방해돼."

(이, 이건······.)

제이드는 그 험악한 분위기를 보고 짐작했다.

(엄청나게, 화가 났어!!!)

제이드는 홀로그램을 조작하고 있는 보이지 않는 연구반 사람에게 다급히 외쳤다.

"후, 훈련 중지! 지금 당장 케르베로스를 치워······."

하지만 늦었다. 그건 케르베로스에게 늦었다는 뜻이다.

"스킬 발동, 〈디아 브레이크〉."

조용한 영창과 함께 처형인이 손을 내밀었다.

그러자마자 발밑에 하얀 마법진이 펼쳐졌다. 내민 손에 미세한 빛의 입자가 모이고, 허공에서 거대한 은색 워해머가 나타났다. 세세한 부분까지 은으로 장식해서 아름다운 워해머지만, 머리면 한쪽은 곡괭이 모양이어서 어딜 봐도 살의가 느껴지는 무시무시한 무기였다.

처형인은 그 자루를 쥐자마자 케르베로스를 향해 허리를 낮춰 자세를 취하더니.

"똥개 새끼가 방해하지 마아아아————!"

아마도 화풀이로 보이는 분노의 외침과 함께 '쿵!' 하고 케르베로스의 가운데 머리에 워해머를 내리쳤다.

'깨갱!' 하는 케르베로스의 비명은—— 들리지 않았다.

대신 '치지직!' 하는 이상한 소리가 홀로그램 안에서 울려 퍼졌다. 으스스한 보스방의 풍경이 불안정하게 흔들리고, 소리 없이 날아간 케르베로스가 바닥을 미끄러지던 중 갑자기 멈춰 버린다.

"츠, 츠, 측정 불가?! 안 돼요, 홀로그램이 망가지…… 아아!"

안정성을 잃은 홀로그램의 영상 너머에서 허둥대는 연구반 사람의 목소리가 들려온다.

(아아…….)

곧이어 불쾌한 소리와 함께 케르베로스와 풍경이 한꺼번에 날아갔다. 폐쇄적이고 어두웠던 시야가 뚫리자, 그 너머로 무미건조한 훈련장과 넓게 펼쳐진 황혼의 하늘이 보인다.

"……………… 어, 일격?"

대검을 내려놓은 시빌이 멍하니 처형인을 쳐다봤다. 케르베로스만 그렇다면 또 모를까, 홀로그램까지 처리 불능 상태로 만들어 망가뜨린 본인은 조금 당황한 기색으로 갑자기 달라진 주위 풍경을 두리번거리고 있다.

"게다가 타격 무기……?"

케르베로스의 강모 앞에서 타격 무기는 거의 무용지물이다. 워해머는 케르베로스와 상성이 최악일 텐데—— 뭐, 어떤 일이든 그렇겠지만 압도적인 공격력 앞에서는 상성이고 뭐고 없는 법이다.

제이드는 할 말을 잃고 입을 쩍 벌린 시빌의 어깨에 다급히 손을 얹었다.

"시빌, 첫 일격은 좋았어. 그대로 했으면 이겼을 거야. 미안하지만, 오늘 훈련은 중단⋯⋯."

"이⋯⋯일격⋯⋯ 베기보다⋯⋯ 타격이⋯⋯ 일격⋯⋯?"

하지만 시빌은 눈앞에서 벌어진 일을 좀처럼 받아들일 수 없는지, 손으로 머리를 부여잡고 비틀비틀 휘청거렸다.

"머리 하나로⋯⋯ 기뻐한 나는⋯⋯."

"아, 아니야. 저 녀석은 상식을 벗어난 존재니까 너무 신경 쓰지 마."

"제, 젠자아아아아앙――!!!! 더 강해져 주겠어――!!"

갑자기 소리를 지르고, 시빌은 울면서 뛰어갔다.

"뭐, 그렇게 되겠지⋯⋯."

차마 어쩌지 못하고, 제이드는 소년의 뒷모습을 바라보며 뺨을 긁적였다.

처형인과 같은 포지션인 전장 공격수에게는 안됐다는 말밖에 할 수 없다. 자신도 압도적으로 강한 탱커가 갑자기 나타나서 힘들게 싸우던 상대를 한 방에 날려버리면 감정을 잘 추스르지 못할 것 같다.

참고로 며칠 후 시빌은 수련하러 간다며 백은을 그만두었고, 오랫동안 이어진 톱 어태커 부재 문제는 결국 원점으로 돌아갔다.

## 7

"벼, 별일도 다 있는걸. 아리나 씨가 길드 본부에 다 오고. 무슨 일이야? 뭐 잘못 먹었어?"

제이드는 조심조심 물었다.

중후한 집무용 책상이 중앙 안쪽에 마련된 길드 마스터의 집무실에서. 갑자기 훈련소에 들이닥친 처형인── 아니, 아리나를 재빨리 이곳에 집어넣고 겨우 한숨 돌린 후 말을 꺼내자, 후드를 쓴 아리나는 역시나 격노하고 있었다. 눈에서 빛이 완전히 사라졌다.

"무슨 일이고 자시고…… 무슨 말인지 설명해, 이 1등 쓰레기 모험가……."

"1등 쓰레기 모험가?!"

"왜! 갑자기! 갑자기 모험가들이 몰려오는지! 설명하라고!"

분노에 휩싸인 아리나의 말에 제이드는 어깨를 움찔거렸다.

"어? 벌써 그쪽으로 모험가들이 몰려가고 있어……?"

"벌써? 뭔가 아는 거네?"

멱살이 꽉 잡히고, 불합리한 살의가 제이드를 향한다.

"폭주한 잡것들이 우르르 몰려와서 아침부터 고생했다고, 우리는……!"

"진정해, 아가씨. 내가 얘기하지."

조용히 입을 연 것은 집무실에서 인상을 쓴 길드 마스터 그렌 갈리아다.

현역 시절에는《백은의 검》의 톱 어태커 역할을 맡았고, 지금도 여전히 굳건한 체격에서 역전의 관록이 묻어난다. 짙게 그을린 얼굴에는 나이에 걸맞게 깊은 주름이 새겨져 있고, 지금은 그 험상궂은 얼굴도 더욱 딱딱해졌다.

그렌은 한숨을 훅 쉬며 이야기하기 시작했다.

"사실은……."

\* \* \* \*

"허, 헛소문?!"

아리나의 애처로운 목소리가 길드 마스터의 집무실에 울려 퍼졌다.

"그래. 비밀 퀘스트에 디아 스킬을 주는 렐릭이 있다는 정보가 갑자기 모험가들 사이에 퍼졌다. 아마 그 비밀 퀘스트를 찾으려고 흥분한 모험가들이 아가씨네로 몰려든 거겠지."

"왜, 왜 그런 헛소문이…… 갑자기 어디에서 생긴 거야?!"

"최근 비밀 퀘스트가 발견되고 난 뒤로는 어디를 가나 숨겨진 던전이나 특별한 렐릭 얘기밖에 없으니까 말이지. 누군가가 농담 삼아 말하기 시작했거나…… 아니면 이 혼란을 노리고 장난을 친 걸지도 모르지."

그렌의 진지한 대답에 이어서 제이드도 복잡한 얼굴을 하고
말한다.

"나도 그 소문은 오늘 처음 들었는데…… 이렇게 빨리 정보
가 퍼질 줄은 몰랐어."

"그, 그렇다 치더라도! '디아 스킬을 얻을 수 있는 렐릭'이
라니, 아무리 생각해도 너무 허무맹랑한 정보인데, 그걸 믿다
니……."

말하면서 아리나는 말끝을 흐렸다. 대답을 들을 필요도 없는
말이었다. 바로 오늘, 그 수상한 정보를 믿은 모험가들이 떼로
몰려들었기 때문이다.

"아리나 씨는 이해하기 어려울지도 모르겠지만……."

침묵하는 아리나에게, 제이드가 차마 말하기 어려운 느낌으
로 대답했다.

"정말 디아 스킬을 얻을 수 있다면, 모험가로서 성공을 약속
받은 거나 다름없어. 우리 같은 모험가들에게는 정말 탐이 나
는 법이야."

"하지만…… 하지만! 스킬은 선천적인 거잖아?!"

설명을 듣고도 그런 헛소문 하나로 쉽게 지옥에 떨어진 것을
받아들일 수 없어서, 아리나는 끈질기게 물고 늘어졌다. 새로
운 던전이 동시에 열 개 이상 발견됐다거나, 수십 년 동안 공을
들인 초대형 던전이 드디어 공략 완료를 눈앞에 두고 있다거나
하는 이유라면 그나마 이해할 수 있었다.

하지만 헛소문 때문이라니. 명백히 인위적으로 만들어진 야근 지옥은 받아들일 수 없다.

"그렇지. 스킬을 나중에 외적 요인으로 획득할 수 있다니, 지금까지 그런 사례가 없으니까 도저히 생각할 수 없는데…… 그런 의문을 제외하더라도 디아 스킬은 매력적이야. 각성한 자기 스킬에 만족하지 못하거나, 스킬을 각성하지 못한 모험가라면 특히나, 더 묻거나 따지지도 않고 덤벼들겠지. 돈 냄새를 맡은 녀석들은 더 질이 나빠. 디아 스킬을 얻을 수만 있다면 뭐든지 하겠다는 사람은 의외로 많아."

그런 거였나. 그 기묘한 열기는. 제이드의 설명을 듣고 아리나는 비로소 오늘의 이상 현상을 이해했다.

단순히 모험가가 대량으로 몰려든 게 아니다. 하나같이 다들 눈을 부릅뜨고, 다른 사람을 밀쳐내고, 앞뒤 가리지 않고 서두르는 것 같았다. 최소한의 이성마저 내던지고 줄을 서는 질서조차 지키지 않는 그 모습은 그야말로 폭도라고 해도 과언이 아니었다.

"……"

아리나는 더 말할 수 없어져서, 끙끙대며 입을 다물었다.

스킬은 마법과 달리 지식이나 수련으로 익힐 수 있는 것이 아니다. 능력은 사람마다 다르며, 각성하지 않으면 전혀 사용할 수 없는 까다로운 능력이다. 그만큼 전투에서 발휘하는 효과는 마법을 훨씬 능가한다. 아니, 각성하는 스킬에 따라서는 인생의 성공도 약속한다.

각성 여부는 운에 달렸고, 각성하더라도 원하는 것을 얻는다고 보장할 수 없다. 노력으로 어떻게 할 수 없는, 불확실한 능력이지만, 모험가에게는 필수적인 업무 능력으로 요구된다. ──그렇듯 불합리하고 불안정한 환경에 짓눌려 있던 모험가들의 울분이 '디아 스킬을 얻을 수 있는 렐릭' 이라는 달콤한 유혹 때문에 한꺼번에 폭발한 것이다.

"잠깐만. 그러면 이 사태는 어떻게 수습할 수 있어……?"

아리나는 끔찍한 사실을 퍼뜩 깨달았다.

"평소처럼 갑작스러운 성수기라면 보스만 때려잡으면 강제로 끝낼 수 있겠지만……."

"그건……."

말하기 어려운 듯 잠시 뜸을 들이고, 제이드가 살짝 눈을 피하며 조용히 말했다.

"헛소문이 잠잠해지길 기다려야 하겠지……."

무거운 침묵이 흘렀다.

"마……말도 안 돼……."

아리나가 생각해도 참 맥없는 소리가 흘러나왔다.

다리에서 힘이 확 풀려서, 아리나는 고급 융단 위에 털썩 주저앉았다. 머릿속이 새하얗게 변해서, 지금 바람이라도 한 번 불면 모래알처럼 흩날릴 것 같았다.

"배, 백년제는…… 일주일 후에 오는데…… 이런 일이 매일 계속되고…… 나아가 특별 보너스 기간에 돌입하면…… 이미…… 축제는 고사하고…….”

목소리가 점점 떨리더니, 마지막에 가서는 입술을 깨물었다.

지금까지는 끔찍한 야근 지옥이 계속되더라도 그 원인이 되는 보스를 어떻게든 처리하면 해결할 수 있었다. 예를 들어 그 보스는 꼭 모험가가 해치우지 않아도 된다. 야근에 지친 어느 접수원이 화를 참지 못하고 보스를 때려잡아도, 결과적으로 성수기는 끝나는 것이다.

하지만 이번에는 다르다. 죽여야 할 보스도, 공략을 끝내야 할 던전도 없다. 평소처럼 힘으로 해결하는 방법은 통하지 않고, 언제 잠잠해질지 모르는 헛소문 때문에 이 악마 같은 성수기와 언제까지고 함께해야 하는 것이다.

즉, 올해도 백년제는 야근으로 날아간다. ──그 결론에, 아리나는 무심코 눈물을 흘릴 뻔했다.

“괘, 괜찮아, 아리나 씨!”

엄청나게 침울해진 아리나를 보고, 제이드가 허둥댔다.

“어차피 헛소문은 헛소문에 불과하니까. 내일 길드에서 디아 스킬에 관한 정보는 거짓이라고 발표할 거고, 헛소문을 유포하는 녀석을 막으면 소란이 더 커지는 일은…….”

“모험가들이 그런 공지 하나로 잠잠해질 만큼 골통에 제정신이 박히긴 했어……?”

“윽.”

"아니지……? 그러니까 요즘 길드의 경고도 무시하고 비밀 퀘스트를 찾으려는 녀석들이 늘어나 발주량이 조용히 늘고 있잖아……?"

"그, 그건……."

모험가 길드의 힘으로도 모험가들을 통제하기란 쉽지 않다. 그들은 접수원처럼 고용된 신분이 아니기 때문이다. 본인이 책임을 지고, 본인의 재량으로 활동한다. 길드의 경고를 무시한다고 해서 그들에게 직접적인 위험은 하나도 없다. 설령 헛소문이라고 말해도, 순순히 믿고 퀘스트 발주를 자제할 사람이 얼마나 있을까?

"하지만 뭐, 그런 모험가들만 있는 건 아니니 조금은 잠잠해질 거야……."

"일단 사정은 알았어……."

그렇게 말하고, 아리나는 자리에서 일어섰다.

"돌아가서…… 오늘 할 일을 끝내야지……. 이런 데서 불평해도 야근은 안 줄어들고…… 백년제는 기다려 주지 않아……."

중얼중얼 말하며, 아리나는 기계처럼 몸을 움직여 일어섰다.

"해주겠어……. 어떤 절망이 가로막아도…… 나는 지지 않을 거야……! 반드시, 반드시, 반드시, 백년제를 즐길 거야……!"

8

"아리나 씨, 엄청 피곤해 보였어요…….."

순식간에 이피르 카운터로 달려가는 아리나를 제이드가 배웅하고 있을 때, 집무실로 들어온 루루리 애쉬포드가 걱정스러운 목소리를 내뱉었다.

앞머리를 일자로 커트한 단발. 손에 든 로드(마법 지팡이)보다 작은 키. 나아가 아이처럼 귀엽게 생긴 이 소녀는 《백은의 검》 소속의 우수한 힐러다.

아리나가 있는 동안 로우와 함께 입구에 서서 은근슬쩍 사람들이 못 들어오게 했다. 처형인 차림을 한 수수께끼의 인물이 길드 마스터의 집무실에서 당당하게 이야기하는 모습은 남들에게 절대로 보여선 안 되기 때문이다.

"역시 헛소문 때문에 모험가들이 많이 몰렸나 보네…….."

그렇게 말하며 어깨를 으쓱하는 것은 루루리와 함께 들어온 로우 로즈브렌다였다. 흑마도사 로브 차림에 검은 로드를 들고, 검은 부츠를 신어서 목부터 발끝까지 온몸을 검은색으로 통일한 청년으로, 온몸이 까만 가운데 불타는 듯한 진홍색 머리카락이 유독 눈에 띈다.

"정말 불쌍하네…… 아리나 양."

"끙…… 야근을 도와주고 싶지만, 다른 접수원도 많이 남은

·61

것 같으니까 말이지. 역시 오늘은 못 가겠는걸."

"어? 그런 걸 어떻게 아는데, 리더?"

놀라서 눈을 깜빡이는 로우에게, 제이드는 의기양양하게 검지를 척 세우고 대답했다.

"당연히 냄새지."

""냄새……?""

루루리와 로우가 얼굴 근육을 살짝 떨면서 한목소리로 말했다. 왠지 모르게 제이드를 보는 눈빛에 경멸하는 낌새가 섞여 있다.

"아리나 씨에게서 다른 접수원의 향수 냄새가 났거든. 아리나 씨는 멋 부리는 향수 따윈 전혀 뿌리지 않아……. 어? 왜 그런 눈으로 쳐다보는 거야?"

"눈이나 코가 이상하게 좋은 건 알지만, 잘못 쓰는 것 같아…… 무슨 개냐고…… 리더는……."

"제이드는 조만간 고소당할 거예요."

"난 나쁜 짓을 안 했잖아!"

"마음의 문제예요."

"……."

냄새를 맡고 분석했을 뿐인데 왜 이런 말을 들어야 하는지 못마땅한 기색으로 고개를 갸웃거리던 제이드는 문득 루루리의 얼굴을 보고 아까 훈련 중 느꼈던 위화감이 떠올랐다.

"맞다, 루루리. 아까 전투에서 평소보다 힐 사용을 주저하는 것 같았는데, 무슨 문제라도 있었어?"

"……네?"

별생각 없이 물어봤을 뿐인데, 그 반응은 조금 예상에서 벗어 났다.

루루리는 깜짝 놀란 듯 눈을 확 떴다.

"대, 대검사님과 같이 다닌 적이 한 번도 없어서 그래요."

"……. 그런가."

안색이 약간 하얗게 변한 루루리는 당황한 기색을 감추려고 말이 빨라졌다. 이건 말하지 않는 이유가 있을 것 같다고 생각 했지만, 순간적으로 엉터리 거짓말을 했다는 사실을 말하고 싶지 않으리라. 제이드는 더 추궁하지 않았다.

"루루리, 모처럼 예정보다 일찍 끝났으니 가끔은 같이 밥 먹 으러 가자! 가위바위보 해서 진 사람이 쏘는 걸로!"

로우는 태평하게 루루리에게 어깨에 팔을 걸쳤다가 로드로 맞았다.

9

다음 날.

"백년제는 앞으로 6일……! 이제 일주일도 안 남았어……!"

이피르 카운터의 사무실에서 벽에 걸린 달력을 확인하면서, 오늘도 악마처럼 쌓인 서류에 둘러싸인 아리나는 맹렬한 기세로 사무 작업을 처리하고 있었다.

업무시간은 이미 끝났고, 창밖은 온통 어둡다. 야근을 시작한 지 한참이 지났지만, '잠시 쉬었다 하자'는 생각조차 들지 않을 정도로 잔업은 여전히 산더미처럼 쌓여 있었다.

"으으, 전 슬슬 퇴근할게요……."

지긋지긋하다는 듯이 한숨을 푹 쉬고, 힘이 다한 라일라가 책상에 넙죽 엎드렸다.

"설마 헛소문이 원인일 줄이야……. 게다가 이 타이밍에. 너무해요……. 훌쩍훌쩍."

"그래도 어제보다는 줄었어. 길드에서 경고해서 조금은 냉정해진 걸까? 그 쓰레기 놈들은."

"살의밖에 없는 말은 그만해요, 선배."

라일라의 우는소리를 듣는 아리나의 시선은 책상 구석에 부적처럼 놓여 있는 소책자로 향했다. 백년제 가이드북이다. 거기에는 올해 백년제를 빠짐없이 즐기기 위해 몇 달 전부터 백년제에 관한 온갖 정보를 빼곡하게 적어두었다.

이 가이드북이 지금의 아리나에게 힘의 원천이 된다고 해도 과언이 아니다.

"선배님은 더 하다 갈 거예요?"

"물론이지. 안 끝났으니까."

"……."

즉답하는 아리나에게 라일라는 무언가 말하려는 듯이 입을 오물거린다. 몇 초는 그러다가, 결국 아리나에게 말했다.

"선배, 발주량을 조금만 더 줄이지 않을래요?"

"어?"

예상치 못한 제안을 들은 아리나가 무심코 고개를 들자, 조금 미안한 듯한 라일라와 눈이 마주쳤다.

"선배는 발주 처리 속도가 남들보다 훨씬 빨라서…… 남들보다 사무 처리량도 많아요."

"뭐, 그럴지도 모르지만……."

혼잡할 때, 아리나는 창구 대기열을 처리하기 위해 불필요한 것을 모조리 생략하고 가장 빠르게 발주를 처리한다. 반면 다른 선배 접수원들은 일부러 조금 더 시간을 들여 자신이 받는 발주를 줄인다. 줄을 서서 기다리다 지친 모험가들은 날짜를 바꾸거나 다른 창구로 발걸음을 돌린다.

라일라는 순전히 아직 익숙하지 않아 업무가 느릴 뿐이지만, 어쨌든 이렇게 하면 앞으로 생길 사무 처리량을 줄일 수 있다.

하지만 1년차에 '아웃은 아니지만 세이프도 아닌 고의적 태업'이라는 직장인의 꼼수를 간파하다니, 라일라도 참 영리한 아이다.

"조금만 참고, 조금만 모험가들의 자랑을 들어주면 발주량이 많이 줄어들잖아요. 다른 선배들도 다 그렇게 하던데요? 그래서 다들 야근도 별로 없다고요! 그 덤터기를 모두 아리나 선배가 뒤집어쓰는 건 너무 불합리하지 않나요? 안 그래도 아리나 선배는 발주량 집계도 해야 하는데…… 하다못해 백년제 때까지만이라도…….”

"있잖아. 다 같이 느긋하게 접수한다고 해서 접수처에 오는 모험가가 줄어드는 건 아니잖아. 결국 누군가는 해야 하는 일이야."

"그렇긴 하지만…… 그게 꼭 아리나 선배가 아니어도 되잖아요……! 누군가는 해줄 거예요!"

"나도 그런 생각이 엄청 들어…….”

질색하듯 고개를 끄덕이면서도, 아리나는 고개를 홱 돌리며 작게 덧붙였다.

"하지만 난 그런 꼼수가 싫어."

"선배, 그런 사람일수록 직장에서 가장 편하게 부려 먹히는 거예요……!"


10


한밤중. 제이드는 인기척 없는 방의 소파에 앉아 있었다.

그곳에는 로우, 루루리 등 《백은의 검》 멤버들과 길드 마스터 그렌, 그리고 길드 마스터의 비서인 필리까지 모여 높이가 낮은 책상을 둘러싸고 대면 중이었다.

이번 '헛소문'이 마신의 부활로 이어질 가능성이 높다고 판단한 그들은 비밀리에 긴급회의를 열었다.

"그건 그렇고, 헛소문인가……."

무거운 침묵 속에서 제이드가 불쑥 던진 말이다.

"좀 이상한걸. 왜 갑자기 이런 헛소문이 퍼진 거지?"

확실히 모험가들은 접수처나 술집, 던전 내에서의 교류를 통해 활발하게 정보를 교환하고 있다. 그래서 정보의 유통도 빠르지만, 때로는 이렇게 잘못된 정보가 퍼지기도 한다.

"디아 스킬이라는 먹음직한 미끼 정보에 사람들이 달려드는 바람에 폭발적으로 퍼진 것 같은데…… 뭐가 이상하나요?"

"루페스 때와 똑같아."

제이드의 지적에 그 자리에 있던 모든 사람이 한숨을 쉬었다.

한 달 전, 자기 손으로 동료를 죽이고 마신을 부활시킨 모험가. 그는 백은에 원한을 품고 마신에 의한 백은의 전멸을 꾀했지만, 결국 자기 목숨을 잃게 되었다.

"루페스도 숨겨진 던전에 가면 '디아 스킬을 얻을 수 있는 렐릭이 있다'고 단언했어. 이번 헛소문과 같은 내용이지. 우연의 일치로 보긴 힘들겠군."

로우도 제이드가 말하고자 하는 바를 짐작한 듯했다.

"루페스를 꼬드긴 자가 어딘가에 있고, 이번 헛소문도 그자가 의도적으로 퍼뜨리는 거다……?

"가능성은 있어. 마신을 아는 누군가가 루페스에게 백은을 전멸시킬 수단으로 마신이라는 정보를 주고, 숨겨진 던전인 하얀 상아탑으로 향하게 했다. 그리고 이번에는 '디아 스킬을 얻을 수 있는 렐릭'이 있다는 헛소문을 퍼트려서 평소 불만이 있던 모험가들을 선동해 숨겨진 던전을 찾도록 유도하고 있는 거야."

"……."

제이드의 추리를 듣고, 로우는 입을 다물었다. 소름이 끼친 듯 표정이 창백해진 것은 그 '마신을 아는 누군가'의 목적을 상상했기 때문이리라.

"모험가를 이용해서 마신을 부활시키려는 거야……?"

"그렇게 생각할 수밖에 없어."

되도록 부정하고 싶지만, 한숨을 쉬며 제이드는 고개를 끄덕였다.

숨겨진 던전에 잠든 마신은 인간의 영혼을 먹음으로써 부활한다. 까놓고 말해서 생명이 있는 인간이라면 누구든 부활시킬 수 있는 것이다.

"무슨 생각을 하는 거야. 정말 악랄하네, 그놈은……."

로우는 씁쓸한 얼굴로 중얼거리고 인상을 썼다. 그럴 만도 하다. 한 달 전, 제이드와 《백은의 검》이 싸웠던 마신은 지금까지 경험해 보지 못했을 정도로 무시무시한 강적이었다.

아니, 강적이라는 말로 다 표현할 수 있는 존재가 아니었다.

지금은 사라진 최강의 디아 스킬을 여러 개 사용하고, 모든 공격을 견딜 수 있는 육체를 보유했으며, 그 선인들조차 하루 아침에 멸망시킨 존재. 아마도 현대의 인류가 보유한 힘과 기술로는 도저히 대적할 수 없는 상대…… 천재지변이라고 해도 과언이 아닐 것이다.

"제이드의 생각은 일리가 있다."

그때까지 가만히 듣던 그렌이 드디어 입을 열었다.

"이번 헛소문과 루페스의 언행에 공통점이 많은 것은 우연으로 치부할 수 없을 것 같군. 누군가가 배후에서 조종하고 있는 게 틀림없어. 만약 아가씨가 없고…… 그 마신이 하얀 상아탑에서 나와 도시에 도착했다면 어떻게 되었을지…… 상상조차 하기 싫군."

그렌은 차마 자세히 말하지 않았지만, 그 끔찍한 미래는 누구나 쉽게 상상할 수 있었다.

한때 헬카시아 대륙에 존재했던, 디아 스킬이라는 막강한 힘과 기술을 지녔던 선인들. 그러나 그들은 하루아침에 홀연히 사라져 멸망했다. 선인들의 탐욕스러운 탐구심이 신의 노여움을 사서 멸망했다는 것이 통설이지만, 진실은 조금 다르다.

그들은 엄청난 힘과 육체를 가진 렐릭인 '마신'을 만들었고, 아이러니하게도 그 마신의 손에 의해 하루아침에 모조리 죽은 것이다.

그런 위험한 마신이 숨겨진 던전에서 풀려났다면 선인들과 같은 최후를 맞이했을 것이다. 새삼 생각해 보니 소름이 돋았다. 그렇게 위험한 존재가 아직 이 대륙에 여럿 잠들어 있는 것이다.

"만약 또다시 같은 일이 일어나서 마신이 부활하면⋯⋯."

제이드의 말에 다른 사람들이 마른침을 꿀꺽 삼켰다. 갑자기 정적이 깔리고, 몇 초간 무거운 침묵이 이어지는데——.

"저기, 이보세요."

불쑥 낮게 깔린 목소리가 끼어들었다.

모두가 푹 숙였던 머리를 들어 일제히 목소리의 주인공에게 시선을 돌린다.

삭막한 방의 불빛에 비친 산더미 같은 발주서. 빽빽하게 서류가 보관된 선반, 가지런히 늘어선 책상들. 그 책상 중 하나——서류 더미가 특히 더 높고, 책상 주변 바닥에도 물건이 쌓여 어딘지 모르게 음산한 기운이 감도는 책상에서, 눈빛으로 죽일 듯한 살기를 띠고 보는 사람이 있었다.

바로 야근 중인 아리나였다.

"마신이고 자시고⋯⋯ 너희는⋯⋯ 왜 여기 모인 거야⋯⋯? 난 지금 야근 중이거든⋯⋯?"

그렇다. 제이드 일행이 모인 이곳은 이피르 카운터의 사무실이었다. 한쪽 구석에 마련된 응접용 책상과 소파를 이용해 긴급회의를 하고 있었다.

"거 미안하긴 한데, 이번엔 너그럽게 봐주게, 아가씨. 아, 이건 선물이야."

갑자기 무거운 분위기를 깨는 듯이 털털 웃으며 원래라면 이렇게 누추한 곳에 있어선 안 되는 모험가 길드 마스터, 그렌이 머리를 긁적였다. 옆에 있던 비서 필리는 과자가 담긴 바구니를 아리나에게 조심스럽게 내밀고 있다.

"길드 본부에서는 아가씨와 마신 관련 이야기를 함부로 할 수 없어. 누가 들을지 모르니까. 아가씨도 관계없는 사람이 들으면 곤란하지 않겠나?"

"그렇다고 해도 다른 장소가 있을 거잖아! 남아서 일하는 사람 옆에서 속닥속닥 수군수군 음침하게 떠들지 말아줄래?!"

"워워, 아리나 씨. 이 회의가 끝나면 야근 도와줄게."

"그런 식으로 말해서 이번에도 나를 끌어들이려는 거잖아!"

"윽."

"그 수작에는 안 당해⋯⋯! 말해두는데! 마신이고 뭐고 나랑은 상관없거든! 그건 너희가 할 일이잖아!"

"지, 지당한 말이긴 한데⋯⋯."

반론할 여지도 없이 끙끙대는 그렌의 옆에서 제이드가 걱정스러운 눈치로 나지막이 말했다.

"저기, 아리나 씨, 그보다 밥은 잘 챙겨 먹고 사는 거야⋯⋯? 얼굴이 반쪽이 됐는데⋯⋯ 살이 빠질 때는 가슴부터 빠진다고 하니까, 잘 먹는 게 좋아."

"아앙?!"

살기를 띤 눈을 부라려 제이드를 닥치게 한 아리나에게, 루루리도 걱정스러운 투로 끼어들었다.

"아리나 씨, 포션 과다 복용은 몸에 해롭다고 했잖아요……! 피곤할 때는 허브티나 안정 효과가 있는 것을……."

"그런 세련된 음료로 야근의 피로가 풀릴 리 없잖아……?"

"히익!"

"난 요리도 제법 잘해. 다음에 영양가 있는 음식을 만들어 줄게, 아리나 씨."

"영양 따위는 아무래도 상관없어. 지금 내가 원하는 건 백년제 하나뿐이야——!"

도끼눈을 뜬 아리나가 깃펜을 꼭 쥐었다.

"말해두는데, 지금 이쪽도 긴급한 상황이라고……!"

루루리의 충고를 무시하고 야근의 동반자, 잠 깨는 물약을 거칠게 쭉 들이킨 아리나는 살벌한 얼굴로 이를 갈며 말했다.

"이건 그냥 야근이 아니야……! 내…… 내 백년제가 걸린……."

중간에 뭔가 퍼뜩 떠오른 듯, 아리나가 말을 멈춘다. 그리고 갑자기 눈을 반짝이며 그렌에게 시선을 돌렸다.

"그거야! 마스터의 스킬로 시간을 멈추면 나머지 업무를 정리하고 정시에 퇴근할 수 있지 않을까?!"

시구르스 스킬 〈시간의 관측자〉. 그렌이 보유한, 시간을 멈추는 스킬이다. 과거 그렌이 모험가로 활동하던 현역 시절, 그를 최강의 모험가로 불릴 정도로 성장시킨 희귀 스킬이다.

"안됐지만 그건 불가능하다네, 아가씨."

하지만 그렌은 아리나의 제안을 단호하게 일축했다.

"내 스킬은 시간을 멈출 수 있지만, 대상에 간섭할 순 없지. 나를 제외한 모든 것의 시간이 절대로 움직이지 않으니까……. 뭐, 아가씨는 예외지만…… 아무튼 시간을 멈춘 상태에서 사무를 처리하려고 해도 깃펜이고 뭐고 움직이지 않을 거야."

"그럴 수가……."

뭐, 냉정하게 생각해 보면 그렇게 편리한 스킬이 있을 리가 없지만, 궁지에 몰린 아리나는 지푸라기도 잡고 싶은 심정인 듯하다.

허탈해진 아리나의 시선은 책상 한구석, 수많은 서류에 파묻힌 것처럼 놓여 있는 소책자로 향했다. 매년 백년제가 다가오면 관광객들에게 나눠주는 축제 가이드북이다.

제이드가 살펴보니, 이상할 정도로 구깃구깃해진 가이드북 표지에는 아리나가 지금껏 수집한 것으로 보이는 백년제 정보가 빼곡히 적혀 있었다. 표지만으로도 넘쳐나는 정보량을 보여주는 이 소책자는, 책장을 넘기면 더 많은 내용이 있으리라. 얼마 전부터 백년제, 백년제 하고 유난히 집착하는 모양인데, 아무래도 남다른 열정을 가지고 1년에 한 번 있는 축제를 고대하고 있었던 모양이다.

"역시…… 올해도 백년제는…… 못 가는 걸까……. 흐끅, 흐끅……."

"아리나 씨……."

야근에 찌든 접수원의 모습이 너무 안쓰러워 제이드는 할 말을 잃었다. 초상집 같은 침울한 분위기가 감도는 가운데, 제이드는 떨고 있는 아리나의 작은 어깨에 부드럽게 손을 얹었다.

"포기하긴 아직 일러, 아리나 씨."

"뭐?"

고개를 드는 아리나에게, 제이드는 씩씩하게 웃으며 엄지손가락으로 자신을 가리켰다.

"뭐 잊은 거 없어? 이…… 구세주를……."

"잊었는데."

"아니, 그건 무조건 떠올린 거잖아?!"

말하지도 않았는데도 바로 대답하는 아리나에게, 제이드는 당황했다.

"내가 본격적으로 야근을 도와주면 같은 시간에 지금보다 두세 배는 처리할 수 있어! 내가 꼭 아리나 씨를 백년제에 데려가 줄게!"

"어차피 너니까, 흑심 가득한 이상한 조건을 제시할 거지?"

"윽."

역시 예리하다. 100퍼 정답이다.

"아니, 난 그냥 야근을 도와주는 대신 백년제에서 아리나 씨와 데이트하고 싶은데."

"누가 그런 조건을 받아들일까 보냐!"

"그러면 2일…… 아니, 하루만! 하루면 돼! 하루면 되니까 데이트하자!"

"절대로, 죽어도, 싫은데요!"

"그, 그 정도야……?!"

단호하게 거절당하자, 이번에는 제이드가 슬픈 듯 눈물을 흘릴 차례였다.

"뭔가 착각한 것 같은데, 나는 진심으로 즐기고 싶은 것은 혼자 즐기고 싶어. 동행자를 신경 쓰거나 맞춰야 하는 게 싫다고! 쇼핑도 혼자 하는 타입이라고!"

그렇게 말하면 이제는 제이드가 끼어들 여지가 종이 한 장 두께만큼도 없지만, 그래도 굴하지 않고 이를 악물고 아리나에게 애원했다.

"큭…… 하지만 아리나 씨……! 아리나 씨는 백년제 초보라서 잘 모르겠지만, 축제 때는 여자를 꼬시려는 인간이 엄청 많은데?! 예쁜 여자애가 혼자 걷고 있으면 '제발 꼬셔주세요'라고 말하는 거나 다름없어! 픽업 대기 중이냐는 소리나 들을 거야! 그런 점에서 내가 옆에 있으면 걱정할 일이 없어."

"말해두는데, 너나 픽업남이나 짜증을 유발하는 정도는 똑같거든?"

"그렇다면 얼굴을 아는 나랑 있는 게 그나마 낫지 않겠어?"

"왜 그래야 하는데?!"

"그러니까 나랑 데이……."

"싫—다—고! 왜 내가 이런 놈팡이에 맞춰서 내가 하고 싶은 걸 참아야 하는데."

"하지만 실제로 지금 상황으로는 백년제에 갈 수 있을지도 의심스럽잖아."

"끙."

제이드가 지적하자, 아리나는 말문이 막혔다. 갑자기 축 늘어지고 중얼중얼 말하기 시작한다.

"하지만…… 아니, 확실히…… 이 상황은, 혼자서 도저히 감당할 수 없어……."

그리고 입술을 일자로 꾹 다물고 서류를 노려본다.

"특단의…… 대책이 필요해……. 백년제는 총 3일…… 하루만, 하루만 몸을 버린다는 마음으로 이 녀석과 지내면, 최소 이틀은 즐길 수 있어……. 하루만 역겨운 일을 겪어도 이틀이면 본전을 찾을 수 있어……!"

"아리나 씨는 가끔 마음의 소리가 그대로 나오는데, 그거 무조건 일부러 그러는 거지……?"

"알았어."

"지, 진짜?!"

마침내 타협한 아리나가 진짜 진절머리가 난다는 듯이 승낙했다.

"그 대신! 반드시, 백년제에 갈 거야……! 이 야근을 때려눕히자!"

"나만 믿어! 같이 힘내자, 아리나 씨."

"아아, 자네들."

드디어 이야기가 정리되었다고 본 그렌이 이때다 싶어서 어색하게 목청을 높였다.

"부부 만담도 좋지만, 이제 본론으로 돌아가서 되겠끄헉?!"

그 순간, 아리나의 주먹이 그렌의 얼굴에 날아오는 바람에 그렌의 거대한 몸이 소파와 함께 깔끔하게 뒤로 넘어갔다.

"마, 마스터님?!"

그때까지 그림자처럼 숨죽이고 있던 필리가 화들짝 놀라 그렌에게 달려간다.

"저기…… 난 야근으로 신경이 곤두섰다고…… 다음에 또 경솔하게 시대착오적인 꼰대식으로 놀리면 앞니 세 개를 부러뜨릴 거야……."

"미……미안하군……."

비틀거리며 소파를 원래대로 세운 그렌이 헛기침을 한 번 한 다음에 다시 이야기하려고 했을 때——.

후두둑! 소리와 함께 근처 선반에 쌓여 있던 서류의 산이 무너졌다.

"어?"

무심코 얼빠진 소리를 내는 제이드가 보는 앞에서, 근처에 있던 다른 산도 연달아 무너지기 시작한다. 눈 깜짝할 사이에 바닥이 서류로 가득 차는 광경을 보고, 제이드는 입을 쩍 벌렸다.

"혹시…… 이게…… 전부 미처리 서류야……?!"

"그래……."

대담한 아리나가 비틀거리며 서류의 산을 정리하기 시작했다. 제이드는 아리나의 책상 위에 쌓인 것이 전부인 줄 알았는데, 보아하니 그 예상은 착각이었던 모양이다. 보다 못한 루루리와 로우도 도와주던 중, 아리나가 천천히 손에 있는 서류를 구기듯 꽉 쥐었다.

"이젠 싫어……. 이젠 싫어……."

눈물이 맺힌 비취색 눈은 다음 순간, 그렌을 확 노려봤다.

"있잖아……! 아까 그 헛소문은 누군가가 고의로 퍼뜨린 거라고 했지……?!"

"그, 그래. 그럴 가능성이 있……."

말을 끝까지 듣지 않고 서류를 내팽개친 아리나가 그렌의 멱살을 잡았다.

"누가 퍼뜨렸는지 말해……! 내가, 직접, 때려죽이게……!!!"

노려보기만 해도 사람을 열 번은 죽일 것 같은 아리나의 눈빛은 역전의 모험가 그렌도 벌벌 떨게 했다.

"그, 그야, 헛소문의 출처는 어느 정도 파악했지만, 아직 명확하게 누구인지는…… 그리고 헛소문을 퍼뜨린 녀석을 잡아도 아가씨의 야근이 금방 없어지는 것도 아니니……."

"말해."

지나친 원망과 분노로 안면 붕괴를 일으키면서, 아리나가 이를 악물고 그렌을 다그친다.

"그 사기꾼은 지금도 뻔뻔하게 헛소문을 퍼뜨리고 있지……? 그리고 그걸 믿는 쓰레기 모험가들이 양산되고 있잖아……? 단 1분 1초도 살려둘 수 없어. 저기, 안 그래?"

"그, 그야, 괘씸한 건 사실이지. 그래도 정보가 필요하니 그 사기꾼은 되도록 살려주길 바라는데……."

"올해 백년제…… 내 삶의 낙이야……!! 보잘것없는 한 접수원의…… 한 노동자의! 자유와 존엄이 걸린 이벤트야!!! 그걸, 그거어어얼!!! 헛소문으로 경솔하게 짓밟으려고 하다니!! 용서할 수 없어, 내 손으로 직접 때려죽일 거야!!!"

한밤중의 사무실에 아리나의 노성이 울려 퍼진다. 차마 위로의 말조차 건넬 수 없는 거친 분노에, 사무실 안은 꽁꽁 얼어붙었다.


<br>

11


백년제까지 5일 남았다.

이날 아리나는 나무가 울창하게 우거진 깊은 숲속을 걷고 있었다.

C급 던전, '영원의 숲'. 이 숲은 조금 특별하다.

보통 선인들이 만들어 놓은 건축물을 '유적'으로 부르는데, 영원의 숲은 아주 일반적인 숲인데도 던전으로 지정받았다.

왜냐하면 던전 안에서만 발생해야 하는 에테르가 이 숲에도 가득해서, 그 결과 에테르에 끌린 마물들이 많이 서식하는 숲이 되었기 때문이다.

하지만 영원의 숲에 모여드는 마물들은 별로 강하지 않고, 플로어(계층)도 하나다. 보통 던전에는 계층마다 에테르가 가장 짙은 곳—— 흔히 '보스방'으로 불리는 곳——이 형성되는데, 면적이 광활한 이 영원의 숲에는 그런 곳이 없었다. 공기의 흐름이 정체되기 쉬운 건축물이 아니어서 그런지, 에테르의 농도가 일정하게 유지되는 덕분이다.

이피르와도 가까워 여차하면 크리스털 게이트에 의존하지 않고도 마을로 돌아갈 수 있다. 그래서 영원의 숲은 초보 모험가들의 연습 장소로 유용하게 쓰이고 있었다.

"아리나 씨가 유급 휴가를 쓸 정도라니…… 보통 일이 아니구나……."

나무와 나무 사이로 난 길 아닌 길을 따라가면서 옆을 걷던 제이드가 중얼거렸다.

"사기꾼은 여기서 죽일 거야. 괜찮아. 라일라에게 오늘은 죽고 오라고 했으니까."

'아리나 선배는 배신자——!!' 라며 얼굴이 눈물과 콧물로 범벅이 된 라일라가 노발대발했지만, 라일라를 희생해서 원흉을 막지 않으면—— 아니, 작은 것을 희생해서 큰 피해를 막지 않으면 지금의 비정상 사태는 끝나지 않는다. 일부의 희생은 불가피하다.

"한 가지 덧붙이자면, 이번에 헛소문을 퍼뜨린 자가 루페스를 꼬드긴 자와 같은 인물이라면 정보를 알아내고 싶어. 부디 실수로 죽이지 않게……."

"노력해 볼게."

"……."

"그런데 정말 이런 곳에 헛소문을 퍼뜨리는 녀석이 있어……? 술집 같은 데가 아니라?"

아리나는 다시 한번 숲속을 둘러보았다.

무질서하게 늘어선 키 큰 나무들. 얽히고설킨 가지와 잎이 자연적인 천장을 만들어 햇볕을 가리고 있다. 낮인데도 숲은 어둑어둑하고, 공기는 차갑고, 딱딱한 흙에서 뿌리가 튀어나와 걷기 불편하다.

"여기를 찾는 모험가들이 많으니까. 정보를 확산하는 장소로는 나쁘지 않아. 애초에 술집에 모인 모험가는 대부분 술에 취해서 제대로 된 대화를 나눌 수 없으니까 말이지."

"아하. 그렇다면……."

제이드의 설명을 듣고 이해한 아리나는 자신이 입은 로브의 끝을 살짝 잡고 뺨을 실룩거렸다.

"이 복장은…… 도대체 뭐야?"

아리나는 지금 평소 처형인 분장용 외투가 아닌 백마도사 로브를 뒤집어쓰고, 익숙하지 않은 로드를 들고서 후드로 얼굴을 가리고 있었다.

평소와 다른 복장인 것은 아리나만이 아니다. 제이드는 흑마도사 로브 차림에 긴 로드를, 로우는 라이트아머를 장비하고 장검을 허리춤에 찼으며, 루루리는 탱커용 대형 방패를 짊어지고 있었다. 루루리의 경우, 방패를 짊어진 게 아니라 완전히 방패에 눌리고 있다.

"루루리만 해도…… 몸집보다 방패가 너무 커서 뒤에서 보면 발이 달린 방패가 걷는 것처럼 보이는데……?"

"푸흡. 그건 나도 쭉 생각했다고. 아까부터 방패가 숲속을 아장아장 걸어서 빵 터져."

"로우……! 나중에 두고 봐요……!"

으드득. 분통해하는 루루리가 이를 가는 소리가 방패 너머에서 들려온다.

"아니, 그보다 나는 아리나 씨가 치유 담당이라는 게 너무 무서운데……."

"무슨 말을 하려는 건데?"

"저, 정보반이 수집한 정보에 따르면, 초보 모험가를 노리고 헛소문을 퍼뜨리는 것 같으니까."

아리나가 눈을 부릅뜨고 노려보자 제이드는 황급히 설명하기 시작했다.

"백은이라는 사실을 눈치채지 못하는 게 편하거든. 이건 장난이 아니라 변장이야."

"하지만 이런 장비도 왠지 추억이 돋는걸."

초보 모험가로 위장하기 위해 입은 싸구려 라이트아머를 내려다보며 로우가 웃었다. 일행의 장비는 다 비슷하게, 하나같이 시장에서 싸게 팔고 쉽게 구할 수 있는 일반 유통 무기들이다.

"초보 시절이 생각나네. 그때는 이런 장비로도 행복했었지. '난 모험가 하고 있구나~!' 라는 느낌으로. 그렇지? 방패 귀신."

"으으으으……!"

루루리는 다시 이를 갈면서도 반박할 말이 없는지 고개를 획 돌렸다──라고 생각한다. 좌우지간 방패가 가려서 아무것도 보이지 않는다.

"초보 시절……."

방패 너머로 작은 목소리가 불쑥 들려왔다.

"그러네요……."

피곤한지 조금은 기운이 없어 보이는 목소리였다.


12


"여기야."

그 말을 듣고, 아리나는 걸음을 멈췄다. 제이드의 안내로 도착한 곳은 울창하던 시야가 탁 트이는 곳이었다. 눈앞에 작은 호수가 펼쳐져 있었다.

"호수……?"

마치 하늘에서 떨어진 듯 커다란 바위가 중앙에 떡하니 있는, 특이한 호수다. 이끼로 뒤덮여 초록색으로 변한 바위는 조금 삼엄한 분위기를 연출하지만, 그래도 수면이 한낮의 햇살을 반사해서 던전과는 거리가 먼 한가로운 풍경이다.

"이끼 바위의 호수. 이곳은 모험가들 사이에서 유명한 휴식처다. 에테르의 밀도가 낮아 마물들이 잘 오지 않지."

실제로 호숫가 주변은 잘 다져졌고, 의자를 대신하는 통나무와 그루터기 등이 있어서 그동안 여러 모험가가 휴식을 취했던 흔적이 보인다.

"잠시 여기서 쉬자."

"쉰다고……?"

의아하게 여기는 아리나를 무시하고, 제이드는 무기를 내려놓고 마치 경험이 부족한 초보 모험가처럼 무방비 상태로 휴식을 취하기 시작했다.

"뭐…… 리더가 그렇게 말한다면 잠시 쉬다 갈까?"

로우와 루루리도 어깨를 으쓱하며 무기를 내려놓고 앉았다. 루루리는 무거운 방패를 짊어져서 지친 탓에 완전히 뻗어 있었다. 어쩔 수 없이 아리나도 서둘러 자리에 앉았다.

"아…… 어깨가…… 뻐근해요……."

"그나마 가벼운 걸 골랐는데……. 그래서 한 손에 들고 다니는 원형 방패가 좋다고 했잖아.”

“하지만 그걸론 얼굴을 가릴 수 없어요.”

진이 빠진 루루리가 후회하며 얼굴을 찡그린다.

“처음 들고 봤을 때는 이거면 될 것 같았어요……!”

“그야 잠깐 짊어지는 거랑 오래 짊어지는 건 다르니까.”

“포기할 때는 아리나 씨랑 교대할 거예요…….”

“저기.”

“그나저나 아리나 씨.”

제이드가 갑자기 진지한 얼굴로 아리나를 빤히 쳐다봤다.

“왜?”

“여기는 호수인데 물이 깊고 깨끗해서 수영하면 기분이 좋다
고 하더라고. 이 근처 모험가들은 대체로 초보 시절에 이끼 바
위를 만지고 돌아오며 놀아.”

“흐응.”

“심심한데 수영하지 않겠어?”

제이드가 아주 진지한 표정으로, 대놓고 제안했다.

“물론 아리나 씨의 수영복도 내가 미리 준비했꺼억!”

버둥거리는 제이드의 뒤통수를 붙잡고, 아리나는 그대로 말
없이 호숫물에 담갔다.

“죽어, 변태 백은놈.”

“꼬록꼬록.”

물속에 잠겨서 몸부림치는 제이드와 그것을 냉정하게 내려

다보는 아리나를 멀찍이서 바라보며, 익숙한 광경을 본 로우와 루루리는 여유롭게 휴대용 음료를 마시며 한숨을 쉬었다.

"저건 제이드가 잘못한 거예요."

"나도 그렇게 생각해."

"안녕, 즐거워 보이네."

갑자기 나긋나긋한 남자의 목소리와 함께 한 파티가 호숫가에 모습을 드러냈다.

"여러분도 휴식 중입니다?"

남자 4인조 파티다. 그중 가장 연장자로 보이는, 리더급의 중년 힐러가 친근하게 물어본다.

"네. 우리는 아직 초보라서 말이죠. 영원의 숲에서 연습하고 있습니다."

어느새 부활한 제이드가 다소 목소리를 높이며 담담하게 거짓말한다.

"열의가 좋군요. 그러면 우리도 잠시 쉬었다 갈까요. 아, 저는 하이츠라고 합니다, 잘 부탁해요."

그리고 "으차." 하고 소리를 내고 앉더니, 하이츠는 느긋하게 잡담을 시작했다.


13


"그나저나 여러분, 비밀 퀘스트라는 걸 압니까?"

이야기가 길어질 무렵, 문득 하이츠가 말을 꺼냈다.

"비밀 퀘스트?"

같이 잡담하던 제이드는 모르는 척 고개를 갸웃거렸다.

"그래요. 아직은 초보라서 들어본 적이 없을까요? 이 대륙에는 아무도 모르는 숨겨진 던전이 있다⋯⋯는 이야기가 옛날부터 전해지고 있죠. 비밀 퀘스트를 발주하면 그곳이 나타난다고 합니다."

"거길 가면 뭔가 좋은 일이라도 있나요?"

"물론이죠. '특별한 렐릭'이 있거든요. 디아 스킬을 각성시킬 수 있는 렐릭⋯⋯이라고 하면 더 이해하기 쉬울까요?"

"디아 스킬?!"

"후후. 꿈같은 이야기죠. 지금은 사라진 최강급 스킬⋯⋯ 그걸 손에 넣으면 더는 이런 데서 연습하지 않아도 순식간에 강해질 수 있다니까요?"

"하긴⋯⋯!"

완전히 신인처럼 순진하게 감탄하던 제이드는── 그러나 갑자기 목소리의 톤을 낮추며 중얼거렸다.

"그런데 그게 정말이야?"

하이츠가 표정을 굳힌다. 갑자기 분위기를 바꾼 제이드에게 경계하듯 거리를 벌렸다. 제이드는 조심스럽게 하이츠를 관찰하면서 깊게 눌러쓰고 있던 후드를 벗었다.

"백은의 제이드 스크레이드?!"

얼굴을 드러낸 제이드를 보고 덫에 걸렸다는 사실을 깨달은 하이츠의 표정이 싹 변한다. 동료들도 황급히 일어서지만, 이미 아리나 일행이 그들을 둘러싸고 퇴로를 막고 있다.

"큭……!"

"이 휴식 장소에서 잠복하다가 적당한 파티가 오면 우연을 가장해 말을 걸고…… 그렇게 해서 모험가들 사이에 헛소문을 퍼뜨린 거군."

"《백은의 검》…… 길드에서 보낸 자객입니까……! 제법 빨리 움직였군요."

"루페스도 너희가 꼬드긴 건가?"

"루페스……? 모르겠군요. 우린 그냥 검은 옷의 남자에게 디아 스킬 이야기를 들었을 뿐입니다."

"검은 옷의 남자……?"

그때 제이드가 허리춤에 차고 있던 로드를 확 뽑았다. 그리고 거의 동시에 덤벼든 남자의 검을 로드로 막는다. 오른쪽 눈에 안대를 하고 등에 대형 방패를 짊어진 탱커였다. 남자는 의기양양하게 키득키득 웃었다.

"이상한 변장까지 하느라 고생이 많군. 설마 이런 헛소문 하나에 백은이 나설 줄이야.《백은의 검》도 참 한가한 모양……."

훅. 말하는 도중에 남자가 사라졌다.

아니다. 옆에서 무언가 엄청난 물건에 얻어맞아 날아간 것이다. 잠시 후 콰가가각! 하고 땅을 파헤치는 소리가 나고, 땅이

까인 자리를 남기며 남자가 엉망으로 굴러가 버렸다.

"""……."""

그 무자비한 공격에 적도 아군도 무심코 침묵했다. 모두의 시선은 한곳으로…… 남자의 야유를 다 듣지 않고, 묻지도 따지지도 않고 구타한 인물에게로 향했다.

이미 분노에 휩싸인 채 워해머를 꺼내든 아리나였다.

"드디어 걸렸구나, 이 망할 사기꾼……."

백마도사의 치유 로브에서 범상치 않은 살의를 뿜어내며, 아리나가 낮게 중얼거렸다.

"죽어."

"그, 그, 그 스킬과 워해머는…… 처형인?!"

하이츠는 워해머를 보고 눈을 부릅떴다.

"백은에 합류했다는 소문은 사실 같군요……?!"

하이츠는 무언가 수작을 부리려는 듯 뒤에 있는 동료들을 슬쩍 보며 손을 내밀었다. 아랑곳하지 않고, 아리나가 천천히 워해머를 겨눈 그때.

"자, 잠깐만요!"

루루리가 소리쳤다.

"아이덴…… 아이덴이죠?!"

루루리의 시선은 날아가 버린 탱커를 향했다. 그 다급한 목소리에 놀란 아리나의 손이 잠시 멈췄다.

"스킬 발동, 〈하늘의 초월자〉!"

그 틈을 타 하이츠가 외쳤다. 호숫가에 스킬이 내는 붉은 빛이 번쩍였다. 아리나는 스킬 공격을 경계했지만, 그 손에서 뿜어져 나오는 시구르스 스킬의 붉은 빛은 적이 아닌 하이츠 일당을 향했다. 그 빛은 순식간에 하이츠와 그 뒤에 대기하고 있던 두 남자를 감싸고── 순식간에 자취를 감췄다.

"사라졌어……?"

"공간 이동 스킬인가……!"

제이드는 크리스털 게이트와 비슷한 현상으로 스킬의 정체를 알아차렸다. 그 시선은 다음에 탱커 남자에게로 향했다. 동료들에게 버림받아 홀로 남은 그는 너덜너덜했고, 구타의 충격으로 외투가 찢어져서 얼굴이 드러났다.

그는 오른팔이 없었다. 오른쪽 눈의 안대와 함께 고려해도 무거운 대형 방패를 쓰는 사람으로서는 상당히 불리한 신체 조건이다. 아니, 불리한 게 아니다. 애초에 한쪽 팔로는 탱커 역할을 할 수 없다. 검을 뽑으면 더 이상 방패를 들 수 없기 때문이다.

"루루리. 아는 사람이야?"

엄격하게 쳐다보고 묻자 루루리는 묵묵부답으로 대답을 망설였다. 하지만 몇 초 동안 가만히 남자를 쳐다보다가 고개를 끄덕인다.

"그, 팔과, 눈…… 틀림없어요. 제, 예전……."

"크……큭큭."

루루리의 말을 가로막으며 아이덴이 낮게 웃음을 터뜨렸다. 동료가 사라져서 버림받은 것을 눈치챈 듯했지만, 아무렇지도 않게 어깨를 으쓱했다.

"이게 누구야. 그리운 힐러님 아니신가."

"역시…… 아이덴이군요……."

루루리가 로드를 꼭 쥔다. 표정은 딱딱하고, 어딘지 모르게 미안한 기색이 역력했다.

"왜…… 왜 당신이 이런 짓을…… 헛소문을 퍼뜨려서 뭘 하고 싶은 거죠?"

"헛소문? 아니지. 디아 스킬은 있다고."

아이덴은 음침하게 중얼거렸다.

"애초에 네가 나한테 잘한 척 떠들 수 있냐? 야…… 살인차 루루리!"

평온한 호숫가에 잠시 침묵이 흘렀다.

"살인자……?"

제이드가 눈살을 찌푸리며 중얼거렸다. 무심코 루루리를 보지만, 그 끔찍한 말을 듣고도 루루리는 조용히 고개만 숙이고 부정하려고 하지 않았다.

"저 꼬맹이를 힐러로 두면 죽을걸? 저 녀석은 동료 따위는 아무렇지도 않게 내버리는 살인 힐러니까 말이지?! 카하하컥?!"

기분 좋게 웃던 아이덴이 갑자기 옆으로 날아가 버렸다. 그 얼굴에 분위기를 깨부수는 워해머가 박혔기 때문이다.

"끅! 커헉!"

몇 번 땅바닥에 튕기고 구르다가 첨벙! 하고 호숫가 얕은 물에 빠지고 나서야 겨우 멈춘다. 비틀비틀 일어난 아이덴은 잠시 무슨 일이 일어났는지 이해하지 못한 듯했지만, 당황하는 백은 멤버들을 무시하고 한 발짝 앞으로 나선 아리나와 그 손에 쥐어진 워해머를 보고 대충 이해한 듯했다.

"사, 사람이 말하는데 무슨 짓거리냐……?!"

"루루리가 사람을 죽였든 말든 지금은 상관없어. 이 삼류 놈아…….."

"사, 삼류?!, 아니 상관없는 일이잖아?!"

"너희가 무분별하게 퍼뜨린 헛소문 때문에…… 나는 끔찍한 피해를 봤다고……! 최전선에서 싸우는 현장 노동자들의 마음을, 헛소문 하나에 휘둘려서 오래전부터 기대하던 행사마저 이벤트가 무산되려고 하는…… 접수원의 심정을 네가 알기나 해……?"

"뭐……?"

눈을 번뜩이며, 묻지도 따지지도 않고 아리나는 워해머를 들었다. 평소 입는 처형인의 외투가 아닌 치유를 베푸는 백마도사의 차림을 해서 그런지 살기를 뿜어내는 살벌한 모습이 더욱 돋보인다.

"다른 세 마리는 도망쳤지만…… 나는 말했어……. 헛소문을 퍼뜨린 놈은…… 때려죽이겠다고!!"

"잠깐, 잠깐, 잠깐 기다려 봐! 난 지금부터 저기 있는 살인 힐러의 과거를……."

"시끄러워. 그런 장황한 과거 이야기는 나중에 본인에게 들을 거야. 죽어어어어어어어————————!!"

"으아아아아아아악!!!"

아리나의 분노와 아이덴의 비명이 한낮의 숲에 울려 퍼지고, 곧이어 숲을 온통 뒤흔드는 엄청난 진동이 퍼지면서 쉬고 있던 새들이 모조리 숲에서 도망쳤다.

## 14

백년제까지 4일 남았다.

어제 영원의 숲에서 헛소문을 퍼뜨리던 범인 중 한 명을 붙잡는 데 성공했지만, 아리나의 표정은 어둡다. 결국 도망친 다른 세 사람의 행방을 찾지 못했기 때문이다.

하지만 정체가 밝혀진 이상 헛소문을 더 퍼뜨리지는 못할 것이다. 그렌은 그렇게 생각했다. 하이츠 일당의 행방은 길드 정보반에서 추적하고 있으며, 이름과 얼굴을 공개하고 지명수배 중이다. 일단 근거가 없는 헛소문이 더 퍼지는 일은 없을 것이다.

"선배님, 어젠 어디 가셨어요——!!"

아리나가 출근하자마자 눈물을 콸콸 흘리며 라일라가 달려왔다.

"무지…… 무지 힘들었다고요……! 주로 제가……! 항상 도 와주는 아리나 선배가 없으니까……!"

"이상하게 몸이 아팠어."

"목소리가 엄청나게 활기찼잖아요!"

"동료가 '갑자기 배가 아프다'고 하거나 '아침부터 머리가 아파서'라고 하며 딱 봐도 수상한 이유로 쉴 때는…… 여러모 로 눈치를 발휘해 '몸이 아팠겠구나'라고 해주는 게 사회인이 야…… 알았지?"

"그런 상식이 어디 있어요?!"

"자! 오늘 하루도 힘내자……. 백년제도 머지않았으니까!"

\* \* \* \*

오늘도 밀려드는 창구 대응에 쫓기다 업무가 끝난 후.

아무도 없는 사무실에서, 아리나는 산처럼 쌓인 서류를 맥없 이 보고 있었다.

"사기꾼은 잡았는데…… 역시 금방 파장이 가라앉을 리가 없 나……."

무심코 한숨이 푹푹 나온다.

"그러고 보니 오늘 아침 신문에서 헛소문을 퍼뜨리던 일당의 한 명이 잡혔다고 했죠……."

낮의 업무만으로 지쳐 해롱해롱해진 라일라가 손님용 소파에 벌렁 드러누워서 멍하니 중얼거렸다.

　"뭐, 이 정도로 폭발적으로 퍼진 정보이니. 쉽게 수습되진 않겠지……."

　턱에 손가락을 대고 아리나의 옆 책상에 앉아 진지하게 말하는 제이드.

　"그나저나, 저기……."

　소파에서 몸을 일으킨 라일라가 당연하다는 듯이 진지한 표정으로 책상에 앉아 있는 제이드를 보고 고개를 갸웃거렸다.

　"거긴 제 자리인데요……. 제이드 님……."

　그리고 말하고 나서야 라일라는 눈앞의 광경이 너무 이상하다는 사실을 깨달은 것처럼 서서히 눈을 크게 뜨고 피곤함도 잊은 채 덜덜 떨기 시작했다.

　"그런데…… 그런데 말이죠……?! 왜 당연하다는 듯이 백은의 리더이자 길드 최강 탱커가 제 책상에 앉아 아리나 선배의 나머지 업무를 돕는 거죠?! 무슨 상황?! 저기, 이게 무슨 상황이에요?!"

　"그야 눈에 보이는 그대로지." "보이는 그대로야."

　제이드와 동시에 대답한 아리나는 무표정한 얼굴로 사무 작업을 처리하고 있다.

　"약간의 연줄을 써서 도움을 받고 있어. 괜찮아, 이 녀석은 사무 작업을 할 수 있으니까. 그보다 라일라, 늘어져 있지 말고

오늘 나머지 업무를 정리해. 지금은 1분 1초가 아까워……. 이
딴 것에 낭비할 시간이 없어!"

"아니…… 그건 좀 아니죠! 제이드 님이 계시고, 이 녀석이니
이딴 것이니 하는 와중에, 그걸 전혀 이상하게 여기지 않고 야
근에 전념할 순 없어요……."

"야근을 도와주면 아리나 씨가 백년제에서 하루 데이트 해주
기로 약속했어."

"뭐, 뭐라고요?!"

제이드가 옆에서 불필요한 정보를 공개하는 바람에 라일라
는 더욱 혼란스러워하며 눈을 동그랗게 떴다. 하지만 몇 초 후
"아니지, 이건……!"이라며 갑자기 눈을 빛냈다.

"그래요……. 그랬군요! 그렇다면 응원할게요, 제이드 님.
그 사랑을!"

그리고 소파 위에 서서 주먹을 쳐든다. 조금 전의 피로는 어
디 갔는지, 라일라가 외쳤다.

"이 라일라는 기뻐요……! 아리나 선배, 이토록 예쁜데도 여
자의 매력이 없다고 할까, 남자가 코빼기도 안 보인다고 할까.
멋을 부리지도 않고, 애교를 부리지도 않고, 남자가 유혹해도
웃음기가 없는 미소로 걷어차고, 심지어 창구에 오는 모험가
들을 벌레 이하로 보고, '쉬는 날에 뭐 하는지 모르는 사람 넘
버원' 소리나 듣고, 저기…… 선배한테는 말하기 매우 힘들지
만, 매일 일만 하고 시들시들하게 사니까…… 조금은 그런 생

기가 필요하다고 생각했거든요!"

"저기, 지금 놀리는 거지?"

"이것도 하나의 사랑이에요! 선배를 생각해서! 제이드 님, 부탁해요. 아리나 선배는 그 커플의 마굴, 백년제에 혼자 간다고 했다고요! 꼭 막아주세요!"

"좋아. 내게 맡겨, 라일라. 그런데 조금 궁금한 게 있는데, 방금 남자가 유혹했다고 했지? 아리나 씨는 그런 일이 자주 있어?"

"와, 아리나 선배 부러워. 제이드 님께 사랑받는다니…… 결혼하면 인생 역전, 접수원은 결혼 퇴직하고, 미남 애처가 남편과 놀면서 살 수 있다니……."

"왜 내가 이딴 자식과 결혼해야 하는데. 농담하지 마."

"어?"

라일라가 눈을 크게 깜빡였다.

"어어어어?! 그런 선택지가 있을 수 있나요?! 제이드 스크레이드 님이라고 하면 성공한 모험가인데요?! 한 해에 가장 많은 보수를 받은 모험가들이 이름을 올리는 '부자 순위'에 열세 살 때부터 있어서, 놀면서 먹고살 만큼 돈을 모았다고 하는데……! 게다가 키도 크고, 몸도 좋고, 얼굴도 잘생기고, 강하고……."

"아, 그래. 대단하네."

"지금 아리나 선배가 서류의 잉크를 말리는 받침대로 쓰는 그 방패도! 우리 월급을 몇 년은 모아야 하는 물건이거든요?!"

척! 하고 가리킨 바닥에는 서류가 너무 많아서 놓을 곳이 없다 보니 급기야 받침대로 사용 중인 제이드의 대형 방패가 있었다.

지금 생각해 보면 한 달 전 시르하와의 싸움에서 제이드의 방패가 완전히 부서졌으니까, 새로 산 거겠지. 렐릭 아르마는 렐릭 중에서도 가장 희소가치가 높아서 여차하면 집 한 채보다 비싼 값이 매겨지기도 한다. 그런 것을 이렇게 쉽게 준비할 수 있다면 재력이 대단할지도 모른다.

하지만 아리나는 라일라의 안이하고 저속한 삿대질을 일갈했다.

"닥쳐. 이 세상에는 말이지…… 돈으로 말할 수 없는 기쁨이 있어……!"

"히익!"

아리나가 노려보자, 라일라가 작게 비명을 질렀다.

"노동 후에 혼자 마시는 술! 휴가 전의 밤샘! 디저트를 혼자 먹을 수 있는 행복……!"

"초……초라해……."

"무엇보다……! 남이 번 돈이 아니라 내 피와 땀으로 번 돈이니까 느끼는 자유가 있어! 낭비할 수 있어! 쓸모없는 물건을 마음 편히 살 수 있어! 하나부터 열까지 남의 돈에 기대서 사는 값싼 여자가 아니야, 나는!"

"제이드 님, 어쩌다가 아리나 선배를 좋아하게 된 거죠?"

"나는 저렇게 고집스럽고 불쌍해 보이는 점이 좋아."

제이드가 태연하게 대답하는 바람에, 라일라는 입을 꾹 다물 수밖에 없었다.

"그나저나 제이드 님의 사무 처리, 대단하지 않아요……?"

갑자기 진지한 표정을 짓고, 라일라는 이제야 깨달았다는 듯이 제이드가 처리한 서류를 보고 눈을 휘둥그레 뜬다.

"아까부터 둘이서 교차 체크하고 있는데, 하나도 틀린 게 없는데요……?!"

라일라가 놀라는 것을 보고, 아리나는 입술을 삐죽 내밀었다. 그렇다. 제이드의 사무 처리 능력은 뛰어나다. 아니, 탁월하다. 게다가 이 녀석의 대단한 점은 그게 다가 아니다.

"아, 아리나 씨. 아까 말한 이 오기입 서류 말인데……."

제이드가 가져온 것은 모험가가 잘못 기입한 것을 모르고 접수해 버린 발주서였다.

원래는 창구에서 발견하고 그 자리에서 본인이 다시 쓰게 하지만, 이런 사후 발견은 매우 까다롭다. 나중에 본인이 수정하게 해서 일을 한 번 더 하면 그나마 다행이고, 발견이 늦어지면 늦어질수록 창구 직원의 권한으로는 사태를 수습할 수 없어져 더 상급자인 길드 본부의 부서장 직인이 필요하게 된다. 다른 부서의 보수금 담당에게 넘어가면 끝장이다. 보고서 작성과 경위 설명. 한 장의 발주서 때문에 시간이 확확 날아간다──.

"알아보니 과거에도 똑같은 실례가 있었고, 실제 피해 자체는 없으니 수정 보고서만 작성하면 되는 것 같아. 도장도 카운터장 선이면 되니까 본부에 보고할 필요는 없어. 내일 받아와."

"아니, 과거 사례까지 조사한 거예요?"

라일라가 깜짝 놀랐다.

당연히 놀랄 수밖에 없다. 지금 제이드가 혼자 해결한 것은 라일라도 아직 배운 적이 없는 일이다.

그렇다. 제이드의 놀라운 점은 유연한 트러블 해결 능력.

'다른 사람에게 섣불리 묻지 않고 먼저 스스로 알아본다'는 사고방식을 가지고, 예전 서류에서 유사 사례를 정확히 찾아내 스스로 해결책에 도달할 수 있다. 게다가 그것을 혼자 마음대로 정하지 않고, 반드시 사전 사후에 아리나에게 보고한다.

매우 분하지만, 야근이 많은 성수기에 이런 일을 해주면 신으로 외치고 싶을 만큼 고맙다.

"뭐야…… 이놈의 완벽한 사무 능력은…… 평범하게 바로 전력으로 써먹을 수 있어서 짜증이 나……!!"

"선배, 저도 자신감이 없어졌어요……."

끙끙거리며 이를 가는 아리나의 옆에서 라일라가 맥없이 몸을 숙였다.

## 15

"라일라. 저기, 라일라."

제이드가 책상에 엎드린 라일라의 어깨를 살짝 흔들자, 신입 접수원은 "흐에?" 하고 이상한 소리를 내며 고개를 들었다. 입가에 침이 흘러 베개로 쓰던 발주서에 얼룩이 생겼다.

"이젠 한계지? 그만 가서 자는 게 좋아. 내일도 있고."

"으으, 아리나 선배는…… 더 하고 가는 거군요."

말하는 중에 아리나의 책상을 보고 여전히 산처럼 쌓여 있는 서류로 모든 것을 짐작한 듯했다. 아리나는 졸음을 깨기 위해 바깥바람을 쐬러 간다고 해서 이 자리에 없었다.

"그래도 많이 정리했으니까. 백년제가 보이기 시작했어."

"그렇다면 저도 안심하고 돌아갈 수 있어요!"

자기 일처럼 기뻐하며, 라일라는 능숙하게 귀가 준비를 시작했다. 서류가 널린 책상 위를 뒤적뒤적 정리하면서―― 문득, 라일라가 중얼거렸다.

"제이드 님. 아리나 선배는 사실 엄청 다정하고 강한 사람이에요."

"어?"

무심코 고개를 들자, 방금 본 멍한 얼굴은 없고, 조금 슬픈 표정을 지은 라일라와 눈이 마주쳤다.

"아리나 선배는 신입 때부터 혼자 야근을 많이 해서 힘들었을 텐데도 제가 야근할 때도 같이 있어 줘요. '내가 고생했으니까 너도 고생해라!' 가 아니에요. 그건 마음이 강한 사람이 아니면 할 수 없는 일이잖아요."

"아리나 씨가 다정한 건 나도 알아."

그렇게 대답한 제이드의 머릿속에는 한 달 전의 기억이 주마등처럼 스쳐 지나갔다.

죽어가는 제이드를 보고 눈물을 펑펑 쏟았던 그녀. 참는 것처럼 꾹 다문 입. 그래도 흘러넘치던 깨끗한 눈물. 자신을 위해 울어 주고, 야근도, 접수원의 평화도, 전부 내던지고 도와주러 온 그녀.

다시는 그런 표정을 짓게 하고 싶지 않다.

"아리나 선배는 깜짝 놀랄 정도로 아무도 의지하지 않아요. 저라면 금방 아무나 도움을 청하고 말지만요. 아리나 선배는 아무리 일이 쌓여도, 어떤 일이 있어도 무리해서 혼자 해결하려고 해요. 누군가에게 도움을 청하지 못해서 혼자 너무 노력하는 사람이에요. 그래서 아리나 선배가 제이드 님을 의지하는 걸 보고 깜짝 놀랐어요."

라일라는 기분 좋게 웃으며── 문득 시선을 살짝 내리고 중얼거렸다.

"제이드 님은 아리나 선배를 응원해 주세요. 앞으로 무슨 일이 생기더라도."

"응? 그래, 누가 말하지 않아도 그럴 생각이야."

라일라의 얼굴에 어딘지 모르게 어두운 그늘이 드리워 있었다. 왜 이렇게 슬픈 표정을 짓는지 몰라서 제이드가 의아해하는 것도 잠시, 라일라의 그늘은 금세 환한 웃음으로 사라졌다.

"그러면 저는 사랑의 보금자리를 방해하고 싶지 않으니 이만 가볼게요!"

제이드의 대답에 만족한 듯이 싱긋 웃고, 라일라는 순식간에 귀가 준비를 마치고 이피르 카운터를 떠났다.

"……."

혼자 남아 조용해진 사무실에서, 제이드는 의자에 몸을 한껏 기대고 앉아 천장을 올려다봤다.

"강해져야지……."

시구르스 스킬. 지금의 힘으로는 디아 스킬을 사용하는 마신과 대등하게 싸울 수 없다. 오히려 적의 공격을 받지 못하는 탱커는 짐짝이나 다름없다.

디아 스킬만 있다면—— 그렇게 비겁한 마음이 슬쩍 고개를 든다.

디아 스킬을 갈망하는 모험가의 마음을, 지금의 제이드는 이해한다. 마신이라는 초월적인 존재를 알지 못했다면 몰랐을 감정이다.

미지의 힘은 매력적이다. 그것만 손에 넣으면 지금의 고민이 모두 해결될 것 같다. 아니, 그 정도의 힘이 아니면 이 까마득

한 문제는 해결할 수 없다……. 그런 착각마저 든다.

 (하지만 아니야, 그렇지 않아.)

 제이드는 실재할지 어떨지도 모르는 애매모호한 힘에 의지하기 전에 지금 할 수 있는 작은 한 걸음이 더 중요하다고 스승에게 배웠다. 길드 최강 탱커로 불리게 되고도 마찬가지다.

 "시구르스 스킬로 디아 스킬을 이기는 방법인가……."

 사실 한 가지 생각나는 게 있다. 아니, 아직 경험이 부족했던 미숙했던 시절의 자신이 별생각 없이 떠올린, '시구르스 스킬 이상의 힘을 발휘하는 방법'이다. 하지만 그것은 이론상 너무 위험해서 실제로 시도했다가 죽을 뻔했고, 탱커 스승에게 '넌 바보냐?'라는 핀잔을 들었던 방법이다.

 "해볼까? 이제 그 방법밖에 없으니까."

16

 꿈을 꾸고 있었다.

 루루리는 어둡고 깊은 숲속에 있었다. 그곳에는 두 사람의 시체가 있었다.

 로드와 함께 팔이 떨어져 나가고, 머리가 엉뚱한 방향으로 돌아간 흑마도사. 나무 밑동에 쓰러져 있는 검사는 갑옷과 배를 찢겨 온몸이 진홍색으로 물든 채 생기가 없는 눈으로 침묵하고 있었다.

"왜……."

오른팔을 잃은 탱커가 원망으로 목소리를 떨며 이를 드러냈다.

"왜 회복하지 않았어……!"

루루리를 돌아본 탱커의 얼굴 오른쪽 반쪽에는 고통스럽게 찢어진 상처가 있었다. 오른쪽 귀가 떨어져 나갔고, 오른쪽 눈은 뭉개져 지금도 피가 철철 흐르고 있다.

"미안해요. 미안해요. 미안해요……."

루루리의 머릿속은 새하얗고 혼란스러워서, 그저 미안하다는 말밖에 할 수 없었다. 아니야, 나는 회복하려고 했어. 구할 의지가 있었어. 하지만 이 상황은 어쩔 수 없었어……. 그런 변명조차 할 수 없었다. 아이덴은 루루리를 더 몰아붙였다.

"이……!"

살인자.

매도하는 목소리가 다른 남자의 목소리로 바뀌었다.

고개를 퍼뜩 들자 아이덴은 사라지고, 그 대신 은발 청년이 서 있었다. 나는 그 사람을 안다. 동료를 아끼는, 믿음직한 리더다.

하지만…… 툭, 하고. 아무런 예고도 없이, 그 머리가 떨어졌다.

"히익……?!"

털썩. 쓰러진 시체 너머로 수많은 시체가 널브러져 있었다.

빨간 머리, 항상 놀리는 흑마도사. 항상 부루퉁한 얼굴이고, 야근에 쫓기고, 하지만 누구보다 강한 접수원.

"!!"

모두 낯익은 얼굴이고, 모두 지키고 싶었는데, 그들은 피투성이가 되어 숨이 멎었다.

살인자.

내가 죽였어.

내가…….

* * * *

백년제까지 3일 남았다.

1년에 한 번 있는 큰 축제가 다가오고 있는 이피르의 큰길에는 벌써부터 노점 준비가 조금씩 시작되고 있었다. 축제용 장식은 이미 완벽해서 겉으로만 보면 언제 축제가 시작되어도 이상하지 않을 정도다.

하지만 이렇게 즐거워 보이는 거리를 걷는 루루리의 표정은 무거웠다. 활기찬 소란에도 마음이 움직이지 않는다. 오늘 아침에 꾼 불쾌한 악몽이 머릿속을 맴돌고 있기 때문이다.

"아, 저기."

이피르의 메인 게이트를 향해 묵묵히 걸어가던 루루리는 마침내 결심하고 옆을 걷는 로우에게 말을 걸었다.

"음?"

"물어보지 않아요?"

"뭘?"

"저기, 제가…… 그…… 사람을 죽였다는 얘기를…….”

"아……."

얼마 전 영원의 숲에서 아이덴과 마주쳤을 때, 다른 일행도 그 말을 들었을 것이다. 그런데 그 이후로 아무도 그 말의 의미를 묻지 않았다. 분명 모두가 배려한 거겠지만, 루루리에게는 오히려 괴로웠다. 차라리 물어보는 것이 더 낫다는 생각이 들 정도다.

참다못해 루루리가 먼저 말을 꺼냈지만, 로우는 여전히 멍하니 시끌벅적한 거리를 바라보며 지극히 무심한 표정으로 대답했다.

"별일 아닌데. 난 상관없어.”

"…….”

"그보다 나는 지금 갑자기 리더가 호출한 것이 더 신경 쓰이는데…… 대체 무슨 일이지? 내가 너무 의욕이 없어서 백은에서 쫓겨나는 걸까?"

로우의 무관심한 태도를 본 루루리는 조금 발끈하면서도 진지하게 대답했다.

"특별 훈련, 이라고 했어요.”

"어? 못 들었는데?"

"뭔가 위험한 훈련을 한다고 해서, 함께해 달라고 했어요. 로우가 제대로 듣지 않았을 뿐이에요."

"어, 진짜? 리더님은 이번엔 또 뭘 하려는 거래⋯⋯. 애초에 아직 앞으로 두 달은 드러누워 있어야 하는 환자인데⋯⋯."

"⋯⋯."

로우는 정말로 루루리의 과거사에 관심이 없는 모양이다.

이게 뭐야. 조금 차가운 거 아니야? 루루리는 불합리하게 속을 부글부글 끓이면서도, 자세히 물어보면 무서우니까 입을 다물었다.

메인 게이트를 빠져나와 도로로 나왔다. 이피르의 관문은 역시 백년제를 앞두고 평소보다 사람들의 왕래가 활발했다. 행상인, 여행자, 모험가, 포장마차, 많은 사람이 속속 이피르로 들어가는 가운데 루루리 일행은 서 있는 마차에 탔다. 마부에게 길드 본부가 행선지임을 밝히고 삯을 치르자, 마차가 쓱 움직이기 시작했다.

마주 보고 앉아서 각자 창밖의 풍경을 바라보며, 역시나 침묵이 계속된다. 그렇게 말발굽 소리가 몇 번 들렸을 즈음——.

"아이덴이 말한 건 사실이에요!"

마침내 루루리는 벌떡 일어나서 목소리를 높였다.

"헉, 깜짝이야."

루루리의 갑작스러운 선언에 그때까지 창밖을 보던 로우가 눈을 휘둥그레 떴다.

"갑자기 뭐 하는 거야?"

"예전에 제가 아직 초보 모험가였을 때, 처음 파티의 탱커가 바로 아이덴이었어요! 그때는 저도 아직 시구르스 스킬을 각성하기 전의 왕초보였어요!"

후! 후! 루루리는 얼굴을 붉히며 단숨에 말했다. 옛날 일이 알려지는 게 무섭다는 감정은 싹 날아가고, 오히려 들어주길 원했다. 아니, 자꾸 숨기는 것이 괴롭다는 마음이 더 컸다. 로우는 당황했다.

"아, 알았어. 알았대도. 사실은 들어주길 바라는 거지? 똑바로 들을 테니까 앉아."

"……."

볼을 빵빵하게 부풀리면서, 루루리는 그 말대로 다시 의자에 털썩 앉아 눈을 딴 데로 돌리고 빠르게 말했다.

"따, 딱히 들어주길 원한 건……! 다만, '살인자' 소리를 들었으니 제대로 설명하려고……! 아니, 이럴 때는 궁금해진 당신들이 물어봐야 하지 않나요?! 왜 무시하는 건데요! 제가 싫어요?! 그렇게 관심이 없는 건가요! 제 과거를 제대로 물어보라고요!"

일방적으로 감정을 폭발시키며 엉엉 우는 루루리를 보고, 로우는 더욱더 깜짝 놀랐다. 그럴 수밖에 없다. 아무리 눈물이 많다고는 하지만, 갑자기 떼쓰는 아이처럼 소리를 지르는 등, 파티에서 '성실한 사람'의 이미지가 정착한 평소의 루루리에게는 상상할 수 없는 기행이다.

"아냐. 딱히 무시한 건 아니야. 나나 리더는 루루리가 무슨 소리를 들어도 괜찮으니까 물어보지 않은 건데……."

"저는 괜찮지 않아요!"

"알았어, 들을게. 듣는대도. 아니, 말해 주세요. 네?"

"……."

왠지 어린아이를 달래는 것 같아서 석연치 않은 느낌이지만, 루루리는 숨을 가다듬고 조용히 말하기 시작했다.

"어느 날…… 초보 파티였던 우리는 처음으로 가장 먼저 보스방에 도착했어요. 등급이 낮은 던전이었지만, 너무 기뻐서…… 흥분한 채로 플로어 보스에 도전해 버렸어요."

결과는 참패였다.

탱커인 아이덴은 적을 붙들어두지 못했다. 플로어 보스의 공격은 공격수와 루루리에게 향했다. 혼란스러운 전장에서 전방과 후방의 공격수가 모두 크게 다쳤다. 하지만 루루리는 당시 아직 시구르스 스킬도 없었고, 마법도 미숙해 둘 다 살릴 역량이 없었다.

그래서 선택해야 했다. 둘 중 하나를 버려야 했다.

"저는…… 선택하지 못했어요. 어중간하게, 두 사람을 회복시켜서……."

그렇게 망설이다가 최악의 결말을 맞이했다. 아이덴은 오른쪽 눈과 오른쪽 팔을 잃었고, 공격수들도 모두 목숨을 잃었다.

"아…… 그랬구나. 그래서 살인자라고 한 건가."

이해한 듯하지만, 로우의 목소리는 여전히 기복이 없다.

"아이덴이 보기에 저는 동료의 위기 앞에서 힐도 제대로 쓰지 못하고, 탱커의 소중한 팔을 빼앗은 힐러예요. 살인자 소리를 들어도 어쩔 수 없어요."

"흐응……."

로우는 얼굴을 찡그리고 빨간 머리를 쓸어 넘기며 한숨을 쉬었다.

"그건 뭐, 루루리도 힘이 부족했을 수도 있겠지만, 애초에 파티가 무너지는 건 적을 붙잡지 못한 탱커에게도, 적을 해치우지 못한 공격수에게도 잘못이 있는 거잖아. 그런데 전부 루루리 탓이라고? 그 녀석이 진심으로 그렇게 생각한다면 좀 식겁한데."

"그……그건, 그래도 힐러의 책임이 큰 건 확실해요……."

"패배가 누구 탓인지 따지기 시작하면 한도 끝도 없지. 그래서 파티에서 사망자가 나오더라도 절대로 다른 사람 탓으로 돌리지 않는다……. 그게 모험가들이 암묵적으로 지키는 원칙이잖아. 인간이 할 수 있는 일에는 한계가 있어. 나쁜 조건이 겹치면 초보자든 숙련자든 상관없이 죽지. 그걸 각오하고 모험가를 하는 거잖아?"

"그, 그렇긴 하지만……."

하지만 루루리는 납득할 수 없다며 입을 오물거렸다. 세상에는 정론으로 설명할 수 없는 것이 많다. 루루리는 한쪽 팔을 잃고서도 여전히 탱커에 매달리는 아이덴의 마음을 알 것 같았다.

본인은 억울한 이유로 잃었다고 여기는 팔과 눈. 그 분노와 원한을 모두 삼키고 다음 길로 나아가려면 상상할 수 없는 힘이 필요할 것이다. 아이덴이 탱커로 남은 것은 루루리에 대한 복수이기도 할 것이다.

"저는 그저 '강한 스킬을 가진 힐러'에 불과해요. 저 자신에겐 아무것도……."

말하려는 순간, 루루리는 급히 입을 다물었다. 이런 말을 하면 자신이 스킬만 있고 무능한 힐러라는 사실이 들킨다.

'부여하면 자동으로 치유해 주는 스킬? 대단한 시구르스 스킬이네.'

《백은의 검》에서 힐러로 뽑힌 날. 간단한 자기소개 후, 제이드는 이렇게 놀라워했다.

하지만 항상 있는 일이었다. 〈불사의 복음자〉를 각성한 뒤로 루루리에 대한 주위 평가가 확 달라졌기 때문이다. 그 성능을 설명하면 다들 눈빛이 달라지고, 루루리에게 대단하다, 대단하다며 칭찬을 아끼지 않았다. 하지만 루루리는 그 칭찬을 곧이곧대로 받아들이지 못했다. 스킬을 얻은 것은 루루리가 노력한 결과도 아니고, 그저 신이 준 것에 불과했기 때문이다.

"……."

말을 잇지 못하는 루루리를 한동안 가만히 바라보던 로우는 천천히 루루리의 머리를 마구 쓰다듬었다.

"아앗?!"

"아무튼 지나간 일을 자꾸 구질구질하게 떠드는 시시한 놈이 살인자라고 했다고 해서 신경 쓰지 말라고. 그런 놈의 말보다 내가 본 루루리를 더 믿겠어."

"……."

머리가 헝클어진 채, 루루리는 잠시 고개를 숙이고 침묵을 지켰다.

한 달 전, 마신과 싸웠을 때도 그랬지만—— 로우는 언제나 실실거리며 농담이나 하는 것치고는 동료를 잘 살피고 있다. 루루리가 끌어안은 불안을 한눈에 알아본 걸지도 모른다.

하지만 정말로, 좋은 의미에서, 아이덴의 말을 무시하는 것 같다. 그것은 곧 루루리가 지금까지 《백은의 검》으로서 사람들과 쌓은 신뢰의 증명이기도 했다.

그러니 루루리는 아무것도 걱정하지 말고 예전처럼 하면 된다. 고민할 것은 하나도 없을 것이다.

하나도 없을 텐데.

"뭐, 뭐예요. 고민하는 제가 바보 같잖아요!"

"헤에, 루루리도 고민할 때가 있어?"

"있어요!"

볼을 부풀리며 고개를 돌리자, 로우가 놀리듯 짓궂게 웃는다. 정말이지 김이 샐 정도로 평소와 똑같았다.

"있어요……."

그런데도, 아니 그렇기에 더더욱 마음속 혼란이 커져만 간다.

내가 여기 있어도 되는 걸까.

언젠가 그 신뢰를 배신하고, 언젠가 사람들이 실망하는 날이 오지 않을까. 지난번 마신과의 싸움 이후로 문득 떠오르기 시작한 그런 불안이 아이덴과의 재회를 통해 더욱 선명하게 드러났다. 생각할수록 깊게 헤집어지고, 벌어지고, 부어오른다.

"……."

하지만 더 이상 로우에게 칭얼대 봤자 성가시게 느껴지기만 하리라. 루루리는 작게 고맙다는 인사를 하고 창밖으로 보이는 모험가 길드 본부의 투박한 성벽으로 시선을 옮겼다.

자신이 다시 '살인자'가 되는 날이 오는 게 아닐까. 루루리는 그것이 너무 두려웠다——.


17


루루리와 로우는 길드 본부에 도착해 제이드가 지정한 훈련장으로 향했다.

"위험한 특별 훈련이라니……. 뭘까요……?"

불안에 휩싸인 루루리가 무심코 중얼거렸다.

제이드는 모험가로서도 탱커로서도 믿을 수 있는 사람이지만, 어찌 됐든 그 신념의 근간에는 '자기 몸을 아끼지 않는 마음' 이 있다. 그만큼의 각오가 있기에 길드 최강의 탱커로 불릴 수 있는 거겠지만, 힐러가 봤을 때 그 전투 방식은 항상 간담을 서늘하게 한다.

"위험한 특별 훈련이라면 위험한 훈련인 거겠지……."

그렇게 말하는 로우도 루루리와 비슷한 불안을 느끼는지, 어이없다는 얼굴로 말했다.

"리더는 멀쩡해 보이면서도 나사가 많이 빠졌으니까 말이지……. 여러 의미로……."

바로 그때, 로우의 말을 가로막듯 쾅! 하고 엄청난 폭발음이 들렸다. 동시에 안뜰 주변에서 붉은 섬광이 터져 나왔다.

"훈련장?! 리더인가?!"

외치자마자 달려가는 로우를, 루루리도 황급히 따라간다.

"제이드?!"

드넓은 훈련장에 제이드가 덩그러니 서 있었다.

그 주위의 허공에 붉은 빛이 소용돌이치고, 퍼지고, 파직파직 터지며 깜빡거리고 있다. 시구르스 스킬이 발동할 때 나타나는 발광 현상. 아마도 제이드가 스킬을 발동했기 때문일 텐데, 이렇게 광범위하게 빛이 퍼지는 것은 처음 본다.

"이, 이건 뭐죠……?"

"오, 왔구나."

드디어 제이드가 두 사람을 알아보고 돌아섰다. 엄청난 광경과는 정반대로 본인은 태연한 표정이어서, 루루리는 안도의 한숨을 쉬었다.

"아까 그 빛, 제이드가 한 건가요? 뭘 한 건가요……?"

"특별 훈련이야."

제이드가 팔을 흔들자 붉은 스킬 빛이 사라졌다.

"잠깐 생각난 게 있어서…… 어?"

두 사람에게 걸어오려던 제이드는 갑자기 무릎을 꿇고 털썩 주저앉았다.

"어라?"

그리고 그대로 중력에 이끌려 앞으로 고꾸라졌다.

"제이드!" "리더!"

안색이 변한 루루리와 로우에게, 엎드린 제이드의 입에서 다 죽어가는 목소리가 들렸다.

"이……일어나질 못하겠어……."


## 18


""여러 스킬의 동시 발동?!""

길드 본부의 치료실에서, 루루리와 로우의 외침이 깔끔하게 겹쳤다.

두 사람의 반응을 본 제이드는 치료실 침대에서 쓴웃음을 지었다. 루루리는 당연히 화낼 줄 알았지만, 로우까지 요란하게 반응한 것은 의외였다.

"아, 〈시구르스 월〉과 〈종언의 혈도자〉를 동시에 발동하면
지금보다 방어력을 더 높일 수 있지 않을까 싶어서……."

"바보예요?! 가뜩이나 스킬의 중복 사용은 사용자에게 큰 부
담을 주는데……?!"

제이드의 설명을 다 듣기도 전에 루루리가 일갈했다.

"뭐, 오래전에 '스킬 두 개를 발동하면 강하지 않을까?' 라고
단순하게 떠올린 거니까…… 바보가 맞긴 하지."

"이건 아리나 씨 안건이에요! 아리나 씨에게 딱 때리라고 할
거예요!"

"저기! 루루리! 그만……."

"어머, 무슨 소란인가 했더니 너였어. 제이드!"

아리나를 부르러 뛰쳐나가려는 루루리를 필사적으로 말리려
는 제이드의 얼굴에 피가 끓어오르는 순간, 시원시원한 목소
리가 들려왔다. 입구에 긴 흰 가운을 입은 한 여성이 서 있다.

"셸리!"

루루리가 흰 가운을 입은 여성—— 셸리를 알아차리고 곧장
매달려서 소리쳤다.

"셸리도 말해요, 제이드가 바보 멍청이예요!"

"아이참, 또 루루리를 울렸어? 제이드."

셸리는 풍만한 가슴으로 루루리를 꼭 안은 다음에 관심을 제
이드에게 돌리며 다가온다. 그리고 아무 거리낌 없이 제이드

에게 얼굴을 가까이 대고 손가락으로 턱을 밀어 올리며 진지하게 관찰하기 시작했다.

"아하, 스킬의 과다 사용에 따른 반동, 그 제2단계라고 해야 할까?"

속눈썹이 짙은 셸리의 눈이 제이드의 코앞에 있다. 나이는 20대 초반, 윤기가 나는 머리를 하나로 묶은 그녀는 손재주가 좋고, 날씬하면서도 가슴이 크다. 길드 본부에서도 다섯 손가락 안에 드는 미녀라는 소문이 자자한 셸리가 뜨거운 시선을 보내도 제이드는 한숨만 쉴 뿐이다. 이래 보여도 셸리는 렐릭 연구의 권위자이며, 길드 연구반 소속이다.

'인도하는 결정 조각', '홀로그램'을 비롯해 지금까지 렐릭 기술을 응용한 차세대 도구를 만들어 모험가 길드 연구반의 정예로 자리매김한 인물인데—— 그렇게 우수한 셸리의 실상은 조금 특이하다.

"애초에 스킬의 과다 사용에 따른 반동에는 단계가 있어."

셸리는 '개인적인 취미'로 렐릭뿐만 아니라 스킬 연구에도 힘을 쏟고 있다. 그런 그녀가 한숨을 크게 쉬며 일방적으로 말을 꺼냈다.

"일반적으로 말하는 스킬 피로, 전신에서 나타나는 현저한 피로감, 무기력증은 가장 가벼운 반동이야. 이를 넘어서면 신체에 명백한 이상이 나타나게 되는데, 예를 들면 의식 장애가 생기거나 오감에 혼란이 생겨. 다음에는 명백한 통증이 나타나는데, 이것이 인체가 보내는 최후통첩이야. 이걸 무시하고 스킬을 사용하면 출혈, 내장 손상, 결손으로 이어져 최악의 경우 충격사, 출혈사까지 이르는 수도 있어."

"잠깐, 잠깐, 잠깐!"

루루리가 불안한 마음에 입에 거품을 물고 흰자위를 드러내는 모습을 본 제이드는 다급히 셸리의 말을 막았다.

"이봐, 셸리, 너무 겁주지 마. 다 알고 하는 거야."

"어머, 그러니? 알고 하는 거라면 더 심한 스킬 피로 단계까지 버텨 주면, 재미있는 연구 대상이 될 텐데……. 유감이야."

"……."

고운 목소리로 천진난만하게 웃으며, 참 잔인하게 말한다. 그렇다. 셸리는 내구성이 강한 제이드를 우수한 실험체라도 되는 줄 아는 변태다.

"그보다 셸리, 뭔가 볼일이 있어서 온 거 아니야?"

이상한 생각을 떠올리기 전에, 제이드는 화제를 바꿨다.

"그래, 맞아."

셸리는 볼일이 생각난 듯 하얀 가운 주머니를 뒤적거리기 시작했다.

"저기, 저번에 맡은 물건 중에서 흥미로운 것을 발견해서 길드 마스터에게 보고하고 온 참이야. 마침 너희도 있다고 해서 직접 말하려고 했거든……. 자, 이거야."

그렇게 말하며 셸리가 아무렇게나 꺼낸 것은――― 검은 광택

이 나는 주먹 크기의 돌이었다.

단순한 돌이 아니다. 한 달 전, 숨겨진 던전 '하얀 상아탑'에서 만난 마신 시르하에게 박혀 있던 마신의 심장이다.

"저저저, 저기! 무슨 위험한 걸 가져온 거야!"

허둥대는 로우가 루루리를 안고 방구석으로 피하는 동안 제이드는 검은 돌을 받았다. 묵직한 까만 돌. 표면에는 아리나가 때려서 생긴 균열이 있다.

"뭔가 알아냈어?"

"마신의 심장이라는 건 확실해……. 아니, 그보다는 이게 마신의 핵, 본체라고 해야 하겠지."

"본체……?"

"눈을 가까이 대고 잘 봐. 까만 돌처럼 생겼지만, 그건 색깔이 아니야."

말대로 제이드는 한쪽 눈을 가까이 대고 검은 돌—— 아니, '마신핵' 속을 가만히 들여다보았다.

"?!"

깨달은 순간, 제이드의 온몸에 소름이 돋았다.

무심코 마신핵을 던질 뻔했다가 가까스로 멈췄다. 다시 한번 마신핵을 보지만, 더 들여다볼 마음은 생기지 않았다.

'까만 것'이 꿈틀거리고 있다. 마신핵 내부는 그렇게 형용할 수밖에 없었다. 마치 수많은 날벌레가 꿈틀거리는 것 같은 불쾌함이 들었다.

"이, 이게 뭐지……."

"그거, 전부 마법진이야."

"마법진……?"

"글자 위에 몇 번이고 몇 번이고 글자를 계속 덮어쓰다 보면 어느새 무슨 글자인지 모를 정도로 새까맣게 변하지? 이 마신핵 안에 엄청나게 많은 마법진을 꾸역꾸역 욱여넣다 보니 새까맣게 변한 거야."

마법진이라는 말에 제이드는 뭔가 떠오르는 것이 있었다.

"저기, 마법진이라면 혹시…… 디아 스킬의 마법진?"

아리나가 디아 스킬 〈디아 브레이크〉를 발동할 때 반드시 나타나는 마법진이 있다. 무기 구현과 마찬가지로 시구르스 스킬에서는 볼 수 없는 현상이다.

"아마 그렇겠지. 엄청나게 많은 디아 스킬이 이 마신핵에 갇혀 있다는 뜻이야. 아무튼 이건 진짜 끝내줘. 지금까지 분석했던 렐릭 중에서도 단연 으뜸이야."

심각한 보고일 텐데, 셸리의 목소리는 들떠 있었다.

"하지만 여기서 한 가지 의문이 부상했어. 디아 스킬이 대량으로 봉인된 마신핵, 그것을 몸속에 지녔던 마신 시르하. 그런데 그자는 디아 스킬을 세 개밖에 사용하지 않았지?"

셸리는 목소리 톤을 높이며 흥분한 표정으로 말을 이어갔다.

"〈거신의 폭창〉, 〈거신의 심판검〉, 〈거신의 투경〉…… 마신핵에는 훨씬 더 많은 정보가 있는데도 시르하는 세 개만 사용했어. 보통은 몸속에 있는 마신핵의 스킬을 모두 사용할 수 있을 것 같잖아? 그런데 처형인에게 궁지에 몰려 죽기 직전까지 다른 스킬을 사용하지 않았어. 이상하지?"

"하긴……"

"그래서 한 가지 가설을 세웠어. 마신은 디아 스킬을 사용하지 않은 것이 아니라, 사용할 수 없었던 거라고. 마신핵에서 스킬을 끌어내는 조건이 있는 거라고."

"조건?"

"그래. 예를 들면…… 마신은 자기가 죽인 인간의 숫자만큼, 다시 말해 '먹은 영혼의 숫자' 만큼만 디아 스킬을 이 마신핵에서 끌어낼 수 있다든가……."

제이드는 눈을 동그랗게 떴다.

"확실히 하얀 상아탑에서 죽은 루페스 파티는 네 명…… 그중 한 명은 루페스가 죽였어. 나머지 세 명을 죽인 시르하가 디아 스킬 세 개를 사용했으니…… 숫자가 맞지. 마신은 인간의 생명을 동력으로 삼으니까, 밀접한 관계가 있어도 이상하지 않아."

그뿐만이 아니다. 시르하는 인간을 죽이는 것을 자꾸만 '먹는다' 고 표현했다.

"마신에게 있어서, 인간은 디아 스킬을 뽑아내는 동력원이란 뜻인가……?"

"이 가설이 맞다면, 마신은 사람을 죽일수록 디아 스킬을 점점 더 많이 얻고 강해지는 거지. 이런 게 도시에 접근이라도 하면…… 아니, 인류 전멸 확정이네!"

"……."

터무니없는 가능성에 이르렀는데도 셸리는 흥미로운 연구 대상에 푹 빠져 있었다. 그 태도를 보고 질색하는 제이드에게, 셸리가 활짝 웃는다.

"참고로 방금 보고했더니 길드 마스터도 제이드와 마찬가지로 얼굴이 새파래지더라고."

"당연히 그렇겠지……."

"빨리 '검은 옷의 남자'를 처리하지 않으면 위험할지도 모르겠는걸?"

"……."

'검은 옷의 남자'.

셸리의 입에서 아무렇지 않게 흘러나온 그 말에 제이드가 인상을 찌푸렸다.

길드는 얼마 전 영원의 숲에서 붙잡은 아이덴으로부터 정보를 입수했다. 심문 결과에 따르면 아이덴 일당은 루페스와 접촉한 적이 없고, 디아 스킬에 관한 정보는 얼굴을 드러내지 않는 '검은 옷의 남자'에게서 얻었다고 한다. 길드에서는 루페스에게 마신의 정보를 준 것도 이 '검은 옷의 남자'일 것이라고 판단했다.

"'검은 옷의 남자'인가……."

루페스와 아이덴에게 정보를 주어 조종하고, 음지에서 마신 부활을 꾀하는 자.

아이덴은 이 검은 옷의 남자를 유령 같은 녀석이라고 말했다고 한다. 상복 같은 칠흑색 로브를 입은 그 녀석은 갑자기 나타났다가 볼일을 마치고 나면 눈앞에서 홀연히 사라진다고 했다. 남성 특유의 저음 말고는 알 수 있는 것은 아무것도 없다. 검은 옷의 남자로부터 '디아 스킬을 얻을 수 있는 렐릭'이라는 정보를 입수한 아이덴 일당은 모험가들에게 비밀 퀘스트를 찾게 해서 숨겨진 던전을 찾으려는 음모를 꾸몄다.

"혹시 정말로 세상을 원망하는 유령이라거나? 그래서 마신을 부활시켜 세상을 멸망시켜 주겠다! 같은 거라든지?"

"유령에게 멸망당할 순 없지……."

무거운 한숨이 나온다.

정말이지, 선인들은 왜 이딴 것을 남긴 걸까? 제이드는 속으로 투덜거리지 않을 수 없었다.


19


"마신, 이라."

길드 본부 최상층에 마련된 특별한 방.

바닥 전체에 희귀한 털로 짠 고급 융단이 깔렸고, 출입구에는 살벌하게 많은 경비가 대기하고 있으며, 방 중앙에는 장인이 만든 중후한 원탁 하나만이 달랑 있는 방이다. '알현실'이라고 불리는 이 방은 거의 사용되지 않는다.

길드 마스터 그렌은 알현실에 무릎을 꿇고 고개를 숙인 채 대답했다.

"네, 마신이라는 존재입니다."

원탁에 앉은 것은 세 명의 남녀. 하지만 일반인과는 지위가 다른 사람들이다.

과거 이 헬카시아 대륙이 마물로 넘쳐나던 200년 전, 처음으로 이 대륙에 발을 들이고 공략을 시작한 존재──【검성】, 【성모】, 【수호자】, 【대현자】라는 각각의 고유한 칭호를 보유한 모험가의 시조, '사성(四聖)'이 있었다.

이들은 그 혈통을 대대로 이어받은 4대 사성으로 불리는 자들이다.

초대 사성은 모험가 길드의 창시자이기도 하며, 그 후계자인 4대 사성은 말할 필요도 없이 모험가 길드의 수장이다. 실질적인 운영 권한은 길드 마스터인 그렌에게 일임하지만, 사성의 권한을 넘어설 수는 없다.

아니, 사성은 모험가 길드만이 아니라 이 대륙에 인간의 정착지를 만들고 오랫동안 지켜본 혈통이다. 엄연히 헬카시아 대륙의 왕인 셈이다.

"마신도 그렇고, '비밀 퀘스트'가 실존했다는 이야기도 정말 흥미롭군."

목소리를 낸 것은 사성의 한 명이었다. 차분한 눈빛, 백발을 길게 기른 나이 지긋한 남자, 4대 검성(劍聖)이다.

오늘은 1년에 한 번 정기적으로 열리는 사성 보고회였다. 이 기회에 그렌은 한 달 전에 있었던 마신과의 조우를 전했다.

"비밀 퀘스트를 발주하면 숨겨진 던전이 등장하고, 그 던전에는 특별한 렐릭이 잠들어 있다……고 했나. 정말이지 꿈같은 이야기, 모험가들이나 할 법한 귀여운 창작인 줄 알았는데. 그 일이 실제로 일어날 줄이야."

"사성께서는 비밀 퀘스트에 대해 아시는 게 있습니까?"

그렌은 조용히 사성에게 물었다.

사성은 말하자면 이 대륙에서 역사가 가장 오래된 모험가의 혈통이다. 그 지식과 기술은 신성한 것으로 대대로 한 사람에게 200년 동안 이어져 내려왔다. 그중에는 헬카시아 대륙에서 겉으로 드러나지 않은 역사도 비밀리에 전해지고 있다. 만약 '비밀 퀘스트'의 진실을 아는 사람이 있다면, 사성들 말고는 아무도 없을 것이다.

하지만 그렌의 물음에 【검성】은 얼굴을 찡그리며 말했다.

"유감이지만, 선대로부터 지식을 물려받을 때도 비밀 퀘스트 같은 건 듣지 못했군. '퀘스트'라는 시스템을 구축해 모험가들의 던전 출입을 관리하기 시작한 것은 우리 조상들이지. 퀘스트라는 이름이 붙는 것에 관해서는 우리 사성이 모를 리가 없는데…… 다른 사람들은 어떻지?"

【검성】은 그 자리에 있던 나머지 두 사람에게 대답을 촉구했다.

"나도, 들어본 적이 없는걸."

차분한 목소리로 대답한 인물은 4대【수호자】였다. 초로의 【검성】과 같은 4대째인 그는 아직 젊어 보였다.

200년 전부터 이어진 방패를 드는 자의 혈통인 그는 근육질에 털이 많고 덩치가 컸던 선대와는 정반대였다. 날씬한 몸에 하얗고 부드러운 피부, 그리고 무엇보다도 얼굴은 마치 예술품처럼 잘 다듬어져 있었다. 바람이 불면 휙 날아갈 것 같은 미소년이다.

"나도 그냥 지어낸 이야기인 줄 알았어. 하지만 '비밀 퀘스트'는 실존하고, 게다가 마신이라는 무서운 존재가 잠들어 있다니……. 그 정도 존재라면 그 사실을 반드시 전했을 텐데 말이야. 왜 들은 적이 없는 걸까. 신기한걸."

"그런 이야기, 이 몸도 들어본 적이 없구나!"

【수호자】의 느긋한 목소리에 발랄한 아이의 목소리가 끼어든다.

4대【수호자】도 역대 사성 중에서는 상당히 일찍 계승했지만, 이번에는 이를 뛰어넘는 최연소 사성이 있다.

"이【성모】님도 들어본 적 없는데? 이 녀석이 하는 말이 더 거짓말 같구나!"

4대【성모】다.

역대 사성이 앉았던 의자에 쿠션을 세 개씩 쌓고 앉아서 겨우 테이블에서 얼굴이 보이는──어린 소녀였다.

나이는 아직 열 살이 되지 않았으며, 허리까지 내려오는 긴 머리에 곤두선 눈썹, 사랑스러운 인형 같은 눈이 인상적인 4대 【성모】는 마침내 사성의 일원으로 발언할 수 있게 된 것이 자랑스러운지 쿠션 위에서 재주도 좋게 가슴을 펴고 있었다.

"애초에 마신이라는 존재의 기록은 '사성서'에도 없노라."

"그렇습니까…….."

사성서── 그것은 200년 전 초대 사성(四聖)이 헬카시아 대륙에 발을 내디딘 이래로 오늘에 이르기까지 역대 사성들이 모든 사건을 기록하고 계승한 이 대륙의 '완전한 역사서'다.

"사성서에도 기록이 없다면, 정말 난감하군요."

"그렇지도 않다. 현재 우리가 계승한 사성서는 완전하지 않아. 중대한 사태는 맞지만……. 게다가 여기 있는 우리 의견만으로 모른다고 단정하긴 성급한 일이야. 아직 물어보지 않은 사람이 한 명 있지 않더냐?"

【성모】는 아무도 앉지 않은 빈 의자를 바라보며 조금 슬픈 듯 말했다.

"나는 【대현자】의 의견을 듣고 싶구나. 겉으로는 초라해 보이지만, 우리 중에서 가장 지식이 풍부하고 연구열이 높았지. 4대 【대현자】라면 뭔가 알고 있을지도 모르노라."

네 개의 자리가 마련된 원탁에는 지금 한 자리가 비어 있다.

대현자── 10여 년 전에 갑자기 아무 예고도 없이, 아무에게도 말하지 않고 사라진 4대 사성의 한 사람이다.

처음에는 납치설, 암살설 등이 떠돌았고, 모험가 길드에서도 상당한 인원을 투입해 그 행방을 찾았지만 결국 찾지 못했다. 그 뒤로 생사는커녕 행방조차 알 수 없는 채 10여 년의 세월이 흘렀다.

사성들의 화제는 어느새 비밀 퀘스트에서 벗어났다.

"역시【대현자】의 공석은 어떻게든 처리해야 하지 않을까? 이젠 살았는지 죽었는지도 모르는데, 언제까지 공석인 채로 둘 수 있겠어? 사실은 사성서의 기록도【대현자】가 대대로 맡고 있는데⋯⋯."

"경솔한 발언은 자제해라,【수호자】. 사성의 고귀한 피를 끊고 적당한 자를 찾아내【대현자】라는 이름만 붙여도 아무 소용이 없느니라! 게다가【대현자】씩이나 되는 녀석이 아무것도 안 남기고 객사했을 리는 없는 것이야."

【성모】의 강한 어조에【수호자】는 난감한 듯이 눈꼬리를 축 늘어뜨렸다.

"그렇긴 하지만, 실제로 아무 소식도 없으니까 말이야. 뒤집어 생각해 보면,【대현자】씩이나 되는 사람이 10년이 넘도록 우리에게 아무런 소식도 전하지 않는 거야말로 있을 수 없는 일이잖아?"

"그렇다면 그대는【대현자】가 죽었다고 말하는 건가!"

"조금 진정해라, 【성모】."

두 사람을 다그친 것은 【검성】이었다.

"사성 내부의 결정은 우리가 할 일. 【대현자】 실종에 대한 처리는 공석으로 두고 귀환을 기다리기로 정했을 터. 그리고 지금은 그런 이야기를 할 때가 아니잖나."

"……."

다그치는 말을 들은 【성모】는 반성하듯 고개를 숙였다. 그렌은 안도의 한숨을 쉬며 가슴을 쓸어내렸다. 【검성】의 말대로, 지금 그들이 진정으로 인식하기를 바라는 것은 마신의 존재다.

그런 그렌의 안도감이 전해졌는지, 【검성】은 다정한 눈빛으로 말했다.

"그 뭐냐, 내 제자를 너무 괴롭히지 말아 주라는 뜻이야."

사성서를 비롯한 사성의 지식과 기술은 한 명의 자식에게만 전하는 것으로 여겨졌다. 그러나 【검성】의 혈통은 조금 특이하다. 후진에게 도움이 되게끔 기술에 한해서는 같은 혈통이 아닌 사람에게도 적극적으로 전수한 것이다.

즉, 스승과 제자 제도를 채택한 것이다. 그리고 더 숨길 필요도 없이, 4대 검성이 바로 그렌의 스승이다.

"【검성】. 직무상 사적인 관계를 암시하는 언행은 자중해 주십시오. 유착으로 간주될 수 있으니 말입니다……."

그렌은 조심스럽게 지적했다. 알현실에서 사성을 이름으로 부르는 것은 허용되지 않는다. 그들은 상징적인 존재이며, 일종의 신처럼 여겨지는 그들을 개인의 틀에 가두는 것은 무례하기 때문이다.

당연히 그렌의 방금 발언도 상당히 아슬아슬하지만, 【검성】은 전혀 아랑곳하지 않고 맞는 말이라며 털털 웃었다.

"그래, 그렇겠지. 실수했군……. 하지만 이런 호칭만 쓰는 것도 그렇고, 딱딱한 악습은 슬슬 바꾸고 싶군. 숨이 막혀 죽겠어."

이건 【성모】와 【수호자】도 동의하는 듯, 대놓고 말하진 않으면서도 고개를 크게 끄덕였다.

"뭐, 그런 거지. 【대현자】에 대해서는 이 자리에서의 발언을 일절 금지한다. 탈선하지 말고, 진지하게 생각해야지. 그, 마신이란 존재를."

【검성】은 눈을 가늘게 슥 뜨고 따스한 눈빛 속에서 날카로운 기를 발산하며 말을 이어갔다.

"길드 마스터가 한 이야기를 요란하게 받아들이면…… 이 대륙에 사는 인류의 위기라고 할 수 있겠지. 우리도 선인들과 똑같은 최후를 맞이할지도 몰라. 이번엔 처형인 덕분에 무사히 넘어갔지만, 우연과 우연이 겹친 것밖에 안 되겠지."

"마신을 해치우면 되지 않겠어?"

【수호자】의 너무 호쾌한 제안에 그렌은 몰래 얼굴을 찡그렸다.

"처형인은 마신 시르하를 단독으로 격파했잖아? 그렇다면 잠들어 있다는 다른 마신도 상대할 수 있을 것 같은데……. 어떻게 생각해, 길드 마스터?"

"반드시 이길 수 있는 것도 아닙니다. 지난번에도 처형인 본인에게 들었는데, '어떻게 이겼는지 모르겠다.'라고 하더군요."

사실은 '야근을 방해받은 원한의 힘으로.'라고 말했지만, 차마 말할 수는 없다.

그렌은 가슴속으로 정정하면서 아리나에게 들었던 말을 떠올렸다. 처음에는 마신 시르하와 호각이었다고 하는데, 결과를 보면 아리나가 이겼다고 한다. 어떻게 대등한 힘을 가진 마신을 격파할 수 있었는지는 알 수 없었던 것 같다.

"흐응……?"

그렌의 대답에, 지금까지 얌전하던 【수호자】가 살짝 눈썹을 치켜세우며 눈을 가늘게 떴다.

"자기도 잘 모르는 힘으로 승리했다……. 그런 거야?"

"그렇습니다. 여러 디아 스킬을 다루고, 디아 스킬을 막을 정도로 강인한 육체를 지닌 마신을 상대로 동급의 디아 스킬 하나로 이겼다는 것은…… '기적' 말고는 설명할 수 없는 일입니다. 그것에 의존하는 것은 위험할 것으로 생각합니다."

"애초에 처형인의 정체는 누구더냐?"

올 게 왔다. 예상했던 그 질문에 그렌은 침을 꿀꺽 삼켰다.

"이 【성모】님에게도 말해 줄 수 없을 만큼 위대해졌구나? 길 드 마스터여."

장난치듯 【성모】가 눈웃음을 친다.

"……."

지금 이 순간, 그렌은 '사성' 이라는 절대 권력자와 아리나의 살인적 괴력 스킬에 의한 폭력 사이에서 궁지에 몰렸다.

처형인의 정체를 말하면 아리나는 당연히 화를 낼 것이다. 그 소녀라면 설령 사성이 상대라고 해도 화낼 것 같다. 아니, 정말 두려운 것은 그 폭력적인 응징이 아니라, 신뢰를 완전히 잃고 그렌의 손에서 멀어지는 것이다.

아리나는 아직―― 더 열심히 일해야 한다.

"처형인과 약속한 겁니다. 물론, 필요하다면 마땅한 대응을 하겠지만, 그렇지 않다면 본인의 뜻을 존중하고 싶습니다."

"본인의 뜻이란?"

"평온하게 사는 겁니다. 싸움과는 무관한 곳에서 살기를 희망하는 것 같습니다."

"그렇구나. 상상했던 것과 무척 다르네……. 처형인에 대한 소문은 나도 가끔 듣는데, 전투광이라고 생각했어."

처형인 이야기에 관심이 있는지 【수호자】는 아까부터 눈에 힘을 주고 그렌을 추궁했다.

"들기론 공략이 정체 중인 던전에 불쑥 나타나서 혼자서 보 스를 해치운다고 하잖아? 한 달 전에 처형인이 이피르에 나타났을 때도 레이드 보스를 처치한 보수를 받지 않았다고 들었어. 그 이야기만 들으면 마치 싸우기 위해서 나타나는 남자야……! 그런데 평온하게 살고 싶다니, 앞뒤가 안 맞아."

"그건…… 일정한 조건을 갖추면…… 그렇게 됩니다."

"일정한 조건? 아하. 그렇구나…… 후후후…….."

【수호자】는 왠지 기쁜 눈치로 중얼거리는가 싶더니, 몇 초 뒤에는 무언가 강렬한 깨달음이 있었는지 갑자기 두 눈을 번쩍 뜨며 말했다.

"나는 알겠어! 처형인의 진짜 뜻을!"

갑자기 연약해 보이는 미소년답지 않게 큰 소리로 외치는가 싶더니, 【수호자】는 콧김을 씩씩 뿜을 듯 흥분한 기색으로 몸을 일으켰다.

"소중한 사람을 지키려고 할 때, 사람은 검을 쥐고, 활시위를 당기는 법. 처형인 역시 그런 사람이겠지! 지키고 싶은 사람을 위해 싸우는 데는 이유가 필요 없어! 평온함 속에 틀어박혀 지내선! 사랑하는 사람을 지킬 수 없다! 아, 뜨거워! 거참 뜨겁네!!"

【수호자】는 말하면서 열기가 더 커지는 듯, 급기야 테이블에 발을 올려놓고 몸을 젖히며 불끈 쥔 두 주먹으로 허공을 찔렀다.

""".…….""

그 돌변에 주위가 얼어붙었지만, 본인은 눈치채지 못했다.

200년 전부터 동료들의 방패였을 정도로 정이 많고 의리를 중시하는 혈통인 역대 【수호자】들은 대부분 겉도 속도 뜨거운 남자였지만―― 겉모습만 순둥순둥한 미소년이 되어도 그 피를 거역할 수는 없는 모양이다.

"돈도 사례도 원하지 않고 싸운다면 그런 거야! 사나이 중의 사나이야! 처형인!"

이글이글 불타는 눈빛으로 외치는 【수호자】에게, 옆에서 냉랭한 목소리가 들려왔다.

"닥쳐라, 【수호자】. 너무 덥다."

"……"

어린 【성모】의 따끔한 일침에 다시 냉정해진 【수호자】는 맥없이 도로 자리에 앉았다.

"미안해. 너무 뜨거워졌어."

혀를 쏙 내밀며 앙증맞게 얼버무리는 【수호자】를 본 그렌이 침묵할 때, 옆에 있는 【성모】가 어이없다는 표정을 지으며 크게 고개를 끄덕였다.

"하지만 【수호자】의 말도 이해하겠구나. 치유의 힘도 타인을 아끼는 마음이 강할수록 때로는 본인의 능력을 뛰어넘는 기적을 가져다준다고 어머님께서 자주 말씀하셨지. 분명 처형인도 강한 의지로 기적을 불러일으켜 미지의 마신에게 승리를 거둔 것이야! 참으로 훌륭하구나!"

"뭐…… 그렇죠."

사성들이 처형인의 태도에 감명받아 자꾸만 미담을 만드는 것을 보면서, 그렌은 어눌한 대답밖에 할 수 없었다.

그를—— 아니, 그녀를 움직이는 원동력은 야근이다.

야근이 광전사로 만들고, 무기를 들게 하고, 던전으로 향하게 한다. 그렇게 생각하면 '타인을 아끼는 마음'처럼 두루뭉술한 이유보다는 발동 스위치가 훨씬 더 명확하다.

"자, 또 이야기가 탈선한 것 같군."

헛기침을 한 번 하고, 【검성】이 다시 본론으로 돌린다.

"선인을 멸망시킨 마신 같은 존재가 백일하에 드러나면 이피르에…… 아니, 이 대륙에 사는 사람들에게 불필요한 불안을 부추길 것이다. 큰 불안은 폭동으로 이어질 수도 있지. 이 정보의 취급은 신중하게 이루어져야 한다. 그런 점에서 마신의 존재를 숨긴 것은 현명한 판단이었다."

【검성】은 그렌의 판단에 찬사를 보내면서도 그 눈에 더욱 날카로운 빛을 발하며 말했다.

"하지만 이것은 모험가 길드 하나만으로 해결할 수 있는 문제가 아닌 것도 사실이다. 정보상 길드, 대장장이 길드…… 모든 길드의 마스터와 기밀 정보로써 공유해야 하겠지. 우리에겐 선대보다 못한 힘과 기술밖에 없다. 단결하지 않으면 이 상황을 타개할 수 없을 테니까."

【검성】은 가만히 그렌을 바라보았다. 그것은 근엄한 왕의 눈빛이 아니라, 자신의 가르침으로 성장하고 길드 마스터의 자

리에 오른 제자를 향한 눈빛이었다.

"계속해서 잘 부탁하겠다, 그렌."

20

"아리나 씨, 이게 마지막이야!"

백년제 전날, 한밤중의 이피르 카운터 사무실. 제이드는 사무 처리를 마친 서류 뭉치를 건네며 의기양양하게 말했다.

"허?"

진지하게 서류를 세던 아리나가 어리둥절한 소리를 내고 고개를 들었다.

"마지막……?"

"그래. 이 발주서 묶음이 마지막이야. 남은 일은 더 없어."

"일이…… 없어……?"

아리나는 그 말이 믿기지 않는다는 듯 멍한 얼굴로 사무실을 둘러보았다. 빈 포션 병이 수없이 방치된 책상에서 백년제 전날인 오늘 밤이 라스트 스퍼트라고 주위를 살필 겨를도 없이 필사적으로 업무에 임했으니 그럴 만도 하다.

하지만 사무실의 양상은 며칠 전과 사뭇 달랐다. 전쟁터처럼 어수선했던 사무실은 이제 깔끔하게 정리되어 있고, 처리된 서류들이 가지런히 정리되어 있었다.

"끄……끄……?!?"

덜컹. 넘어질 것처럼 의자에서 일어나 마침내 실감이 생긴 아리나는, 다음 순간 바닥에 무릎을 꿇고 하늘을 바라보며 두 주먹을 높이 치켜세우며 외쳤다.

"끝났다아아아아아아——————!!"

한바탕 소리를 지른 아리나는 눈을 살짝 적시며, 감격에 겨운 듯 목소리를 떨었다.

"끄……끝날 줄 몰랐어……! 훌쩍, 훌쩍, 하느님 감사합니다……!"

"최근에 발주량이 안정세를 보인 덕분이네. 그리고……."

제이드는 뻣뻣해진 어깨를 풀면서 만족스럽게 웃고 말을 이었다.

"올해 백년제 특별 보너스 기간은 없잖아?"

"맞아!!"

대답한 아리나는 눈을 초롱초롱 빛내며 사무실에서 연락 게시판에 붙은 서류를 떼어냈다. 길드 본부에서 접수원들에게 보내는 연락 사항에는 큰 글씨로 이렇게 적혀 있었다.

'금년도 백년제 특별 보너스 기간 중지 안내'.

중지 사유로는 헛소문의 만연으로 심각하게 커진 발주 열기를 가라앉히기 위해서라든가, 정보가 부족한 비밀 퀘스트의 위험성을 고려해서라든가 등등 그럴싸한 이유를 늘어놓았지만, 요컨대 길드의 경고를 몇 번이나 무시하고 폭주한 모험가들에 대한 벌칙이다.

"후……후후후후…… 보너스 보수만 없으면 굳이 백년제 당일에 퀘스트를 발주할 녀석은 없을 거야……. 이겼어……. 완전, 승리……! 신은 나를 사랑해……!"

"그래. 이거면 당일에도 야근은 없겠지."

페널티라고는 하지만, 이 무렵에는 '디아 스킬을 얻을 수 있는 렐릭' 같은 것을 진심으로 믿는 사람이 줄어들어 우스갯소리로 변하고 있었다. 사태가 이미 잠잠해지고 있다며 길드 각 부서의 장들이 중지를 반대했다고 하는데, 그렌이 길드 마스터의 권한으로 감행한 것이다.

필시 아리나에 대한 보답인 것이리라.

"그러면 이만 가자, 제이드!"

끝난 것을 알자마자 발주량 집계를 신속하게 끝마친 아리나가 당연하다는 듯이 말했다. 그리고 몇 초 만에 퇴근 준비를 마치고 이미 이피르 카운터의 문을 잠글 준비를 하고 있었다.

"어, 어디로?"

무심코 제이드가 어리둥절한 투로 묻자, 예상치 못한 대답이 돌아왔다.

"어딜 가긴! 야근 지옥이 끝나면 할 일은 오로지 하나…… 마시는 거야!"

"……………………어?"

한순간 무슨 말인지 알 수 없었다.

눈을 정확히 두 번 깜빡이고, 입을 벌린 채로 그 말을 머릿속으로 되새기고, 시간을 두고 그 의미를 뇌가 이해하는데——.

"어어어어어어어어————?!"

이번에는 제이드가 놀라 소리를 지를 차례였다.

하지만 그것도 당연하다. 아리나의 초대. 100년을 살아도 볼 수 없을 듯한 상황이 아무렇지도 않게 찾아왔으니까.

"어, 이건 꿈일까? 평소 아리나 씨라면 '수고했어. 잘 가.' 라고 말하고 그냥 집에 갈 텐데……?! 난 내일 죽는 거야??"

"안 가면 나 혼자 갈 거야."

"가, 갑니다!"

두말할 것 없이 대답한 제이드와 아리나는 한밤중의 시내로 나갔다.

21

그렌은 지난 며칠간 기분이 착잡해졌던 사성과의 접견도 끝내고, 지친 얼굴로 집무실로 돌아왔다.

"아. 수고했어, 그렌."

그런 그렌을 맞이한 것은 손님용 소파에서 휴식을 취하고 있는 한 여성이었다.

"와, 또 늙었어?"

얼굴을 보자마자 무례한 소리를 하며 낄낄거리는 여자를 보고, 그렌은 노골적으로 얼굴을 찌푸렸다.

"이런 한밤중에 무슨 일이야, 제시카……."

그렌은 한숨을 푹 쉬고, 마지못해 맞은편 소파에 앉는다.

허리까지 내려오는 머리카락이 예쁘게 찰랑이고, 잘록한 허리와 매혹적인 허벅지를 과감하게 드러낸 갈색 피부의 여성, 제시카는 질색하는 그렌을 보며 더욱 즐겁게 눈웃음을 지었다.

"어머, 대놓고 질색하지 않아도 되잖아? 모처럼 이…… 정보상 길드 마스터인 제시카가 직접 찾아왔는데."

"오랜 악연이지만, 네가 와서 좋은 기억이 없어. 용건만 처리하고 얼른 돌아가."

"차가워라. 제시카, 삐쳤어."

"……."

"후후. 농담이야, 농담. 오늘은 일하러 왔어, 일, 하, 러!"

말과 함께 책상 위에 내던진 것은 한 권의 책이었다.

"책……? 아니, 이건……!"

그 책을 보는 순간, 그렌은 그동안의 피로가 싹 날아가 무심코 자리에서 일어섰다. 그 반응을 본 제시카는 만족한 기색이다.

"어머나, 눈빛이 확 달라지잖아."

그럴 수밖에 없다. 제시카가 가져온 책의 표지에는 금색 문자가 새겨져 있었기 때문이다.

그 금색 문자는 원래의 장정 위에 억지로 새긴 것 같고, 인쇄

위치도 약간 어긋나서 글자가 책등까지 닿았다. 이렇게 부자연스러운 물건의 정체는 하나밖에 없다.

"비밀 퀘스트라고……?! 어디서 구했어?!"

정보상이란 이름 그대로 정보를 다루고 그것을 무기로 삼아 생계를 꾸려나가는 자들을 말한다.

그들은 희소가치가 큰 정보를 찾아 수집하고, 필요한 사람에게 가격을 매겨 팔아넘긴다. 그런 정보상을 총괄하는 정보상 길드에는 모든 정보가 모여든다.

하지만 이것은 예상치 못한 일이었다.

힐문하는 그렌의 코앞에서, 제시카가 양손 검지로 X자 모양을 만들었다.

"정보상의 기밀 유지 의무는 절대적이야! 내 초극비 루트라고 말할게♡"

그렇게 해서 겨우 조금 침착해진 그렌은 소파에 다시 깊이 앉았다.

"비밀 퀘스트가…… 반드시 렐릭에만 숨겨진 건 아니라는 뜻인가."

한 달 전, 숨겨진 던전 '하얀 상아탑'을 등장시켰을 때, 비밀 퀘스트는 렐릭인 적수정을 아리나가 파괴함으로써 발현되었다. 현재 가장 단단한 물질이며, 아리나처럼 초월적인 괴력이 아닌 이상 물리적으로 파괴하기 어려운 렐릭은 물건을 숨기는 곳으로 안성맞춤이다. 그래서 그렌은 비밀 퀘스트가 렐릭에 봉인되는 줄로만 알았는데──.

"그런 것 같아. 나도 렐릭에 숨길 줄 알아서 깜짝 놀랐어."

"발주는 아직 안 했나 보군."

제이드의 말에 따르면, 비밀 퀘스트는 발주하면 금색 문자가 튀어나오고, 발주 후에는 문자가 사라진다고 했다. 금색 문자가 보이는 것은 아직 발주하기 전이라는 뜻이다. 숨겨진 던전도 아직 등장하지 않았을 것이다.

"맞아. 나도 개인적인 지적 호기심으로 발주해 보고 싶었는데. '정보상'의 신분으로는 발주할 수 없는 것 같더라고. 그래서 나한테는 그냥 잡동사니일 뿐인데."

긴 다리를 다시 꼬고, 제시카가 요염하게 웃었다.

"갖고 싶지?"

"얼마지……?"

"말이 금방 통해서 다행이야! 부르는 값이면 되겠지? 괜찮지? 안 받으면 다른 큰손님에게 줄 거야♡ 이건 원하는 사람은 많으니까."

악마처럼 씩 웃고, 제시카는 판매 가격을 제시했다.

22

"여, 영업하는 데가 없어……."

아리나는 완전히 인적이 끊기고 가로등 불빛만 반짝이는 한

적한 큰길을 넋 놓고 바라보고 있었다.

"술집이 벌써 문을 다 닫았어!?"

제이드를 데리고 야근을 끝낸 기세로 '마시자!'를 외치고 직장에서 뛰쳐나온 아리나를 기다리고 있던 것은 그렇듯 무정한 광경이었다.

'모험가의 도시' 이피르에는 모험가들이 자주 이용하는 술집이 널렸다. 손님이 있으면 새벽까지 영업하고, 한밤중에도 술집 한두 곳에서는 주정뱅이들의 웃음소리가 흘러나오기 마련이다.

"어느 가게나 내일 백년제를 대비하나 보네."

"그럴 수가……!"

무릎이 확 꺾이고, 아리나는 차가운 돌바닥에 주저앉았다.

"이상해……. 이건 이상해……. 난 이 이피르에서 누구보다 열심히 일했는데, 야근을 마치고 맛있는 술 한 잔도 못 마시다니……."

절망해서 중얼거리는 아리나의 옆에서, 제이드는 무언가를 생각하는 듯 침묵했다. 그러다 문득 아리나의 팔을 잡고 이런 제안을 한다.

"그러면 아리나 씨, 내 단골집에서 마시자."

"단골집?"

또다시 울컥할 정도로 멋들어진 단어가 나왔다. 눈살을 찌푸리는 아리나에게, 제이드가 자신만만하게 말했다.

"거기라면 아직 하고 있을 거야. 술 마시고 싶다며?"

"……."

울컥하지만, 술은 마시고 싶다. 아니, 이 해방감을 맛보고 싶다. 이렇게 된 거, 술만 마실 수 있다면 어디든 상관없다고 아리나가 마지못해 동의하자, 제이드는 술집이 즐비한 거리와는 정반대로 걷기 시작했다.

"? 술집이 많은 건 저쪽인데?"

"이쪽이 맞아."

곧이어 좁은 골목길로 들어서고, 그 안쪽에 나타난 지하로 이어지는 계단을 따라 내려갔다. 계단 끝에는 사람들 눈에 띄지 않게 불빛이 흘러나오는 작은 문이 하나 있었다.

"〈밤의 골목〉? 이런 데 술집이 있었구나."

초라하게 세워진 작은 간판을 보며 아리나가 고개를 갸웃거렸다. 대대적으로 손님을 끌어들이지 않고, 입구도 간판도 숨겨져 있는 이 술집은 마치 손님을 원하지 않는 느낌이다.

"옛날부터 《백은의 검》이 자주 이용하는 술집이야."

문에 달린 종이 울리는 소리를 들으며 가게 안으로 들어선 제이드를, 카운터에 서 있는 노인이 맞아주었다.

"어, 제이드 씨. 어서 오십……."

뒤이어 들어온 아리나를 본 가게 주인은 살짝 눈을 떴다. 이어서 갑자기 기쁜 내색으로 "후후." 하고 웃었다.

"애인입니까?"

"아니에요."

미남 모험가로 유명한 제이드와의 애인 의혹에 얼굴을 붉히기는커녕 얼굴색 하나 변하지 않고 즉각 부정하는 아리나를 보고 여러모로 짐작한 듯, 가게 주인은 창백하게 웃으며 침묵했다. 하지만 강철 멘탈을 가진 남자 제이드는 왠지 모르게 기쁜 듯 안절부절못하며 일부러 어깨를 으쓱했다.

"후……. 드디어 우리 사이가 들켰나……."

"저기, 이상한 소리는 하지 말지……?"

"괜찮아. 물론 이 관계가 들켰을 때는 책임지고 아리나 씨를 아내로 맞이하기로 각오했어."

"……………………………………………………………흐응."

"나는 제법 돈을 잘 버니까. 만약 아리나 씨가 직장을 잃더라도 죽을 때까지 부양할 자신이 있어! 그러니 안심하고 같이 우읍……."

제이드의 말이 중간에 끊겼다. 눈을 부릅뜬 아리나의 오른손이 입을 꽉 움켜쥐고 다음 말을 물리적으로 막았기 때문이다.

"읍읍읍?"

"누가……."

"으으읍!"

"너 따위에게 부양받고 싶대————!!!"

"푸헙!"

쾅! 〈녹투 바〉의 깨끗한 바닥에 처박히고, 제이드는 눈에서 흰자를 드러내며 움찔움찔 경련을 일으켰다.

"……."

그 모습을 슬쩍슬쩍 보며 아리나와 눈을 마주치지 않으려 애쓰는 주인에게, 아리나는 눈을 매섭게 흘겼다.

"주인장…… 오늘 밤엔 아무것도 못 본 거예요. 알았죠?"

"뭐, 그야, 원래 이곳은 백은 사람들이 남몰래 오는 곳이니까. 물론 손님들끼리 하는 이야기에 끼어들거나 함부로 떠벌리고 다니진 않아."

"여기 〈녹투 바〉도 오래 다녔으니까. 주인장의 과묵함은 보장할 수 있어. 안심하고 마시자, 아리나 씨."

당연하다는 듯이 부활한 제이드가 카운터 자리에 앉고 옆자리에 앉으라고 재촉한다. 아리나는 입을 꾹 다물고 제이드와의 사이에 자리 비우고 앉았다.

"아리나 씨, 포도주면 될까? 그리고 적당히 요리도 주문할까. 아, 주인장, 주문 받아요."

"……."

주문까지 척척 해내는 제이드의 능숙한 솜씨를, 아리나는 가만히 째려봤다.

"진짜 능숙하네."

"그래?"

제이드는 고개를 갸웃거리며 웃었다.

"뭐, 나도 《백은의 검》 리더니까 길드 간부와 술을 마실 기회

가 자주 있어. 위대한 선배님들을 상대하면 나이 탓에 가장 말
단인 내가 이런 일도 자주 하니까, 자연스럽게 익힌 거지.”

"……?! 이 녀석……!!!"

문득 무언가를 깨달은 아리나는 무심코 카운터 자리에서 일
어섰다.

(요령이 좋다고는 생각했지만…… 설마, ‘회식 스킬’도 터
득했어?!)

회식 스킬—— 업무의 연장선이라고 해도 과언이 아닐 정도
로 까다로운 스킬이다.

술잔을 주고받으며 허심탄회하게 이야기함으로써 상사, 동
료, 부하 직원과의 보이지 않는 골을 메우고, 원활한 업무가 이
루어지는 기반을 다지는 것이다. 직장인의 고등 테크닉이라고
할 수 있다.

이 회식 스킬을 싫어하는 사람도 많고, 무용론도 은근히 나오
지만, 실제로는 사회에 나가서 한 번쯤은 부딪히게 되는 것도
사실이다. 게다가 더 나쁜 것은 이 스킬은 경험이 많아야 실력
이 늘어난다는 점이다.

(자리에 앉은 다음, 개개인에겐 술만 확인하고 안주를 후다
닥 정해서, 군소리가 나오기 전에 ‘건배’까지 넘어가게 하는
강압적 주문 스킬……. 까닥 잘못하면 불쾌한 강압으로 보일
수 있는 것을 아주 자연스럽게 소화했어……?! 이 자식, 경험
이 많아……!)

참고로 아리나는 이런 걸 무진장 싫어해서 직장의 술자리는 필수인 것을 빼면 가차 없이 쳐내는 최종 필살기, '그 사람은 불러도 어차피 안 온다'의 포지션을 획득해서 위기를 넘기고 있다.

술자리에서 얻는 혜택보다 시종일관 신경 쓰면서 술을 마셔야 하는 스트레스가 훨씬 크기 때문이다. 물론 송년회, 신년회, 환영회, 송별회, 한여름 회식 등 세상에는 피할 수 없는 술자리가 여럿 존재하지만.

"아리나 씨는 이런 걸 정말 질색할 것 같단 말이지~."

"넌 왜 모험가를 하는 거야……?"

아리나는 자기보다 훨씬 더 조직에서 잘 처신할 것 같은 제이드에게 왠지 모를 분통함을 느끼며 얼굴을 찡그렸다.

아리나의 집은 작은 시골 마을에서 술집을 운영하고 있다. 항상 동네 모험가들로 넘쳐났던 그곳에서 어릴 적부터 보았던 것은 회식 스킬과는 거리가 먼 호탕한 모험가들의 모습이었다. 그들은 가게에 들어오기 전부터 이미 술에 취해 있었고, 주문한 술과 음식이 주문한 대로 나오든 말든 상관하지 않고, 술에 취한 채로 고기를 먹고, 던전 모험담에 열을 올리고 폭소하던 기억밖에 없었다.

"뭐, 개인 능력주의 세계에서 일하는 모험가들도 처세술이 전혀 필요 없지는 않으니까."

"그래……? 모험가는 처음부터 끝까지 술에 찌든 생물인 줄 알았는데.”

“뭐, 부정하진 않지만…… 술집에선 기를 펴고 싶어지잖아? 모험가로 살면 말이야.”

“…….”

제이드가 아무렇지 않게 대답한 말을 듣고, 아리나는 문득 한 모험가를 떠올렸다.

어렸을 때 아리나가 가장 친하게 지냈던 모험가—— 슈라우드라는 청년이다.

그는 ‘혼자서 조용히 마시는 게 남자지.’ 라고 멋을 부리고 혼자 카운터에 앉는 것을 좋아했지만, 결국엔 동료나 지인들에게 붙들려서 놀림당하고, 조금도 조용히 있을 수 없이 즐겁게 웃었다. 아리나도 즐거웠다. 술집에는 복잡한 회식 스킬도, 사회생활의 답답함도 없고, 그저 모험가들이 말하는 황당무계한 꿈과 무한한 모험이 펼쳐져 있었다.

제이드의 말대로 던전에 한 걸음만 들어가면 죽음과 함께하는 살벌한 현실에 노출되는 모험가이기에, 술집에서만큼은 기를 폈는지도 모르겠다.

그렇게 즐겁게 지내던 슈라우드도 퀘스트 중 목숨을 잃었다. 모험가란 너무나도 허무하게 끝을 맞이하는 직업인 것이다.

“그리고 난 이렇게 남을 챙기는 걸 제법 좋아해.”

“조, 좋아해?! 진짜 별난 인간이네……?!”

“술자리 전체를 신경 쓰면서 이상 징후를 감지하고, 다음에

할 일을 생각하면서 항상 머리를 굴리는 게 탱커가 하는 일과
비슷해서 그런 걸까?"

아하. 이 남자는 타고난 회식 간부 체질인가.

"뭐, 아무튼 야근 지옥의 끝을 축하하며 건배하자."

흥, 하고 코웃음을 치며 정신을 가다듬은 아리나는 자기 앞에
나온 큰 잔을 높이 들었다.

"내일 백년제는 마음껏 즐길 거야······!"

"그래!"

짠, 하고 상쾌한 소리를 내며, 아리나와 제이드는 큰 잔을 부
딪쳤다.

\* \* \* \* \*

"그러니까······ 왜 나만······ 으, 히끅! 이 세상은 너무 부조
리하다고."

힘찬 건배 후 수십 분이 지나── 제이드는 옆에서 술에 취해
중얼중얼 떠드는 아리나의 등을 쓰다듬고 있었다.

"아리나 씨, 술 약하구나······."

힘차게 술을 마시기 시작한 주제에, 한 잔을 다 비울 즈음에
는 아리나가 카운터에 뻗어 있었다. 피곤할 때는 술기운이 잘
돈다고 하니까, 평소에는 더 마실 수 있을 테지만.

"이 아가씨, 많이 피곤했나 보군요."

주인장이 내준 물을 받으며 제이드는 보물처럼 큰 잔을 끌어안고 쿨쿨대는 아리나의 어깨를 흔들었다.

"아리나 씨. 물 마시고 슬슬 집에 가자. 일어날 수 있어?"

말을 건네자, 아리나가 벌떡 일어났다. 연이은 야근으로 지친 듯한 접수원은 술에 취해 뺨이 붉어진 얼굴로 한동안 멍하니 제이드를 보더니.

"슈라우드?"

갑자기 불쑥 중얼거렸다.

"어?"

들어본 적 없는 이름에 제이드는 잠시 당황했다. 하지만 아리나는 눈앞의 제이드가 슈라우드라는 사람이라고 생각한 듯, 제이드의 팔을 꼭 껴안았다.

"슈라우드……. 뭐야, 다행이야……. 돌아왔네……."

"저기……."

제이드는 한순간 하얗게 변한 머릿속을 억지로 복구시키고, 어느새 아리나의 두 어깨를 힘껏 붙들고 있었다.

"저기? 그게 누구?! 남자?! 남자 이름이야?! 그 녀석이 누군데!?"

안타깝다는 듯 이상하게 푸근한 주인장의 눈빛을 무시하고, 제이드는 아리나에게 따지고 들었다. 하지만 아리나는 여태까지 본 것 중에서 가장 행복한 미소를 지으며 대답하지 않는다.

"슈라우드…… 나 있지…… 접수원이 됐어……."

"그래, 그래서 누구냐고 그 녀석은……?"

"슈라우드가 퀘스트 발주하러 오길…… 쭉 기다릴게……."

"……!"

아리나의 말을 듣고, 제이드는 딱딱하게 굳었다. 다시 새근새근 잠든 아리나의 편안한 얼굴을 보며, 제이드는 한 가지 가능성을 떠올렸다.

아리나는 디아 스킬이라고 하는 막강한 힘을 가지고 있으면서도 접수원 말고 다른 선택지를 고려하지 않는다. 모험가가 되면 성공이 보장될 것은 누구 봐도 뻔한데, 본인은 접수원에만 집착한다.

그렇다면 그 진짜 사정은——?

"'슈라우드'를, 기다리고 있는 건가……?"

제이드는 조용해진 아리나를 업고, "오늘은 돈을 안 받아도 됩니다……."라고 안쓰러워하는 주인장에게 억지로 돈을 내고, 〈녹투 바〉를 떠났다.


## 23


정보상 길드 마스터인 제시카가 떠난 집무실. 그렌은 혼자서 조용히 입수한 책—— 아니, 비밀 퀘스트를 조용히 바라보고 있었다.

그때 갑자기 노크 소리가 들리고, 그렌의 대답을 기다린 다음 비서 필리가 들어왔다.

여전히 표정이 없는 무덤덤한 얼굴에 은테 안경을 쓰고, 단정하게 묶은 머리와 흐트러진 곳이 하나도 없는 업무용 옷을 차려입었다. 그녀는 그렌의 손에 있는 비밀 퀘스트를 보고도 눈썹 하나 까딱하지 않고, 제시카가 비운 은잔을 능숙하게 정리한다.

필리는 단순한 비서가 아니라 길드 마스터의 신변 경호도 맡은 일류 경호원이다. 경호 대상의 행동에 일언반구도 하지 않고, 개인의 사정이나 감정을 개입시키지 않는 방법을 잘 안다.

"그 '책'은 어떻게 하겠습니까?"

"지하 미궁의 가장 깊은 곳, 지하 서고에 두겠다. 지금 가지."

"알겠습니다. 바로 준비할 테니 여기서 기다려 주시죠."

그렇게 말하고 필리는 일단 집무실을 나갔다.

"그건 그렇고, 큰일이군……."

다시 혼자가 된 그렌은 멀리서 들려오는 필리의 발소리를 들으며 머리를 긁적였다. 그리고 손에서 금색으로 빛나는 책을 가만히 내려다보고 한숨을 쉬더니──.

입가에 아주 조금, 미소를 지었다.

"이렇게 간단히 찾을 줄이야."

제시카가 가장 먼저 모험가 길드에 협상하러 와 준 것도 고맙다. 아니, 이럴 때를 대비해 평소 정보상 길드와 신뢰를 쌓고, 그들의 제일가는 고객이 되어 준 덕분일까?

"아무리 그래도 너무 빨리 찾은 거 아닌가? 요즘 정보상들은 우수하군……. 헛소문만 믿고 폭주한 모험가들보다 훨씬 더 쓸만한걸."

예정대로는 조금 더 고생할 줄 알았는데. 혹시 정말로 우연히 누군가가 발견해서 정보상에게 비싸게 팔아치운 걸까? 욕심 같아서는 모험가가 찾아서 발주까지 해줬으면 제시카에게 돈을 뜯기지 않았을 테지만—— 그건 이제 됐다.

"비밀 퀘스트는 찾았다. 이제 마신만 남았군."

머릿속에는 한 소녀의 부루퉁한 얼굴이 떠올랐다. 듣기로 백년제를 무척 기대하고 있다고 하는, 모 접수원이다.

백년제 전날. 이 타이밍에 비밀 퀘스트가 발견되고, 사태가 움직이기 시작한다면—— 정말이지, 그 소녀는 신에게 미움받고 있다.

"자, 이번에도 잘 부탁하마. 아가씨."

24

밤. 붉게 물든 이피르 시내는 이미 사람들로 넘쳐나고 있었다.

큰길 입구, 메인 게이트 앞 광장에 서 있는 아리나는 평소와 다름없는 원피스 차림이지만, 표정은 마치 순수한 소녀처럼 환하게 빛났고, 이미 너덜너덜해진 수제 가이드북을 만지작거리고 있었다.

드디어 염원하던 백년제에 온 것이다.

"와……!"

축제의 중심이 되는 큰길. 그곳에는 이미 노점이 빽빽하게 들어찼고, 사람들로 가득했다. 맛있는 냄새가 진동하고, 밤인데 시끌벅적하다. 밤의 어둠을 밀어내는 노점의 불빛. 그것들이 파도처럼 아리나에게 밀려와 시야를 가득 채운다.

"시, 시작해……!"

그렇듯 즐거운 축제 분위기에 들뜬 마음을 억누르며 아리나는 가만히 시계탑을 바라보고 있었다.

마법의 빛으로 화려하게 조명을 켠 백년제 사양의 시계탑. 그 긴 바늘이 어느덧 정점을 가리키며 오후 6시를 알리는 순간.

빰빠밤! 하고 악단의 나팔 소리가 성대하게 이피르 시내를 울렸다.

동시에 준비된 마법의 불빛이 대량으로 으스름한 어둠 속에서 쏘아져 올라간다. 그것들은 온몸을 울리는 소리와 함께 화려하게 터지면서 거대한 빛의 꽃으로 큰길의 상공을 가득 채웠다. 빛의 입자는 사라지지 않고 눈처럼 지상에 내려앉는다. 큰길가에 설치된 축제용 장식물에도 불이 환하게 켜지고, 밝은 햇살 아래서 진행되던 '낮의 축제'가 밤의 얼굴로 탈바꿈한다.

그 화려한 연출과 함께── 백년제 첫날, 밤의 축제가 시작됐다.

"와아아, 와아아!"

생기가 없었던 아리나의 얼굴이 환하게 밝아졌다. 지난 며칠 간 피로에 지쳐 죽었던 눈에 빛이 돌아오고, 보석처럼 반짝반 짝 빛났다. 항상 눈썹 사이에 주름이 있었던 얼굴이 기쁨으로 활짝 펴지고, 딱딱했던 뺨이 붉게 달아오르는 모습은 그야말 로 열일곱 살다웠다.

오랫동안 동경하던 풍경이 눈앞에 펼쳐져 있었다.

가까운 듯하면서도 멀었던 곳. 정말 멀었다. 여기 오기까지 왜 이렇게 고생해야 하나 싶을 정도로 힘든 여정 끝에, 아리나 는 드디어 도착한 것이다.

꿈에 그리던 백년제에――!

"빨, 빨리! 빨리 가자! 제이드!"

돌아오는 말은 없었다. 뒤돌아보니 제이드는 석화의 저주에 걸린 것처럼 입을 멍하니 서서, 입을 반쯤 벌려 아리나를 바라 보고 있었다. 몇 초 동안 굳어 있더니, 그대로 뒤로 픽 쓰러지 고 말았다.

"뭐, 뭐야……?"

역시 이 남자도 그 야근 지옥을 견디지 못했나? 무슨 일인가 싶어 들여다보니 제이드는 수명이 다해 승천하려는 사람처럼 평온한 미소를 띠고, 가슴 앞에 두 손을 모아서 한숨을 쉬었다.

"난…… 이제…… 아리나 씨의 그 미소를 볼 수 있어서…… 지금 죽어도 후회하지 않을 것 같아…….''

"……."

"그래, 아리나 씨는 정말 순진한 여자애야……! 야근과 일상적인 노동의 피로로 인해 조금 지쳐서 그런 것뿐이지, 사실은 이렇게 귀여운 사람이야……!"

"시, 시끄러워."

아리나는 뒤늦게나마 조금 전까지 들떴던 자신을 떠올리며 정신을 차린다. 간신히 평상시처럼 뚱한 표정을 짓지만, 역시 축제에 대한 마음을 억누르지 못하고 일어선 제이드의 소매를 쭉 잡아당겼다.

"멍청한 소리 하지 말고 빨리 가자, 시간은 유한해. 어제 술값과 집까지 바래다준 빚도 빨리 갚고 싶으니까, 오늘은 내가 살게."

"별로 신경 쓰지 않아도 되는데."

"너한테 빚을 지고 싶지 않은 거야!"

그 시선은 잽싸게 활기찬 축제 현장으로 향한다.

"이 축제…… 끝에서 끝까지 모두 제패할 거야!"

<br>

25

<br>

시내에서 성대한 백년제가 열리고 있을 때였다.

루루리는 어둡고 차가운 돌로 된 복도를 지나고 있었다.

"야, 루루리. 오늘은 즐거운 백년제인데…… 왜 우리는 이렇게 음산한 지하 감옥에 있는 거야?"

옆을 걷던 로우가 투덜거리며 중얼거렸다.

축제에 가고 싶다는 듯이 투덜거리지만, 말과는 달리 그 모습은 마도사 로브를 입고 로드를 허리춤에 차서 언제든 싸울 태세다. 루루리 역시 던전 공략을 할 때와 마찬가지로 완벽한 장비를 갖추고 있었다. 하지만 지금 있는 곳은 던전이 아니다.

"부, 불만이 있으면 따라오지 않아도 돼요!"

그곳은 길드 본부에서 조금 떨어진 숲속의 지하 감옥이었다.

길드 본부와 마찬가지로 이곳도 과거 S급 던전이었던 지하 미궁을 이용해 만든 곳이다.

총 34층이며, 흉악한 죄수들을 가두는 지하 감옥은 10층에 있다. 이 던전을 공략하는 데만 50년 넘게 걸렸고, 순수하게 퀘스트 기록만 집계해도 1만 명 이상의 모험가들이 지하 미궁에 도전했다가 희생되었다고 하니 말 그대로 마굴이다.

"로우가 멋대로 따라온 거잖아요?"

"그야 아이덴을 만나러 간다고 하면 걱정되잖아……. 게다가 따라오길 원해서 굳이 나한테 말한 거 아니야?"

"아아아, 아니에요!"

사실은 로우의 말이 맞지만, 정곡이 찔려서 심하게 동요한 루루리는 울컥해서 도끼눈을 떴다.

"이제 됐어요, 혼자서 축제에 가면 되잖아요!"

"알았어, 알았다고. 삐치지 마. 같이 가자고."

"어, 어린애 취급하지 마세요!"

루루리의 머리를 마구 쓰다듬는 로우의 팔을 뿌리치고, 루루리는 뺨을 부풀렸다. 하지만 따라오길 원했던 것은 사실이기에 더는 말하지 않고 화제를 바꿨다.

"사실은 지하 감옥에 들어가려면 허가를 받기까지 한두 주 정도 걸린다고 하는데요……."

지하 감옥으로 보내진 죄수와의 면회는 원래 정식 사유서를 작성해 모험가 길드에 제출하고, 담당 부서의 심사와 각 부서장의 직인, 길드 마스터의 직인이 필요한 듯, 면회 허가가 나려면 상당히 오랜 시간이 걸린다고 한다.

"길드 마스터가 오늘이라면 본부도 축제 때문에 바쁘니까 다른 부서장의 허가는 나중에 받는 형식으로 면회해도 된다고 했어요. 축제는 내일 갈 거예요. 그러니까……."

루루리는 로우의 로브를 꼭 쥐며 중얼거렸다.

"오늘 하루만 용서해 주세요……."

"……."

로우는 고개를 갸웃거리며 한숨을 쉬었다.

"그래서? 아이덴을 만나서 무슨 이야기를 하게?"

"……."

"나는 파티 전멸이 힐러 탓이라고 진심으로 믿는 녀석과 말이 통할 것 같지 않은데……."

"알아요. 하지만 자꾸 생각이 들어요. 만약 그때 제가 제대로

판단할 수 있었다면, 이미 시구르스 스킬을 각성했다면 아무
도 죽지 않았을 거라고……. 저번 마신과의 싸움 때도 저는 아
무것도 할 수 없었어요…….”

입술을 깨무는 루루리를 보고, 로우는 한숨을 쉬었다.

“아아, 힐러님은 성격이 참 복잡하네……. 따라가긴 하지만,
어떤 이야기가 나오든 나는 끼어들지도 않고, 도와주지도 않
을 거거든? 완전 무관한 제삼자니까. 그래도 괜찮겠지?”

“그, 그러면 돼요!”

루루리가 기운차게 말했다. 그런 루루리에게서 살짝 얼굴을
돌린 로우가 허공에 대고 중얼거린다.

“야, 루루리.”

“왜 불러요?”

“네가 과거에 무슨 일이 있었든, 지금의 동료는 우리야. 우리
는 너를 쓸모없는 힐러라든가, 하물며 살인자라고는 조금도
생각하지 않아. 그것만은 잊지 마.”

“!”

루루리는 숨을 삼켰다.

눈도 마주치지 않고 무뚝뚝하게 던진 한마디. 그러나 그것은
무엇보다도 다정하고 따뜻했다. 과거의 실패를 알고도 그렇게
말해 주는 동료가 있어서, 루루리는 기뻤다.

그런데도, 그럴 텐데도—— 로우의 말은 루루리의 가슴을 깊
숙이 찔렀다.

아, 그들은 다정하다.

치사한 자신에게는 아까울 정도로 다정하고 우수하다. 냉정한 분별력도 있다. 언제까지나 미련을 버리지 못하고 질질 끄는 자신이 더욱 한심해 보인다.

루루리도 과거의 실패에 연연해도 소용없음을 잘 안다. 아이덴에게 아무리 말해도 루루리가 원하는 말을 해주지 않는다는 것도. 애초에 그에게 용서를 구하는 것 자체가 잘못이라는 것도, 잘 알고 있다.

하지만 마음이 납득해 주지 않았다. 용서해 주길 바란다. 하다못해 사과하고 싶다. 그렇게 해서 혼자 만족하고 싶다. 그렇게 폭주하는 미숙한 마음을, 루루리는 제어할 수 없었다.

역시 자신은 치사한 인간이다. 힐러에는 도저히 어울리지 않는다.

"……."

──마신.

그 싸움에서 루루리는 힐러의 힘을 모두 빼앗겨 아무것도 할 수 없었다. 정말로, 아리나가 도와주지 않았다면 모두 죽었을 것이다.

동료들이 보는 자신은 우수한 힐러다. 하지만 그들은 모른다. 스킬이 없는 루루리는 무능하다는 것을. 지금처럼 모르길 바란다. 그 아름다운 허상 그대로──.

끝나면 좋겠다.

"지금까지 고마웠어요, 로우."

"어? 무슨 말 했어?"

"아무것도 아닙니다."

백년제가 끝나면 지팡이를 내려놓자.

루루리는 결심했다.

백년제가 끝나면 길드 마스터에게 알려 모험가를, 힐러를, 백은을 그만두겠다고.

마신과의 싸움에서 자신감을 잃었습니다. 저는 도저히 이 짐을 짊어질 수 없습니다. 그런 식으로 그럴싸하게 말하고 침울한 표정을 지으면 그들은 이해해 줄 것이다. 착하니까 루루리의 마음을 헤아려 준다. 나는 그 마음을 이용하는 것이다.

더 강해져서 마신에 맞서기 위해 필사적으로 노력하는 그들을 두고 나는 도망친다. 그들은 마음속으로 루루리에게 크게 실망할 것이다.

하지만 괜찮다. 나는 치사한 인간이니까. 언젠가 내가 무능하다는 걸 들킬 바에는 차라리 도망쳤다고 생각되는 게 훨씬 낫기 때문이다. 그들이 루루리의 무능함을 알아차릴 때는 파티가 전멸할 때이기 때문이다. 그렇게 되기 전에. 더 늦기 전에. 더 우수하고, 더 냉정하고, 위기에서 구해주는 힐러를 찾게 해야지.

루루리는 입술을 꾹 깨물며 솟구치려는 눈물을 참았다.

"가요, 로우. 5분 정도로 후딱 끝내면 축제에 갈 수 있어요!"

루루리는 그렇게 말하며 억지로 웃었다.

* * * *

지하 감옥의 한 층. 그 층을 따라서 올라가다 보면 탁 트인 곳이 나온다.

예전에는 한 층의 보스방이었던 곳이다. 지금은 그곳에 무뚝뚝한 간수 한 명이 달랑 서 있을 뿐이다. 그를 보자 루루리는 긴장감에 침을 꿀꺽 삼켰다.

지하 감옥의 파수꾼.

우람한 몸에 길드의 문장이 있는 갑옷을 입고, 거대한 도끼를 들고 있는 남자다.

마치 자신을 법과 질서의 종이라고 말하는 것처럼, 백은 멤버가 찾아와도 눈썹 하나 움직이지 않고 기계처럼 가만히 서 있었다. 사정을 말하자 길드 마스터가 뒤에서 손을 쓴 듯, 그는 허가증을 요구하지 않고 루루리와 로우를 다른 방으로 안내했다.

삭막한 작은 방 안에 덩그러니 놓여 있는 것은 희미하게 빛나는 붉은 크리스털 게이트였다.

렐릭을 바탕으로 만들어진, 크리스털 게이트 사이를 순식간에 이동할 수 있는 장치다. 다만 일반적으로 널리 알려진 크리스털 게이트는 청수정이지만, 지하 감옥에 있는 것은 붉은 크리스털 게이트다. 이것은 권리자의 허락을 받아야만 작동하는 특수한 크리스털 게이트다.

"이걸로 가라."

그렇게 말하고 그는 다시 자기 자리로 돌아갔다.

한때 S급 던전의 지하 미궁이었던 지하 감옥은 길이 복잡하게 얽혀 있다. 게다가 선인들의 기술에 의해 통로가 무작위로 바뀌는 지옥 같은 사양이다. 그래서 지하 미궁 공략은 곳곳에 크리스털 게이트를 설치하는 방식으로 꾸준하게 진행되었다.

10층에 있는 감옥은 걸어서는 도저히 도달할 수 없어 지금도 지하 감옥 내 이동은 공략 당시에 남겨진 크리스털 게이트를 이용하고 있다.

붉은 크리스털 게이트에 손을 대자 익숙한 부유감과 함께 주변 풍경이 순식간에 바뀌었다.

소름 끼칠 정도로 차갑고 어둡고 폐쇄적인 돌길이 펼쳐져 있다. 만 명의 모험가를 삼킨 지하 감옥에는 뭔가 등골이 오싹할 정도로 차가운 기운이 감돌고 있었다. 밋밋한 돌이 내뿜기에는 너무 무겁고 음산한 기운이 깔려 있다.

"……."

손이 아까부터 계속 로우의 로브를 쥐고 있다는 사실도 모른 채, 루루리는 침을 꿀꺽 삼키고 목적지인 감옥으로 향했다.

## 26

"아이덴……."

루루리는 차가운 철창에 살며시 손을 댔다. 감옥 안에 앉아 있는 외팔 외눈의 남자── 아이덴에게 말을 걸자, 냉혹한 눈으로 노려봤다.

"허, 동료님을 데리고 나를 불쌍히 여기러 온 거냐?"

한때 동료였다는 사실이 믿기지 않는 차가운 눈빛에 루루리는 잠시 움찔했다. 한 걸음 뒤에서 로우가 팔짱을 끼고 조용히 지켜보고 있다.

"미……."

미안해요.

루루리는 그렇게 말하려 했다. 예전에 아이덴과 모두를 구하지 못해 미안하다고.

하지만 막상 말하려고 하자, 목구멍에 걸린 듯 말이 나오지 않았다. 그런 사과는 이기적이라는 것을 문득 깨달았다. 당시 최선을 다했다고 해도 동료를 구하지 못한 사람에게 사과할 권리는 없다. 용서해 달라는 말은 너무 이기적이고, 너무 잔인하다.

"……."

결국 아무 말도 하지 못하는 루루리를 향해 아이덴은 코웃음을 쳤다.

"내가 정말 처음부터 이런 비열한 방법을 썼을 거 같냐?"

"어……?"

"동료를 잃은 나는 정직하게 강해지려고 노력했어. 언젠가는 스킬이 각성하고, 한쪽 팔이 없어도 탱커를 할 수 있다고, 믿었지……. 그러던 어느 날, 나는 듣게 되었어. 루루리 애쉬포드라고 하는, 시구르스 스킬을 가진 힐러가 백은에 들어왔다고."

"!"

"동료를 죽인 녀석이 편하게 시구르스 스킬을 각성해서 정예 모험가를 자처하고 있다고? 하하, 하하하하! 병신같지?! 그때까지 조금씩, 스킬도 없이 한 팔로도 탱커를 할 수 있을 거라 믿고 노력한, 나 같은 놈은!"

눈을 부릅뜬 아이덴의 얼굴이, 루루리에게는 왠지 우는 것처럼 보였다.

"갑자기 싸하게 식더라고. 아니, 개운해졌지. 수단을 가릴 수 없다고 말이야……! 나는 디아 스킬을 포기하지 않았어. 스킬을 얻으면 제일 먼저 너를 죽여 복수해 주마……!"

이를 드러내고 흉악한 증오를 드러내자, 루루리는 얼어붙었다. 아무 말도 하지 못하고 서 있는데, 누군가 팔을 잡아당겼다. 로우다.

"가자, 루루리. 이젠 됐지?"

로우는 새끼손가락으로 귀를 파면서 나른한 투로 말했다. 하지만 루루리의 팔을 잡아당기는 힘은 다른 선택을 허락하지 않을 만큼 강하다.

"하, 하지만."

"네가 하는 말은 들리지 않아. 더 말해 봤자 불에 기름을 끼얹는 격이야."

그렇게 말하고, 로우는 말없이 루루리를 끌어당겼다.

"꺼져……! 썩 꺼져, 이 살인자!"

어두운 지하 감옥에 철창을 때리는 소리와 증오의 외침이 끝없이 울려 퍼졌다.

27

"크응! 이, 이게 로자뉴 지방에서 수입한 로자뉴 소고기!?"

아리나는 오른손에는 뼈가 붙은 고기를, 왼손에는 술이 잔뜩 담긴 큰 잔을 들고, 방금 물어뜯은 고기의 부드러움에 눈이 휘둥그레졌다. 그리고 향신료가 잘 배서 짭짤한 고기 다음에 시원한 술을 마신다──!

"아아! 천국!"

드디어 만난 백년제의 술을 음미하며 아리나는 큰길을 둘러본다. 흥겨운 축제 음악, 코를 자극하는 맛있는 냄새, 즐거운 분위기. 평소 출근하는 길과 같은 곳인데도 전혀 다른 세계에

온 것 같았다. 매년 아쉬웠던 만큼, 그리고 이번 유례없는 야근 지옥을 이겨낸 만큼 감동도 남달랐다.

"이겼어……. 쟁취했어……. 노동자의 자유와 존엄을……!!!"

이 해방감과 기쁨은 백년제를 위해 죽도록 야근한 사람만이 알 것이다.

'당근과 채찍'이라는 말이 있지만, 인간은 채찍만으로는 살 수 없다. 저 멀리 당근이 기다리고 있기에 하루하루 열심히 일할 수 있는 것이다. 그동안 채찍만 맞고 당근을 받지 못했던 아리나는 감격에 겨워 눈물을 글썽일 정도였다.

"오늘은 우울한 일을 잊어버리고 마음껏 즐길 거야……!"

고기를 날름 먹어 치우고, 다음 먹잇감이 어디인지 시선을 돌린다. 큰길가를 중심으로 실력 있는 요리사들이 노점을 차려 평소 쉽게 맛볼 수 없는 이국적인 대륙 음식을 즐길 수 있는 것도 백년제의 매력 중 하나다. 결심하고 몸을 부르르 떠는 아리나의 뒤에서 깜짝 놀라 떨리는 목소리가 들려왔다.

"아리나 씨는 제법 많이 먹네."

제이드다.

"나도 체격만큼이나 잘 먹는 편인데, 아리나 씨는 날씬하면서 먹은 게 다 어디로 사라져?"

"후……."

입에 있는 고기를 꿀꺽 삼키고 입가에 묻은 육즙을 핥아내며 아리나는 씩씩하게 웃었다.

"스트레스 해소를 위해 주기적인 폭음과 폭식으로 단련된 내 소화기관을 얕보면 안 돼."

"······. 다, 다음엔 뭘 먹으러 갈 거야?"

"음······ 그러게. 일단 금방 다 털리는 가게는 돌았으니······ 다음에는 단것을 찾아야지!"

직접 만든 백년제용 가이드북을 꺼낸 아리나는 진지한 눈빛으로 다음 먹거리를 찾기 시작했다.

"대광장에서 있지, 재미있는 디저트를 팔고 있대. 과일을 사탕으로 굳힌 것 말이야."

"헤에, 맛있겠는걸. 이제 곧 첫째 날의 메인 이벤트가 시작되니까 딱 좋아."

3일 밤낮으로 열리는 백년제에는 각 날마다 대광장에서 큰 이벤트가 준비되어 있다. 이날을 위해 실력을 갈고닦은 최고의 재주꾼들이 펼치는 공연과 악단 퍼레이드다. 또한 축제의 절정인 3일째는 특설 무대 제막과 함께 지금까지와는 전혀 다른 분위기로 백년제의 대미를 장식하는 하이라이트 이벤트가 열린다.

"가보자, 아리나 씨."

서둘러 가이드북을 허리춤에 있는 손가방에 넣는 아리나에게, 제이드가 슬쩍 손을 내밀었다.

"······?"

아리나는 그 손을 보고 잠시 무슨 뜻인지 몰라 어리둥절한데,

제이드가 빙긋이 웃었다.

"광장은 여기보다 더 혼잡하니까. 떨어지지 않게 손을 잡자, 아리나 씨."

"떨어져도 상관없는데?"

"그럴 순 없지……!"

차갑게 거부하는 아리나를 대하는 제이드는 평소와는 다른 느낌이어서, 마치 활활 타오르는 듯한 기백을 오른손에서 느끼게 했다.

"나는…… 지금껏 이 기회를 기다렸다고……! 아까부터 아리나 씨가 고기와 술을 들고 있어서 손이 좀처럼 비지 않았으니까……! 드디어 손이 빈 이 기회를, 놓칠 순 없어……!"

"아항…… 자기 멋대로 떠드네."

부릅. 아리나는 비취색 눈에 불을 켜고 제이드를 째려봤다.

"한 손에는 술, 한 손에는 음식을 들고 먹고 싶은 축제에서 한 손을 잃는 건 말도 안 돼!! 그 이전에 누가 너와 손을 잡겠어, 이 변태 백은……."

평소처럼 욕하면서 욱하고 워해머를 꺼내려다가, 아리나는 퍼뜩 멈췄다.

"? 무슨 일이야, 아리나 씨?"

오늘은 맞더라도 손을 잡겠다는 분위기였던 제이드가, 갑자기 욕하는 걸 멈추고 안절부절못하는 아리나를 이상하게 여기고 고개를 갸웃거렸다. 아리나는 한동안 말없이 제이드의 얼굴과 내민 손을 번갈아 쳐다보았다.

"따, 딱히…… 아니, 이건…….."

아리나가 갑자기 구타를 그만둔 것은—— 그래도 일단은 제이드가 고마웠기 때문이다.

제이드가 야근을 도와주지 않았다면 염원하던 백년제 구경은 꿈도 꾸지 못했을 것이다. 제이드가 없었다면 올해도 아리나는 축제 음악을 들으며 눈물을 삼키고 야근하고 있었을 것이다. 그런 슬픈 미래를 바꾼 것은 아리나에게 그 무엇보다도 기쁜 일이었다.

"설마, 배탈이 난 거야?"

평소와 다른 아리나의 낌새를 보고, 제이드는 손을 잡는 것도 잊고 허둥대기 시작했다.

"아니면 너무 많이 마셨어? 엄청 달렸으니까 말이야……! 기다려, 지금 물을…….."

물을 찾으러 가려고 등을 돌리는 제이드의 손을—— 아리나는 단호하게 움켜쥐었다.

"어……?"

뛰려던 제이드는 순식간에 경직하고, 얼빠진 소리를 내며 조심조심 뒤돌아봤다.

아리나가 자기 손을 잡고 있다.

그 광경을 보고 입을 쩍 벌렸다. 아리나는 그런 제이드에게서 눈을 돌리고 살짝 뺨을 붉히며 입을 오물거렸다.

"이, 이건…… 그 뭐냐, 네가 야근을 도와주지 않았다면 올해도 백년제를 보러 올 수 없었을 테니까……. 그게…… 뭐라고 할까……."

어째서인지 제이드에게는 좀처럼 솔직하게 말할 수 없다. 그래도 아리나는 "흥!" 소리를 내고 얼버무리며 작게 말했다.

"저기…… 고마워."

제이드는 눈을 동그랗게 뜨고 석상처럼 가만히 서서 입을 뻐끔거렸다. 그렇게 한동안 그렇게 굳어 있었지만, 아리나의 손을 느끼고 겨우 제정신을 차렸다.

"그래!"

제이드는 기쁜 듯이 웃으며 아리나의 작은 손을 같이 잡아 주었다.


28


"빌어먹을! 사람을 물로 보고……!"

아이덴은 지하 감옥의 철창을 힘껏 때렸다. 으스스한 지하 감옥에서 메아리치는 메마른 소리를 들으며, 그 '살인자 힐러'와 동료가 사라진 복도를, 이를 드러내며 매섭게 노려보았다.

"저…… 살인자가!!!"

이건 분노인가, 증오인가. 격렬한 감정을 주체할 수 없어서, 아이덴은 무거운 족쇄가 달린 발로 철창을 힘껏 걸어찼다. 몇 번이고, 족쇄가 살을 파고들어 피가 나는데도 멈추지 않았다.

"훅, 훅!"

한참 후에야 겨우 발길질을 멈춘 아이덴은 어깨를 들썩이며 거친 숨을 몰아쉬었다. 욱신거리는 다리의 통증이 오히려 기분 좋게 느껴졌다. 그 고통으로 머릿속을 가득 채우고 현실을 외면하고 싶었다. 그런 생각을 하고 있는데―― 왠지 모르게 눈에서 눈물이 주르륵 흘러내렸다.

"크윽……."

목소리를 죽이며 아이덴은 울음을 터뜨렸다. 격렬한 감정 뒤에 반동처럼 밀려오는 것은 언제나 같은 양의 자기혐오였다.

아니―― 진짜 '살인자'는 바로 자신이다.

아이덴은 과거 전멸의 원인이 자신에게 있음을 알고 있었다. 헤이트를 유지하지 못했을 뿐만 아니라, 애초에 보스에게 도전하겠다고 한 것도 아이덴이었다. 동료들, 특히 루루리는 강하게 반대했지만, 아이덴은 귓전으로도 듣지 않고 강행했다.

그 혼란 속에서 루루리는 마력이 다 떨어질 때까지 회복을 계속했다. 헤이트를 가져올 수도, 철수할 수도 없는 상황에서 정신줄을 놓고 있다가 동료를 죽게 한 것은 바로 자신이었다.

"아니야, 내 탓이 아니야……! 다 스킬 탓이야. 스킬이 각성하지 않아서……!"

시구르스 스킬이 각성한 루루리가 부러웠다. 시커먼 질투심이 아이덴의 마음속에 뿌리를 내리고 좀먹고 있었다. 그 질투

를 없애려면 강해지는 수밖에 없다. 스킬을 각성해야 한다. 그
것도 어중간한 능력이 아닌, 아주 뛰어난——.

"성질이 단단히 났군요."

그때 갑자기 부드러운 목소리가 들려와 아이덴은 깜짝 놀라
고개를 들었다. 어느새 철창 너머에 두 남자가 서 있었다.

평소처럼 무표정한 얼굴로 웃고 있는 하이츠. 그리고 그 뒤에
무뚝뚝하게 서 있는 과묵한 남자다. '과묵한 남자'라는 이름
그대로, 아이덴은 그가 말하는 것을 한 번도 본 적이 없고, 이
름이 불리는 것도 들어본 적이 없었다. 말을 못 하는 건지, 말
을 하지 않는 건지, 이 남자에 관해선 아무것도 알 수 없다.

"대단하군, 네 스킬은. 길드의 지하 감옥에도 침입할 수 있는
건가?"

하이츠는 공간 이동의 시구르스 스킬을 가지고 있었다. 시구
르스 스킬을 가졌다는 이유만으로 무작정 미워질 것 같은 마음
을 억누르며 아이덴은 얼굴을 돌렸다.

"아니요? 복잡하게 얽힌 지하 감옥에 정확히 잠입할 만큼 제
스킬이 뛰어나지는 않습니다. 허가받고 당당하게 정면에서 들
어왔지요."

씩, 하고 수상한 미소를 띠고, 하이츠는 손에 들고 있던 이상
한 책을 보여줬다.

"여기보다 훨씬 아래층에 볼일이 있어서요. 겸사겸사 소중
한 동료도 데리러 왔지요."

"그게 뭐지?"

"모르겠습니까? 비밀 퀘스트입니다. 뭐, 아직 발주하진 않았지만요."

"!"

아이덴은 눈을 크게 떴다. 겉보기에는 평범한 책이었지만, 자세히 보니 장정에 금색 문자가 박혀서 이채를 띠고 있었다.

"지하 서고에 소중히 보관 중이던 것을 슬쩍 가져왔지요."

"지하 서고?!"

하이츠의 입에서 아무렇지도 않게 튀어나온 터무니없는 이름을 듣고, 아이덴은 눈을 크게 떴다. 지하 미궁의 최하층에 있는 그곳은 길드 마스터만 출입이 허락된 곳이다. 모험가 길드의 최고 기밀이 보관 중이라고 알려진 곳이다.

"설마, 그것도 '검은 옷의 남자'가 다 준비해 줬다고 말하는 건 아니겠지⋯⋯?"

"말씀하신 대로입니다. 그분께 큰 도움을 받았고, 정말 감사하게 생각합니다."

"그 녀석은 대체 누구야?"

하이츠에게 '디아 스킬을 얻을 수 있는 렐릭'이 있다는 정보를 제공한 인물── '검은 옷의 남자'. 아이덴은 그자를 딱 한 번 본 적이 있다. 상복처럼 새까만 로브를 입고 얼굴을 가렸는데, 목소리가 저음이라서 남자인 것 말고는 정체를 알 수 없었다. 소리 없이 나타났다가 할 말이 끝나면 또다시 사라졌다.

정체 모를 그자의 모습을 떠올리고, 아이덴은 핏기가 가셨다.

길드 지하 감옥에 침입하고, 길드 마스터만이 열람할 수 있는 지하 서고에 하이츠를 보내는 등, 아무리 생각해도 보통 사람이 아니다. 표정이 딱딱해지는 아이덴과 반대로, 하이츠는 고개를 작게 끄덕일 뿐이었다.

"글쎄요. 딱히 관심도 없고, 눈치도 없이 캐묻지도 않습니다. 협조해 준다면 누구든지 상관없으니까요."

"……."

처음 하이츠를 만났을 때와 마찬가지로, 그는 얼핏 보면 온화하면서도 자세히 들여다보면 끝없는 어둠이 보이는, 섬뜩한 미소를 짓고 있었다.

──우리와 함께 이 쓰레기 같은 세상에 복수하시지 않겠습니까?

당시 스킬이 각성하지 않아 절망에 빠졌던 아이덴을, 하이츠는 그 감언으로 꼬드겼다. 이제는 뭘 해도 스킬이 각성하지 않는다며 포기했던 아이덴에게 그 달콤한 유혹은 실낱같은 광명처럼 보였다. 하지만 지금 와서는 그를 따라간 것이 잘한 일인가 하는 작은 불안이 엄습했다.

"잠시 후에 리카이드가 축제장에서 작은 소란을 피울 겁니다. 그 혼란을 틈타 지상으로 나갑시다."

그것도 '검은 옷의 남자'가 준비한 것인지, 하이츠는 꺼낸 열쇠로 감방 문을 열며 설명한다. '리카이드'는 같은 파티의 흑마도사다. 깡마른 몸에 항상 사람을 무시하듯 거슬리는 웃음을 짓는 남자.

"자, 갑시다. 억압받던 우리의 승리가 눈앞에 있습니다."

끼익, 하는 섬뜩한 소리와 함께 철창문이 열렸다. 그 너머에서 하이츠가 환영하듯 두 팔을 벌렸다. 아이덴의 눈에는 마치 지옥의 입구라도 되는 것처럼 보였다.

(뭘 쫄고 그래. 지금 와서는 불안할 것도 없어.)

스킬을 각성하기 위해서라면 뭐든 할 수 있다. 이미 그렇게 결심했다. 정직하게 살아도 스킬은 얻을 수 없다. 정상적인 길에서 벗어나서라도 해내야 한다.

"그래. 가자."

아이덴은 억지로 입꼬리를 올리며 한 걸음 내디뎠다.

더는 물러설 수 없으니까.


                              29


아리나가 대광장에 도착했을 때, 더욱 뜨거운 열기가 휘몰아치고 있었다.

축제의 메인 회장인 대광장은 한층 더 시끌벅적하고, 사람들로 미어터지고 있었다. 원형 광장을 둘러싸고 있는 것은 치열한 경쟁에서 승리한 노점들. 그곳들이 현란한 불빛을 내며 곳곳에 줄을 만들고 있었다. 3일째에 선보일 특설 무대는 아직 천으로 가려져 있다.

"와, 열기가 대단하네."

제이드의 목소리는 신나서 들떴고, 기쁜 듯이 뺨이 빨갛다.
손은 아까부터 아리나의 손을 꼭 잡고 한시도 놓지 않는다.

"아리나 씨와 손을 잡는 날이 올 줄이야……. 포기하지 않고
노력하길 잘했어."

"손을 잡아도 좋은 게 없어. 한 손을 못 쓰면 불편해!"

아리나가 부끄러움을 감추기 위해 얼굴을 찌푸리자, 제이드
가 쓴웃음을 지었다.

"아리나 씨도 한창때의 여자애이니, 좀 더……."

제이드의 헛소리를 무시하고, 아리나는 찾던 노점을 손으로
가리켰다. 이미 줄이 길게 선 것을 확인하고 무심코 달려간다.

"아, 찾았어! 저, 저기! 빨리 안 가면 다 팔릴……."

그러나 아리나는 도중에 문득 발걸음을 멈췄다. 광장 모퉁이
에서 마술 공연을 펼치는 피에로가 시야에 살짝 들어왔기 때문
이다.

색채가 다양한 가면을 쓴 피에로가 작은 인파의 중심에 서 있
다. 공중에 만든 물을 동물이나 마물 모양으로 바꾸거나, 얼려
서 아름다운 결정막을 만드는 등 관객들을 열광시키고 있었
다. 전통적이고 낡은 예술이지만, 축제의 분위기에 휩쓸려 관
객들도 흥에 겨워한다.

축제의 한 귀퉁이를 장식하는 소박한 광경. 하지만 알 수 없

는 묘한 예감에 시선이 고정된다.

"무슨 일이야, 아리나 씨?"

아리나에게 끌려가던 제이드도 갑자기 멈춘 아리나에게 의아한 표정으로 물었다. 시선이 고정된 아리나를 따라서 피에로에게 눈길을 돌린다.

피에로는 물의 마술 공연을 한차례 끝내고는 이런 건 시작에 불과하다며 검지손가락을 까닥까닥 흔들었다. 그리고 기대하는 관객들에게 손바닥을 펼치며—— 말을 꺼냈다.

"그라시스."

그것이 공격 마법이라는 것을 순식간에 판단한 사람은 아무도 없었다.

쩌적! 딱딱한 소리를 내며 맨 앞에 있던 관객 몇 명이 일제히 얼어붙었다.

"어……?"

우연히 위기를 모면한 남자가 옆에서 얼어붙은 관객 중 한 명을 멍하니 쳐다본다. 그동안 피에로는 양손을 하늘 높이 치켜들고 외쳤다.

"인벨!"

그 순간. 무수한 얼음 알갱이가 한꺼번에 하늘로 날아갔다. 그것들은 축제의 불빛을 반짝반짝 반사하며 최대 높이까지 도달하더니—— 기세를 몰아 더 커지며 일제히 지상으로 쏟아져 내렸다. 우박이 격렬한 소리를 내며 땅에 떨어질 때마다, 그 자리에 있던 노점상이나 사람들이 얼어붙었다.

"뭐…… 마법?!"

"공연이 아니야! 이건…… 흑마법이야!"

어디선가 비명이 터져 나왔다. 이를 시작으로 위험을 깨달은 손님들이 조금이라도 피에로에게서 멀어지려고 일제히 대광장 출구로 몰려든다. 비명과 고함이 뒤섞여 순식간에 혼란에 휩싸였다.

"아리나 씨, 손을 놓치지 마!"

몸집이 작은 아리나는 폭주하는 인파에 순식간에 휩쓸릴 뻔했지만, 제이드가 손을 꽉 잡아주어 가까스로 버텨냈다. 피에로는 혼란에 빠진 사람들을 보고 소름 끼치는 목소리로 낄낄 웃었다. 하지만 사람들을 더 공격하지 않고 그 혼란을 유쾌하게 바라볼 뿐이다.

마침내 인파를 다 버티고 겨우 기세가 꺾여 몸을 움직일 수 있게 되자, 제이드는 곧바로 호신용으로 허리춤에 찬 검을 뽑고 가만히 서 있는 피에로와 대치했다. 그 뒤에서 아리나는 넋을 놓고 변해 버린 대광장을 봤다.

"배……백년제가……."

불과 몇 초 전까지만 해도 축제 메인 행사장을 활기차게 만들던 노점들은 무너졌고, 맛있어 보이는 음식들은 바닥에 떨어져서 밟히고, 며칠 전부터 준비했던 장식들은 벗겨져 여기저기 얼음으로 뒤덮여 있다. 즐거운 축제의 분위기는 조금도 찾아볼 수 없었다.

"배……백……백…….。"

오랫동안 기대했던 백년제가 망가진 그 광경을 도저히 받아들일 수 없어서, 아리나의 머릿속은 새하얘졌다.

이토록 끔찍한 일이 어디 있을까?

아리나는 백년제만을 위해 열심히 노력했는데. 무자비한 헛소문에 의한 모험가들의 폭주를 견디고, 올해만큼은 백년제에 가고 싶다는 일념으로 유례없는 야근 지옥을 이겨냈다. 힘들 때도 백년제를 생각하면 기운이 났다.

백년제는 아리나에게 단순한 축제가 아니다. 단순한 보상도 아니다. 일만 하는 무미건조한 나날을 보내는 한 노동자가 자신의 삶을 되찾고, 자유와 존엄을 재확인하는 의식이었다.

그것을 지금, 잃고 말았다. 이해할 수 없는 피에로의, 이해할 수 없는 갑작스러운 습격에 의해.

"용서할 수 없어………………………。"

아리나가 불쑥 중얼거렸다. 그 시선은 광장에 섬뜩하게 서 있는 피에로를 향했다. 그 역시 먹잇감을 노리는 듯이 아리나를 바라보고 있었다.

피에로가 로드를 휘두른다. 순식간에 아리나의 발밑에 공격 마법의 마법진이 나타났다. 얼음기둥은 제이드의 손을 뿌리치고 거대한 우리 안에 아리나를 가두어 버렸다.

"아, 아리나 씨——!"

"백은의 제이드 스크레이드."

연출한 듯한 이상한 목소리를 내며, 피에로가 제이드를 봤다.

"이 계집은 인질이다."

"인질이라고?"

'하필이면 아리나 씨를?' 하고 당황하는 제이드에게, 피에로는 코웃음을 쳤다.

"이 계집의 목숨이 아깝다면 처형인을 데려와라."

"처형인을⋯⋯?! 아니, 그보다 목숨을 걱정해야 할 사람은 아마 너⋯⋯."

"──스킬 발동, 〈디아 브레이크〉."

제이드의 헛소리를 가로막고, 아리나는 좁은 얼음 우리 안에서 스킬을 발동했다.

밤의 어둠을 가르는 하얀 빛과 함께 나타난 워해머를 휘두르며, 와장창! 소리를 내며 얼음 우리를 부숴버렸다. 미세하게 부서진 얼음 파편이 날아가 피어오르는 먼지와 합쳐져 시야를 가리는 장막을 만든다.

"아~! 잠깐만!"

제이드의 다급한 목소리와 함께 무언가가 날아가는 소리가 들린다. 혼란 속에서 대광장에 떨어진 싸구려 외투다. 제이드가 서둘러 던진 그것을 뒤집어쓰고, 아리나는 말없이 일어섰다.

약간 당황한 기색이 역력한 마도사는 얼음 장막에서 나타난 인물—— 외투의 후드로 얼굴을 완전히 가리고 오른손에 무시무시한 은색 워해머를 든 아리나를 보고 더욱 놀라 소리쳤다.

"처, 처형인……?! 대체 어디서 크헙!"

말을 다 하기도 전에, 경악하는 피에로에게 워해머가 내리꽂혔다.

"꾸엑!"

가끔 인간 느낌이 나는 원래 목소리를 내며, 피에로는 가쁘게 돌바닥을 굴렀다. 구타의 위력은 일부러 억제하고 있었다. 그것은 상대를 죽이지 않으려는 자비심이 아니라—— 참을 수 없는 악행을 저지른 적을 한 방에 끝장낼 수 없기 때문이다.

"자……잠깐만…… 내 목적을 들……."

비틀거리며 일어서면서도 여전히 섬뜩한 말투를 유지하려고 애쓰는 괴팍한 피에로가 바닥에 떨어진 로드를 주우려고 팔을 뻗었다. 하지만 순식간에 거리를 좁힌 아리나의 발이 그 팔을 힘껏 밟았다.

"으갸갹!"

"네 목적 따위는 알 바 아니야. 그보다 넌 자기가 무슨 짓을 한 건지 알기나 해? 이 백년제가 나에게 어떤 존재였는지 알아……?"

뒤에서 제이드가 몸을 떨면서 검을 거두고 "안됐네."라고 중얼거리고 있다.

"난 이날을 지이이이이이이인짜 고대했거든······? 며칠 전부터, 열심히 야근해서, 겨우, 참가할 수 있게, 됐다고······!"

아리나는 워해머를 바닥에 내려놓았다. 너무 큰 충격에 바닥이 꺼지는 것도 아랑곳하지 않고, 빈 양손으로 손가락에서 뚜둑뚜둑 소리를 냈다.

"무, 무슨 짓을······."

"쉽게 죽을 수 있다고 생각하지 마."

눈을 부릅뜨고, 반대로 입가에는 웃음이 걸려 있었다. 그 살기의 농도를 알아챘는지 뒤늦게 광대 의상 너머에서 몸을 움츠린 피에로의 멱살을, 아리나가 움켜쥐었다. 그리고 주먹을 불끈 쥐고, 목소리의 톤을 낮추며 말했다.

"이·········· 쓰레기 광대야아아아아아————!!!!"

아리나의 주먹이 피에로의 얼굴을 후려쳤다. "푸헥!" 소리를 내고 날아가 버린 피에로의 몸에 올라타고, 아리나는 주먹을 연달아 꽂는다. 더는 소름 끼치는 목소리를 연출하지 않게 된 피에로의 비명이 몇 번이고 대광장에 울려 퍼지며, 피에로 구타는 한동안 끝나지 않았다.

30

로우는 슬픈 듯 어깨를 축 늘어뜨린 루루리의 손을 잡고 묵묵히 지하 감옥을 걷고 있었다.

아이덴과 최악의 만남을 끝내고 붉은 크리스털 게이트를 이용해 지하 감옥의 파수꾼이 있는 곳으로 돌아간다. 반쯤 억지로 데려온 거지만, 루루리와 아이덴을 더 대면하게 해도 어쩔 수 없는 상황임은 분명했다. 게다가 동료가 일방적으로 욕을 먹는 모습은 보기에 썩 유쾌하지 않았다.

"루루리, 오늘은 이만 가자. 축제는 내일 구경해."

"네……."

대답하는 루루리의 목소리는 가냘프고 힘이 없다. 루루리의 성격을 생각하면 당연한 일이다. 처음부터 예상했던 결과였지만── 그런데도 로우는 짜증이 치밀어서 속으로 아이덴을 저주했다.

(그 자식은 진짜 뭐야……. 완전 화풀이잖아……. 남은 왼쪽 눈깔도 확 파내버릴라…….)

멍하니 살벌한 생각을 하고 있을 때.

쿵……하고 낮은 진동이 지하실을 뒤흔들었다.

"어어……?!"

갑자기 비틀거리는 루루리를 부축하며 로우는 눈살을 찌푸렸다. 진동은 순식간에 가라앉았고, 지하 감옥의 낡은 천장에서 약간의 먼지가 떨어졌다.

"방금 뭐가 흔들린 거지? 시내 쪽인가……?"

"축제에서 무슨 일이 있었던 걸까요?"

"가 보……."

가 보자고 말하려는 순간, 문득 로우의 등에 소름이 돋았다.

"로우?"

갑자기 걸음을 멈춘 로우에게 루루리가 고개를 갸웃거렸다. 로우는 얼굴을 굳히고 대답하지 않았다. 붕, 하고 낮은 소리가 뒤에서 들려왔기 때문이다. 그것은 로우와 루루리도 거쳤던 붉은 크리스털 게이트가 작동한 소리였다.

이유 없이 심장이 쿵 뛰었다. 의아해하는 루루리의 등 뒤로 보내고, 로우는 천천히 뒤돌아보았다.

붉은 크리스털 게이트에서 한 남자가 출현하고 있었다. 온화한 분위기에 선량하게 생긴 중년 모험가—— 낯익은 그 얼굴은 영원의 숲에서 헛소문을 퍼뜨리던 범인, 하이츠였다.

"어?"

로우와 눈이 마주친 하이츠는 당황하지 않고 호들갑스럽게 놀란 척했다.

"난처한 장면을 들켰군요."

"왜…… 네가…… 여기 있지……?!"

로우는 목소리를 떨었다.

영원의 숲에서 마주친 것과는 상황이 다르다. 이곳은 허가받은 자만 출입이 허용되는 엄중한 지하 감옥이다. 일반 모험가는 말할 것도 없고, 헛소문 사건으로 길드에서 악질 모험가로 찍혀 모험가 라이선스를 박탈당한 그들이 이곳을 드나들 수 있을 리가 없다.

"파수꾼! 왜 이 녀석을 통과시켰어!"

이 상황에서도 옆에서 기계처럼 서 있는 지하 감옥의 파수꾼을 향해 로우는 언성을 높였다.

"이 녀석들의 라이선스는 박탈됐을 텐데……."

"허가가 있었다. 라이선스의 유무는 통행인에 대한 확인 사항이 아니다."

파수꾼은 무덤덤하게 그 말만 했다.

"허가, 라고……?!"

곤혹스러운 로우의 시선은 하이츠 다음에 나타난 두 남자에게로 향했다. 입을 굳게 다문 과묵한 모험가와 외팔 외눈의 남자. 아까만 해도 지하 감옥에 갇혀 있었을 아이덴이었다.

"아, 아이덴……?!"

루루리가 작게 놀란 목소리를 냈다.

"죄수의 탈옥도 허가받았다는 거냐……!"

"석방 지시가 있었다."

"그럴 리가 없잖아! 진짜로 확인한 거야? 길드에서 그런 지시를 내릴 리가……."

"당신은 그 질문에 대한 답을 얻을 수 있는 신분이 아니다. 나는 허가받은 자만을 통과시키고, 지시에 따를 뿐."

"……!"

"그런 겁니다, 백은 양반. 그것보다는 이걸 더 걱정하는 게 낫지 않을까요?"

하이츠는 낡은 책을 하나 들고 있었다. 하지만 단순한 책이 아님을 한눈에 알 수 있었다. 장정에 어울리지 않는 금색 문자가 딱 새겨져 있고, 그것이 어두운 지하 감옥에 희미하게 빛나고 있었기 때문이다.

그 광경을 보고, 로우는 눈을 크게 뜨고 숨을 죽였다.

"비밀 퀘스트⋯⋯?!"

제이드에게 들은 적이 있다. 비밀 퀘스트는 금색 문자로 발주서 형식을 갖춘다고.

"길드 지하 서고에서 빌려왔습니다. 거참, 길드도 찾았다면 그렇게 말해 주면 될 텐데, 조용히 지하 서고에 숨겨두다니 참 못됐군요."

말릴 틈도 없이, 하이츠는 아무렇게나 책을 펼쳤다.

"그만둬⋯⋯!"

그 순간, 눈부신 빛과 함께 금색 문자가 공중에 떠올랐다.


지정 모험가 계급 : 없음.

장소 : 영원의 숲.

달성 조건 : 모든 플로어 보스 토벌.

또한 의뢰인은 명시하지 않는다. 수주자 사인 생략.

위 내용에 따라, 퀘스트 수주를 승인한다.


(영원의 숲⋯⋯?!)

낯익은 금색 문자로 된 발주서. 그 내용에 로우는 눈살을 찌푸린다.

문자는 소리도 없이 허공으로 사라져 버렸다. 그러나 공중에 퍼진 금색 문자는 확실하게 '영원의 숲'을 명시했다. 많은 초보 모험가가 가장 먼저 들어가는 C급 던전을.

하지만 이미 발주는 완료된 상태였다. 숨겨진 던전이 출현한 것이다.

"너희는……!"

이를 악물고 로우는 하이츠를 노려보았다.

"정말 디아 스킬이 있을 줄 아냐!"

"있다고 생각하니까 여기까지 온 거 아니겠습니까. 아니, 조금 다르죠. 정확히는 디아 스킬을 얻을 수 있는 렐릭이 아니라, 디아 스킬을 가진 특별한 렐릭, '마신'을 말이죠."

(마신을 알아……?!)

"뭐, 마신이라고 하면 아무도 비밀 퀘스트를 찾지 않을 것 같아서 조금 각색했지만 말입니다. 이야기를 너무 부풀린 걸까요? 그렇게 큰 소란이 벌어질 줄은 몰랐군요. 뭐, 결과적으로 이렇게 비밀 퀘스트도 찾아주셨고, 쓰레기도 때로는 도움이 되는 법이군요."

당황한 로우와 달리 하이츠는 희미하게 웃고 있었다. 마신의 존재를 알면서도 자신들이 저지른 일의 심각성을 모르는 건지, 대수롭지 않은 듯 어깨를 으쓱한다.

"자, 일부러 보는 앞에서 발주해 주었으니, 당신들도 오겠지요? 숨겨진 던전에."

"무슨 뜻이지?"

"여러분을 초대하는 겁니다. 함께 마신을 보시지 않겠습니까? 오실지 안 오실지는 당신들에게 맡기겠습니다. 스킬 발동, 〈시구르스 무버〉."

하이츠가 스킬을 발동하고 그 모습이 붉은 빛 너머로 사라진다. 황급히 로우는 로드를 들었다.

"잠깐만! 마신을 부활시키면──!"

하지만 마법을 발동하기 전에 하이츠 일당의 모습은 빛과 함께 사라져 버렸다.

* * * *

아리나는 대광장 벤치에 멍하니 앉아 있었다. 피에로에게 습격당한 대광장은 인기척이 없었다. 아리나는 허탈한 눈으로 유령처럼 허공을 보고, 고개를 살짝 들었는데, 반쯤 벌어진 입에서는 영혼이 빠져나올 것 같았다.

"축제…… 중지…… 축제…… 중지……."

초점이 맞지 않는 눈으로 절망의 말을 반복한다. 축제 회장은 여전히 여기저기가 혼란스러웠고, 이미 많은 손님이 빠져나갔다. 남은 건 상황을 잘 파악하지 못하는 취객이나, 겁 없는 모험가들뿐이다. 이런 소동이 벌어지는데 축제가 중단되지 않을 리가 없었다.

시야 한쪽에서는 제이드가 현장에 달려온 길드 경비에게 얼굴이 망가진 피에로를 넘기고 있었다. 가면을 벗겼지만, 너무 많이 맞아 부어오른 얼굴로는 정체를 알 수 없어서 회복하길 기다렸다가 사정을 조사하겠다고 한다. 아리나는 1억 번 정도 갈기갈기 찢고 싶었지만, 제이드가 말렸다.

"아리나 씨, 살아있어?"

돌아온 제이드가 거북하게 물어보자, 아리나는 죽은 뇌로 어눌하게 대답한다.

"죽었어……."

"축제, 좀 있다가 다시 시작한대."

"정말?!"

아리나는 무심코 소리치고 제이드에게 달라붙었다.

"공격받은 건 광장뿐이고, 범인도 잡았으니까. 물론 중단하는 게 정상이겠지만…… 조금 위험해도 축제를 계속하려는 건 역시 모험가의 도시답지 않나?"

"다, 다행이야아아아~!"

온몸에서 힘이 풀린 아리나는 제이드의 발밑에 주저앉았다.

"이피르……. 오늘 하루만은…… 용감한 모험가의 도시에 감사할게……!"

몇 초 후, 아리나는 씩씩하게 일어나 오른쪽 주먹을 높이 쳐들며 눈을 반짝였다.

"그렇다면 이런 데서 꾸물거릴 때가 아니야! 아직 구경하지 않은 곳이 많⋯⋯."

"리더!"

완전히 생기를 되찾았을 때, 안색이 파래진 모험가가 달려왔다.

로우다. 그 뒤에는 루루리도 있었다. 두 사람 모두 왠지 모르게 던전 공략용 장비로 온몸을 단단히 무장했고, 로우는 한 손에 로드를 쥐고 있었다.

"오, 다들 뭐 해? 그런 차림으로."

"비밀 퀘스트가 발주됐어!!"

갑작스럽게 들린 말에 아리나와 제이드는 잠시 눈을 깜빡였다.

"뭐?" "어?"

어리둥절한 두 사람에게, 급박한 기색인 로우는 목에 흐르는 땀을 닦으며 재빨리 말했다.

"하이츠야! 하이츠가 길드가 발견해 보관 중이던 비밀 퀘스트를 훔쳐서 발주한 거야! 숨겨진 던전은 영원의 숲에 있는 것 같은데⋯⋯ 그놈들은 마신을 부활시키려는 것 같⋯⋯."

"장비를 준비할게! 자세한 건 가면서 듣지!"

로우의 말을 가로막고 재빨리 상황을 파악한 제이드가 모험가 라이선스 카드를 꺼냈다. 이어서 그 시선이 아리나에게 향했다.

"아리나 씨도 같이……!"

하지만 제이드의 말은 중간에 멈췄다.

"아니. 오지 마. 아리나 씨는…….”

"어, 하지만…….”

"이 축제를 위해 오늘까지 고생했잖아."

제이드는 아리나의 머리에 손을 톡 얹고, 더는 아리나를 보지 않았다. 그 대신 힘을 준 눈으로 로우와 루루리를 보며 진지하게 말했다.

"로우, 루루리, 마신이 부활하기 전에 하이츠 일당을 막아야 해. 그 녀석들은 이미 모험가 라이선스를 박탈당했어. 크리스털 게이트를 사용할 수 없을 거야. 우리가 뛰어서 영원의 숲으로 가면 아직 시간이 있어.”

"어, 저기, 잠깐…….”

제이드가 재빠르게 지시를 내리고, 발 빠르게 광장에 있는 크리스털 게이트로 향했다. 남겨진 아리나는 서둘러 뒤쫓아가려다 뒤늦게 뒤돌아보았다.

눈에 들어오는 곳에서는 금방이라도 다시 시작될 것 같은 즐거운 축제의 불빛이 있었다. 아리나는 이 축제를 즐길 권리가 있었다. 그것을 위해 오늘까지 필사적으로 노력해 왔기 때문이다. 이미 오래전부터, 몇 달 전부터. 아니, 매년 백년제를 야근으로 망칠 때마다 내년에는 꼭 가겠다고 다짐했다.

하지만 제이드 일행의 뒷모습을 보고 있자니 가슴속이 울렁거린다. 마신의 부활을 막는다면 상관없다. 하지만 만일의 사태가 발생하면? 이대로 그들이 돌아오지 않는다면······?

"크리스털 게이트를 거쳐 길드 본부에 들렀다가 장비를 준비하고 바로 가자. 최악의 경우 마신이 부활하면······."

말 중간에 제이드가 걸음을 멈췄다. 아리나가 옷자락을 잡아당겼기 때문이다.

"나도 갈게."

아리나는 한 달 전처럼 꾸물거리지 않았다. 자신에게 무엇이 가장 소중한지, 이미 알고 있다.

"아리나 씨······."

고개를 돌린 제이드는 복잡한 얼굴로 아리나를 바라보고 있었다. 아리나는 그 얼굴을 똑바로 보면서, 비취색 눈에 힘을 주고 말했다.

"나는 너희가 죽는 게 더 싫어."

한순간, 제이드의 얼굴이 분통한 듯 일그러져 보였다. 하지만 일각을 다투는 이 순간에는 그 망설임조차도 방해가 된다고 생각했는지, 아리나에게서 눈을 돌리며 중얼거렸다.

"고마워요. 미안해, 아리나 씨······."

## 31

제이드는 길드 본부에서 장비를 준비하고 몇 분도 지나지 않아 영원의 숲에 도착했다.

"스킬 발동, 〈백안의 수사(獸士)〉!"
<sub>시구르스 비스트</sub>

숲에 들어서자마자 제이드는 스킬을 발동시켰다.

〈시구르스 비스트〉. 오감의 감도를 인간의 한계 이상으로 키워서 광범위에 걸쳐 짐승과 같은 탐지 능력을 얻는 스킬이다.

곧바로 나무를 흔드는 바람의 냄새부터 나무뿌리 위를 뛰어다니는 작은 동물의 발소리까지, 순식간에 수많은 정보가 밀려든다. 그중에서도 제이드는 기묘한 기운을 풍기는 존재를 발견했다.

"이끼 바위 호수……."

에테르 농도가 낮아 마물이 접근하지 않아 휴식처로 자주 이용되는 곳. 하지만 지금은 무시무시할 정도로 농도가 짙고 응축된 에테르의 기운이 느껴졌다.

"뭔가 이상해. 가자."

로우에게 사건의 전말을 들은 제이드는 이끼 바위 호수로 달려가면서 이 사태의 이상함을 다시 한번 생각했다.

(허가를 받아서 지하 감옥에 들어가 아이덴을 탈옥시키고, 지하 서고에서 비밀 퀘스트가 새겨진 책까지 훔쳐냈다…….

그런 짓이 과연 가능할까?)

지하 감옥으로 쓰이는 지하 미궁은 사실 다른 용도로도 쓰인다.

전체 34층 중 최하층에 있는 길드의 지하 서고다. 외부에 내놓을 수 없는 서적이나 위험하다고 판단되는 렐릭을 보관하며, 길드 마스터의 출입만 허용되는 곳이다. 비밀 퀘스트를 보관할 수 있는 곳은 이곳밖에 없을 것이다.

하지만 지하 서고는 간수의 관할 밖에 있다. 외부인은 당연히 출입할 수 없는 구역이다.

──만약.

제이드는 문득, 끔찍한 가능성이 떠올랐다.

머릿속을 스쳐 지나가는 것은 피부가 짙게 그을린 중년 남자.

진한 눈과 주름져 관록이 있는 얼굴. 젊은이 못지않은 체격. 길드의 문장이 새겨진 망토를 휘날리며, 엄격한 외모와 달리 다정한 성격인 예전 시대의 최강 모험가──.

(그렌이 내통했다……? 아니…… 설마…… 아니겠지…… 너무 과하게 생각했나?)

그렇다고 해도 너무 돌발적이다. 그가 그런 멍청한 짓을 할 이유도, 이점도 없다.

(하지만 역시 가장 의심스러운 것은 '검은 옷의 남자' 야.)

루페스와 하이츠에게 마신의 정보를 준 남자. 뒤에서 조종하고, 비밀 퀘스트를 찾게 하고, 마신의 봉인을 풀게 하려는 장본인이다. 지하 감옥의 출입과 죄수의 석방까지 해내는 등, 평범한 사람이 할 수 있는 일의 범위를 초월하고 있는데…….

(검은 옷의 남자…… 대체 누구지……?!)

단순한 헛소문 사건으로 알았던 이번 사태. 그 배후에 있는 인물의 정체에 제이드는 핏기가 가신다. 하지만 제이드는 일단 그 의문을 머릿속 한쪽으로 치웠다. 지금은 당장 눈앞에 닥친 문제를 해결해야 한다.

이끼 바위 호수에 도착하자마자 그 이변이 눈에 들어왔다.

"이건……."

이끼 바위에 큼지막하게 구멍이 뚫려 있고, 그 안쪽으로 지하로 이어지는 계단이 있었다. 물론 며칠 전 왔을 때는 없던 것이다.

"그라시스."

로우가 호수를 얼려 이끼 바위로 이어지는 길을 만든다. 계단 앞에서 한 번 멈춰 선 제이드는 조심스럽게 계단이 뻗어 있는 구멍 너머를 살폈다. 한 치 앞도 보이지 않는 어둠 너머에서 숲에 있는 것보다 훨씬 더 짙은 에테르의 기운이 흘러나오고 있었다.

"〈시구르스 비스트〉로도 계단 끝이 보이지 않아……. 상당히 깊은 지하로 이어져 있군. 게다가 이 에테르의 농도로 보아…… 분명 보스방은 끝에 있을 거야."

"지하……? 한 층밖에 없는 영원의 숲에 또 다른 층이 있었다는 건가요?"

아리나의 질문에 제이드가 고개를 끄덕였다.

"숨겨진 층…… 아니, 이 지하야말로 영원의 숲의 진짜 '던전'일지도 몰라. 영원의 숲의 에테르는 이 숨겨진 던전에서 흘러나온 것일 수도 있겠지."

제이드는 가자고 말한 뒤 계단을 내려가기 시작했다. 긴 계단 벽에는 스킬의 빛 같은 것이 기하학적인 무늬를 그리며 퍼지고 있었다. 로우의 빛으로도 비추고 있지만, 마법이 없어도 바닥이 훤히 보일 정도였다. 어느새 계단의 끝이 보였고, 도착한 곳은──.

"보스방……인가?"

짙은 에테르의 기운. 무거운 쌍바라지 철문을 열자, 그 너머로 신비로운 동굴이 펼쳐져 있었다.

싸늘하고 고요한 공간. 길드 본부의 훈련장에 버금가는 크기. 벽은 노출된 암반이 푸르스름하게 빛나고 있다. 돔 형태의 높은 천정에서 물이 똑똑 떨어져 웅덩이를 만드는 바닥에는 커다란 마법진 하나가 희미하게 빛나고 있었다.

"어허, 추월당했군요."

목소리가 들려 뒤돌아보니, 하이츠 일당이 막 계단을 내려오고 있었다. 그 뒤에 무표정한 얼굴로 서 있는 아이덴을 보고 제이드는 지하 감옥 탈옥이라는 믿기 어려운 일이 정말로 이루어졌음을 확신한다.

"처형인 님도 일부러 불러주셔서 감사합니다."

하이츠의 시선은 처형인의 외투를 입은 아리나에게 향했다.

"당연하겠죠. 마신이 부활하면 아무리 백은이라 해도 무사할 수는……."

"인벨!"

하이츠의 얄미운 말을 가로막고 로우가 마법을 시전했다. 더는 떠들게 할 수 없다. 이제는 하이츠 일당이 활개를 치게 둘 수 없는 것이다.

로우가 시전한 것은 피에로가 사용한 것과 같은 얼음 계열의 흑마법이지만, 단순한 우박이 아니었다. 공중에 나타난 무수한 우박은 마치 물고기 떼처럼 생생하게 로우의 뜻에 따라 하이츠 일당의 팔다리에 명중했다. 얼음 마법의 응용, 무수한 우박을 원하는 곳에 집중시키는 고도의 마법이다.

"이건……!"

우박에 맞은 사지가 순식간에 얼어붙는 것을 보고 당황한 사람은 아이덴뿐이다. 하이츠와 다른 남자는 아무런 저항도 하지 않고, 점점 얼음으로 변하는 팔다리를 가만히 보고 있다.

"오호라. 무차별 광역 마법을 이렇게까지 잘 제어하는 건 처음 봤습니다. 역시 백은이 선택한 흑마도사. 대단하군요."

"마신은 부활시키지 않아……!"

"그렇군요. 하지만 당신들은 우리를 이 자리에서 죽일 순 없죠. 마신의 부활에는 인간의 영혼이 필요하다고 하더군요. 하지만 우리는 당신들을 죽여도 아무런 지장이 없는 거죠."

"흥…… 그래서 너희가 유리해졌다고 생각해? 너희는 거기서 얼음에 갇혀 있어!"

"스킬 발동."

그러나 그들의 온몸이 얼음에 갇히기 직전, 하이츠의 뒤에 있던 과묵한 남자가 처음으로 조용히 입을 열었다.

"〈영혼의 헌납자〉."

그 순간.

시구르스 스킬의 붉은 빛이 일자로 묶여 있던 남자의 몸에서 풀려났다. 차악, 하고 진득하고 불쾌한 소리가 들린 것 같더니, 다음 순간 남자의 몸이 우박과 함께 안에서 터졌다. 동굴 안을 붉고 끈적하게 물들이며 사방으로 흩어지고, 살점이 날린다.

"……?!"

제이드는 깜짝 놀라 경직했다. 뒤에서 루루리가 작게 비명을 지른다. 동시에 하이츠 일당을 덮으려던 두꺼운 얼음이 소리를 내며 산산조각났다.

"오오, 이건 참 화려하게 날아가는군요."

무표정한 얼굴로 구속에서 풀려난 하이츠가 핏물에 잠긴 살덩이를 가만히 바라본다.

"자신의 목숨을 바치는 대가로 아군이 적에게 받은 공격을 모두 무효화하는 스킬이라고 하더군요. 평범한 흑마법을 해제

하는 데 사용하긴 아까웠을까요?"

"자……폭……?!"

로우는 얼굴이 새파랗게 질린 채, 여전히 넓어지는 핏물을 경악하며 바라보았다.

제이드가 가진 〈시그르스 블러드〉와 마찬가지로 자신에게 피해를 줘서 엄청난 효과를 얻는 자해 스킬. 하이츠의 말대로, 목숨을 대가로 하는 그 스킬에는 더 높은 해제 효과가 있었을 것이다.

하지만 하이츠에게 그딴 것은 중요하지 않다. 자폭—— 즉, 그 과묵한 남자가 죽는 것만이 목적이었을 것이다.

마신을 부활시키기 위해서.

"멋지네요. 자기희생. 이런 '쓰레기 스킬'이 각성한 그에게 동정을 금할 수 없습니다."

동굴 안이 정적에 휩싸인 가운데, 하이츠가 낄낄 웃는 소리만 울려 퍼졌다.

"이……이봐…… 무슨 일이야……."

아이덴이 목소리를 떨며 말했다. 끔찍한 광경에 핏기가 가신 것은 비단 제이드 일행만이 아니었다. 아이덴은 부릅뜨고 하이츠에게 물었다.

"자……자폭……했어……?!"

"보신 그대로입니다. 무슨 일 있습니까, 아이덴?"

하이츠는 온화한 눈으로 창백해진 아이덴을 봤다. 아니, 그 눈빛은 온화한 듯하면서도 조용히 미쳐 있었다.

"설명했잖습니까. 마신의 부활에는 인간의 영혼이 필요하다고. 그게 이분의 스킬을 가장 효과적으로 활용할 수 있는 방법이라고 생각하지 않나요?"

"처……처음…… 들었다고……! 그게 뭐야!"

얼굴이 새파랗게 질린 아이덴은 뒤로 물러섰다.

"숨겨진 던전에 잠들어 있는 마신은 디아 스킬을 주는 존재라고……."

"세상에, 정말 그렇게 편리한 존재가 이 세상에 존재한다고 믿은 겁니까?"

하이츠가 놀란 듯이 눈을 깜빡였다.

"무……무슨……."

"괜찮습니다. 당신에게도 마땅한 역할이 있으니까. 우리는 마신님의 제물입니다. 마신님에게 먹혀서 더 강력한 힘을 바치고자 모인 것이죠. 사실 축제에서 한바탕 소란을 피운 리카이드도 이 자리에 데려오고 싶었는데요. 아무래도 축제 회장에서 잡힌 것 같군요."

"왜 그렇게까지 해서 마신을 부활시키려고 하는 거야!"

제이드는 참지 못하고 목소리를 높였다.

"그런 짓을 해서 무슨 소용이 있어……! 마신에게 죽을 뿐이잖아!"

"왜냐고요? 그야 당신은 모르겠죠. 스킬을 타고나서 날마다 화려하게 활약하는 백은 양반은, 쓰레기 같은 스킬만 받고 진흙탕에서 허우적대는 밑바닥 모험가 따위를……."

하이츠는 한숨과 함께 담담하게 이야기하기 시작했다.

"제 스킬, 〈시구르스 무버〉는 편리해 보이지만 치명적인 한계가 있습니다. 제가 직접 이동 위치를 세밀하게 지정할 수 없다는 거죠. 말하자면 '탈출 전용' 스킬인 셈이죠."

하이츠의 온화한 눈빛은, 한편으로 매섭게 빛나며 증오로 가득차 있었다.

"물론 초창기에는 유용하게 쓰였습니다. 하지만 동료들의 레벨이 올라가면서 긴급 탈출의 필요성이 없어지자 저는 쫓겨났습니다. 넌 그저 '걸어 다니는 크리스털 게이트' 라고 비웃고 말이죠."

"……!"

"하하……하하하하! 웃기네요. 걸어 다니는 크리스털 게이트라니! 참 의미심장하군요. 애초에 스킬이란 게 세상에 왜 존재하는 걸까요? 스스로 선택할 수 없고, 마술처럼 습득도 수련도 할 수 없고, 운에 따라 일방적으로 주어지는 힘. 운이 좋으면 인생이 화려해지고, 운이 나쁘면 쓰레기장에서 허우적댈 수밖에 없는…… 이게 대체 뭡니까?"

하이츠는 몸을 흔들면서 눈을 크게 뜨고, 이를 드러내며 끔찍하게 웃었다.

"절망에 빠져 있던 저에게 어느 날 검은 옷의 남자가 나타나서 가르쳐 주었습니다. 마신이라는 존재, 그것이 바로 이 세상의 살아 있는 신이라고. 이 쓰레기 같은 세상을 없앨 수 있는 존재라고……!"

"검은 옷의 남자……."

"모든 준비는 그분이 다 했습니다. 덕분에 별 탈 없이 일이 진행됐죠. 백은을 유인하면 처형인도 따라올 것으로 예상했는데, 완벽하군요. 처형인만 처치하면 마신님의 파괴는 아무도 방해할 수 없어……! 처음으로 신이 내 편이 되어 주는 겁니다! 그러니……."

푹, 하고 묵직하고 진득한 소리가 하이츠의 말을 막았다.

한 박자 늦게 진한 피 냄새가 코를 찌른다.

"어……?"

의아한 목소리를 낸 것은 하이츠였다.

그 가슴, 바로 심장이 있는 곳에 귀여운 작은 손이 있었다. 등 뒤에서 맨손으로 갑옷을 뚫고 튀어나온 것이다.

그 기괴한 광경에, 그 자리에 있던 사람들은 모두 말문이 막혔다.

잠시 정적에 휩싸인 동굴에서 하이츠는 멍하니 그 손을 내려다보았다. 너무 갑작스럽게, 맥락도 없이, 인간을 초월한 힘에 의해 찾아온 죽음이었지만, 하이츠는 광기 어린 미소를 지었다.

"마신님……!!!"

귀여운 손이 등 뒤에서 쏙 뽑히고, 하이츠는 쓰러져 버렸다.
피를 대량으로 토해 주위가 검붉게 물들어 간다. 그러나 죽음
을 눈앞에 둔 하이츠의 눈은 미친 듯이 빛났다. 그 눈에 숭배하
는 마신을 새기려고 무작정 뒤돌아보는데——.

그 얼굴을, 작은 발이 짓밟았다.

"아저씨, 징그러워."

가차 없는 말과 함께 킥킥거리는 소녀의 웃음소리가 들렸다.

어둠 너머에서 소리 없이 나타나 하이츠를 밟은 것은 금발을
길게 기른 소녀였다.

하지만 단순한 소녀가 아니라는 것은 누구나 알 수 있었다.
백자처럼 하얗고 가냘픈 목에 수상하게 빛나는 작고 검은 돌이
박혀 있었기 때문이다. 인형처럼 귀여운 프릴 스커트를 펄럭
이며, 그러나 그 표정에는 잔인한 그늘이 드리워 벌레를 보는
눈으로 하이츠를 내려다보고 있었다.

소녀는 입꼬리를 살짝 들어 올리며 손에 묻은 피를 핥고 하이
츠의 얼굴을 발로 차버렸다. "끄악!" 하는 고통스러운 소리와
함께 하이츠의 목이 엉뚱한 방향으로 꺾이고, 붉은 피를 흘리
며 날아가 버렸다.

"……!"

소녀의 가녀리고 귀여운 다리와는 거리가 먼 힘. 그리고 웃음

을 띤 오른쪽 뺨에는 각인이 있었다. 마법진을 억지로 반으로 쪼갠 듯한 반쪽짜리 각인은, 자세히 보니 낯익은 형태의 일부였다.

선인들이 렐릭에 반드시 새기는, 태양을 본뜬 마법진—— 디아의 증표다.

오랫동안 동안 모험가들 사이에서 전해진 '특별한 렐릭'의 정체. 힘을 추구한 선인들의 욕망으로 만들어진 '살아있는 렐릭'. 아이러니하게도 그 행위로 멸망한 선인들의, 사악한 유산——.

마신.

"비에나…… 인간들이 많이 있어요."

얼어붙은 동굴에 또 하나의 작은 목소리가 울려 퍼졌다.

머리가 긴 금발 소녀의 등 뒤에서 다른 소녀가 얼굴을 빼꼼 내밀었다. '비에나'라고 불리는 소녀와 마찬가지로 목에 작은 마신핵이 박혀 있었다. 아니, 두 사람의 공통점은 그것만이 아니다. 쌍둥이처럼 똑 닮은 얼굴, 같은 키, 같은 머리색, 뺨에 반으로 쪼개진 디아의 증표까지 비에나와 똑같다. 나중에 나타난 소녀는 어깨 위에서 깔끔하게 친 단발이어서 겨우 구분할 수 있을 정도다.

"마신이…… 두 명?!"

쌍둥이 소녀를 앞에 두고 제이드는 표정을 굳혔다. 상관없다는 듯이 비에나라고 불리는 긴 머리 작은 마신이 웃었다.

"그래, 인간이 많아. 피에나. 저건 우리를 위한 제물이야."

비에나는 아이 특유의 말랑말랑한 손을 앞으로 내밀며 입을 더 움직였다.

"노래하라, 〈거신의 사시(死矢)〉."

그 순간, 비에나의 목에 있는 마신핵에서 하얀 스킬의 빛이 번쩍였다. 동시에 그 주위에 하얀 빛이 돌아서 원을 그리며 거대한 마법진이 펼쳐졌다. 앞으로 뻗은 작은 손 주위에 빛의 입자가 모이고 허공에서 거대한 무기가 출현한다.

소녀의 키의 두 배는 될 것 같은, 커다란 은색 장궁이었다.

아리나의 워해머나 마신 시르하의 창과 마찬가지로 스킬 발동과 동시에 생성되는, 은으로 치장한 거대 무기. 소녀의 목에 박힌 마신핵이 찬란하게 스킬의 빛을 발산하고 있다.

"⋯⋯!"

제이드는 즉시 대형 방패를 들고 전투태세에 돌입했다. 하지만 비에나는 바로 공격하지 않고 뒤에 숨은 상대—— 피에나를 보챘다.

"피에나도 빨리, 어서!"

"피에나도 하는 거야⋯⋯?"

"하는 거야."

단발머리 피에나가 조심스럽게 앞으로 나와 비에나와 마찬가지로, 그러나 비에나의 강압적인 태도와는 대조적으로 소극적인 목소리로 중얼거렸다.

"노래하라…… 〈디아 모테〉."

영창에 맞춰 허공에서 나타난 것은 비에나와 같은 은색 장궁이었다. 당연하다는 듯이 동일한 스킬을 발동하는 모습에 제이드는 숨을 헐떡였다.

"스……스킬을…… 공유해……?!"

스킬은 본래 고유한 것이며, 똑같은 스킬이란 존재하지 않는다. 그것이 모험가들의 공통 인식이다. 그렇기에 눈앞에 펼쳐진 광경은 이상할 수밖에 없었다.

"당연한걸? 우린 둘이 하나니까."

놀라는 제이드에게 코웃음을 치고 자랑스럽게 가슴을 편 비에나는 배고픈 짐승처럼 혀로 입술을 핥으며 일행을 둘러보았다.

"자~ 어느 제물부터 먹을까?"

32

"온다, 루루리!"

제이드가 외치는 소리를 듣고 정신을 차린 루루리는 황급히 스킬을 발동했다.

"스킬 발동, 〈시구르스 리바이브〉!"

뛰어난 자동 치유 효과를 부여하는 루루리의 강력한 시구르스 스킬이다. 탱커인 제이드에게 부여하는 동시에 루루리는 미안한 투로 아리나에게 사과했다.

"아리나 씨 죄송합니다……! 디아 스킬 보유자에게는 시구르스 스킬이 통하지 않아요……."

"제이드처럼 엉망으로 다치는 취미가 없으니까 괜찮아. 그보다 루루리는 물러나 있어."

사과할 일이 아니지만, 힐러의 직업병인지 루루리는 심하게 우울한 표정으로 조금 입을 다문 다음, 시키는 대로 바위 뒤에 숨었다.

"젠장, 마신이 둘이라니……!"

제이드는 대형 방패를 들고 허리춤에 찬 장검을 뽑아 들었다. 그 옆에서 아리나도 방심하지 않고 적을 주시하며 스킬을 발동하려고 하는데——.

"응, 응응? 어라, 미남?! 미남이야! 미남 발견!!"

비에나가 갑자기 눈을 초롱초롱 빛냈다. 그 뜨거운 시선은 우거지상을 한 제이드를 향하고 있다. 그때만큼은 어린아이처럼 천진난만하게 신을 내면서, 그러나 아무렇지 않게 손에서 은색 화살을 만든 비에나는 장궁의 시위를 당겨서 제이드를 조준했다.

"잘생긴 오빠의 영혼, 줘!"

그리고 동시에 아리나가 제이드의 옆에서 튀어나왔다.

"스킬 발동, 〈디아 브레이크〉!"

영창에 맞춰 나타난 워해머를 움켜쥐고, 날아오는 흉악한 은

화살의 일격을 정면에서 쳐낸다. 부러지면서 엉뚱한 방향으로 날아간 화살은 허공에서 허무하게 흩어졌다.

　(힘이 호각이 아니야……?)

　너무도 가벼운 느낌에 아리나는 살짝 눈을 의심했다. 마신 시르하의 창과 충동했을 때, 아리나와 시르하의 힘은 비등비등해서 격파하기 어려웠는데. 활과 화살의 무기 성능 때문일까, 아니면…….?

　생각하면서 아리나는 비에나를 노리고 뛰쳐나갔다. 이에 맞서는 비에나는 자신의 첫 번째 공격이 손쉽게 격파되는 광경에 하나도 동요하지 않았다. 점점 다가오는 아리나 앞에서 전혀 회피할 기미를 보이지 않았다. 오히려 방어 자세도 취하지 않고 여유롭게 워해머를 바라보고 있었다.

　그런 비에나를 때리기 직전, 중간에 피에나가 끼어들었다.

　"?!"

　아리나의 워해머의 머리가 피에나를 직격했다. 그 일격은 목에 있는 작은 마신핵을 비롯해 상반신을 쉽게 날려버렸다.

　(단단하지 않아……?!)

　마신 시르하는 디아 스킬인 아리나의 워해머 일격도 막는 강인한 육체를 가지고 있었다. 그에 비해 피에나의 몸은 평범한 인간보다 훨씬, 종잇장처럼 연약하다. 그 연약함에 오히려 불길한 예감이 등골을 따라 퍼진다.

　그 예감은 적중했다.

"뭐야……?!"

크게 훼손된 피에나의 신체 단면이 꿈틀거리며 순식간에 새로운 육체를 형성하기 시작한 것이다. 몇 초도 지나지 않아 눈앞에는 원래의 의상을 그대로 복원한 피에나가 있었다.

이미 시위를 당겨 그 화살촉이 아리나의 눈썹 사이를 노리는 상태로.

"큭."

억지로 몸을 비틀자 거의 동시에 거대한 화살이 아리나의 귀옆을 스쳤다. 그러나 살짝 자세를 흐트러뜨린 아리나를 향해 비에나가 활을 겨눈다.

"어라라? 벌써 체크메이트?"

씩 웃으며 화살을 날린다. 완전히 허를 찌른 공격은——그러나 먹잇감을 해치우지 못하고 아무것도 없는 공간을 헛되이 통과했다.

"? 어디에……."

위다.

억지로 땅을 차서 화살을 피한 아리나는 의아한 얼굴로 주위를 둘러보는 비에나를 눈앞에 두고 있었다.

"하아아압——!"

기염을 토하며 낙하의 중력을 실은 워해머의 일격이 비에나의 머리를 강타했다.

퍽! 묵직한 소리가 푸르스름한 동굴에 울려 퍼진다. 그리고 느껴지는 것은 역시나 너무 가볍고 아무런 반응이 없는 느낌이었다.

착지한 아리나의 눈앞에는 얼굴과 오른쪽 어깨가 찢어진 찰흙 인형 같은 모습으로 비에나가 멍하니 서 있었다. 목에 있는 마신핵을 확실히 파괴했다. 그런데——.

"!"

아리나는 숨을 삼켰다. 역시나 꿀렁꿀렁하고 이상한 소리를 내며 피에나와 마찬가지로 훼손된 육체가 순식간에 재생되기 시작한다. 몇 초도 채 지나지 않아, 비에나는 무표정한 얼굴로 마신핵과 함께 복원되었다.

"설마 이 녀석들…… 재생 능력이 있는 거야?!"

"딩동댕!"

제이드가 알아차렸다는 듯이 목소리를 높이자, 비에나가 깔깔 웃으며 긍정했다.

"말했잖아. 우린 둘이 하나라고."

귀엽게 검지를 세우며 여유로운 표정을 짓는다. 마치 반드시 이기는 게임을 즐기는 아이처럼.

"페어링 특성이 있나 보군."

일단 제이드의 곁으로 물러난 아리나에게 로우가 나지막하게 중얼거렸다.

"페어링?"

"이건 어디까지나 마물의 경우지만…… 핵심을 치지 않으면 언제까지나 재생과 증식을 계속하는, 성가신 성질을 가진 마물이 있어."

"그래…… 성가시지……."

로우의 고찰을 듣고, 제이드도 고개를 끄덕이며 말을 잇는다.

"페어링 마물은 본체를 치면 끝나는 패턴과 한쪽의 조각만 남아도 무한히 재생, 증식하는 패턴이 있는데……. 아마 저 마신은 후자의 패턴일 거야."

"후자라니…… 어, 그렇다면 아무리 쳐도 끝나지 않는다는 거야?"

"마물이 상대라면 양쪽 다 균등하게 공격하다가 광역 마법으로 쓸어버리는 식으로 조정하면 어떻게든 되겠지만, 마신을 상대로 유효한 광역 마법 같은 건 존재하지 않으니까……."

흑마도사 로우가 미안한 듯이 끙끙댔다.

"저 둘이 지닌 마신핵을 동시에 파괴하는 수밖에 없어."

제안한 제이드는 그렇게 말하면서도 표정이 흐렸다. 당연하다. 아리나도 인상을 찌푸리며 중얼거렸다.

"아무리 그래도, 워해머로 둘을 동시에 공격하는 건…… 불가능한데……."

공격 범위가 넓은 대검이나 흑마법이라면 또 모를까, 워해머는 단일 공격이 기본이다. 여기저기 뛰어다니는 둘을 동시에 때리는 것은 불가능에 가깝다.

"……."

제안한 당사자인 제이드도 무리한 과제임을 알면서 말한 것이리라. 침묵하고, 방심하지 않고 쌍둥이 마신을 바라보면서 머릿속으로는 필사적으로 승산을 찾으려고 애쓰는 것 같았다.

"하아~ 그런데 뭐야? 이 어둡고 습하고 음침한 곳은!"

그런 아리나 일행을 아랑곳하지 않고, 비에나는 동굴 안을 자세히 둘러보며 한숨을 푹 쉬었다.

"우리의 기술이 하나밖에 없다는 것도 뭐랄까, 화려함이 부족하네. 활과 화살 같은 건 너무 수수하고 눈에 띄지 않아서 정말 재미없어. 이제 지겨워~! 저기, 피에나도 그렇지?"

"피에나는 은근 좋아."

"피에나를 위해서라도 제물을 더 많이 먹어서 기술을 늘려야지!"

피에나의 주장을 무시한 채, 비에나는 황홀한 표정으로 뺨에 손을 얹는다.

"이 음침한 곳을 벗어나면…… 지상에는 더 많은 제물이 있을까?"

귀여운 겉모습과는 거리가 멀게 사악한 미소를 짓는 비에나의 말에, 푸르스름한 동굴 안에는 긴장감이 감돌았다.

오는 길에 아리나는 제이드에게 한 가지 가설을 들었다. 마신 핵에는 여러 디아 스킬이 봉인되어 있고, 마신은 죽인 인간의 숫자만큼 디아 스킬을 얻는 걸지도 모른다는 가설이다. 비에나의 발언으로 미루어 보아, 그 가설이 맞을 것 같다.

영원의 숲에서 가장 가까운 도시는 이피르다. 오늘은 백년제로 많은 사람이 모였다. 만약 아리나 일행이 여기서 전멸하고 마신이 지상으로 나가면———.

(더 이상 마신을 막을 수 없게 돼. 여기서 토벌할 수밖에 없어…….)

처음부터 그럴 생각이다. 백은에서 누구도 죽게 할 생각은 전혀 없다.

"그렇게 생각하니까 신이 나! 빨리 이곳의 제물을 다 먹고 지상으로 나가야지."

비에나는 조금 전 질색하던 태도를 확 바꾸더니, 기분 좋게 벌린 손에 커다란 은색 화살을 만들어냈다.

"아리나 씨."

옆에서 조금 전까지 침묵하던 제이드가 드디어 입을 열었다.

"저 녀석들의 마신핵, 상당히 작아. 아마 하나의 핵을 두 개로 나눈 것 같은데…… 그만큼 각각의 공격력도, 몸의 단단함도 시르하보다 떨어질 거야."

"그건 그럴 거야."

시르하처럼 강인한 육체도 힘도 없는 대신, 저 쌍둥이 마신은 한쪽을 때리기만 해서는 복원되는 어처구니없는 재생 능력을 가지고 있다. 시르하 때처럼 힘으로 밀어붙이는 방법으로는 도저히 이길 수 없는 상대다.

"비에나는 나를 노릴 거야. 그러니 내가 비에나를 붙잡아서 잘 유도할게. 아리나 씨는 피에나를 부탁해. 저 녀석들을 나란히 세우고 워해머로 동시에 핵을 관통하는 것이…… 현재로서는 가장 좋은 방법이야."

"비에나를 붙잡는다고……? 그야 저 화살은 시르하보다 약하지만, 아무리 그래도 시구르스 스킬로는 못 막을걸? 만약 제대로 맞으면 즉사할지도……."

"그건 걱정하지 마. 대책이 있어."

"그래? 그럼 됐어."

"가자!"

호령과 동시에 제이드와 아리나는 땅을 박차고 서로 반대 방향으로 뛰쳐나갔다.

33

바위 그늘에 숨어 있던 루루리는 마음을 졸이며 아리나와 제이드의 싸움을 지켜보고 있었다.

"스킬 발동, 〈시구르스 월〉!"

달려가서 가장 먼저 공격한 것은 제이드였다. 하지만 제이드가 사용한 것은 평소와 다름없는 스킬이다.

아니다.

제이드는 그 자리에서 한쪽 무릎을 바닥에 대고, 땅바닥에 손을 얹어서 〈시구르스 월〉을 전개했다.

"어……?!"

전혀 의미 없는 곳에 경화 스킬이 부여되고, 붉은 빛이 희미하게 떠올랐다. 곧이어 날아오는 화살을 구르듯이 피하고, 기회를 보던 제이드가 다시 땅을 손으로 짚었다.

"〈시구르스 월〉!"

같은 시구르스 스킬의 중복 발동. 이후에도 제이드는 화살을 피하면서 똑같이 무의미한 스킬 발동을 반복했다. 결국 동굴 곳곳에 〈시구르스 월〉이 발동한 네 개의 붉은 점이 생겼다.

(왜 저런 짓을……?)

루루리는 미간에 주름을 잡았다. 같은 스킬을 여러 번 병렬로 발동하는 것은 보통 하지 않는── 아니, 할 수 없는 일이다. 스킬 사용의 피로가 쌓여 전투에 집중할 수 없게 되기 때문이다. 게다가 네 개의 시구르스 스킬을 계속 유지하면 제아무리 체력이 좋은 제이드도 금방 지쳐버린다.

"그렇게 저급한 기술은 몇 번을 써도 내 공격을 막을 수 없어~ 잘생긴 오빠!"

비에나가 무시하듯 웃으며 화살을 쏜다. 은색 화살은 순식간에 방향을 바꾼 제이드의 근처 바닥에 꽂히고, 주변 웅덩이에서 물방울이 튄 순간.

"스킬 발동, 〈시구르스 블러드〉!"

눈앞을 향해 손을 내밀고, 제이드는 두 번째 스킬을 발동했다.

"무슨……."

예상치 못한 스킬 이름을 듣고, 루루리는 한순간 심장이 크게 뛰었다.

〈시구르스 블러드〉. 이것은 동료에게 가는 공격을 모두 강제로 시전자에게 돌리는 스킬이다. 자신을 방패 삼아 동료를 구하는 기사회생의 자기희생 스킬. 평소의 작전에서는 루루리의 〈시구르스 리바이브〉와 함께 사용하는 스킬이다.

물론 지금 제이드에게 〈시구르스 리바이브〉를 걸고 있다. 하지만 애초에 비에나의 공격 대상은 제이드밖에 없으니까, 애초에 이 스킬을 사용할 상황이 아니다.

"헛된 발악은 그만둬."

불쑥. 소리도 없이 제이드의 눈앞에 비에나가 나타났다. 시르하보다 뒤떨어지긴 하지만, 그 속도는 인간을 뛰어넘는다. 게다가 스킬 발동에 정신이 팔린 만큼 제이드의 움직임도 느려졌다. 비에나는 작은 체구를 이용해 제이드의 지척에 쉽게 파고들었다.

"!"

"제이드!"

화살촉이 제이드의 눈썹 사이를 찌르는, 이미 피할 수 없는 거리. 루루리가 무심코 비명을 지르는 순간…….!

"──〈수렴〉."

제이드가 이상한 말을 외쳤다.

"〈전개〉!"

타앙! 공기가 터지는 듯한, 귀에 거슬리는 소리가 터졌다.

동시에 눈을 감을 수 없을 정도로 강렬한 붉은 스킬의 빛이 폭발했다. 그 광원은 무작위로 부여된 네 군데의 〈시구르스 월〉이었다.

"?! 그게 뭐야······?"

"복합 스킬 발동, 〈천중벽〉!"

당황한 비에나의 목소리를 가로막고 다시 한번 공기가 터지는 소리가 울려 퍼졌다. 소리와 함께 네 곳에서 폭력적인 붉은 빛이 제이드의 대형 방패를 향해 모여든다. 살벌할 정도로 새빨간 빛에 휩싸인 대형 방패는 순식간에 발사된 비에나의 디아 스킬의 은화살을──손쉽게 튕겨냈다.

"시구르스 스킬이······ 디아 스킬을 쳐냈어요?"

루루리는 무심코 놀라 소리쳤다.

그럴 만도 하다. 최상위 스킬인 디아 스킬에 시구르스 스킬은 통하지 않는다. 이 원칙을, 예전 시르하와의 전투에서 뼈저리게 깨달았기 때문이다.

"그게 뭐야······?!"

'저급한 기술'이라며 얕잡아보던 제이드의 스킬에 화살이 막히는 바람에 비에나도 당황한 모양이다. 눈을 크게 뜨고 알 수 없는 광경에 당황하며 주위를 둘러보았다. 마치 대량의 에너지가 흘러나오는 것처럼 제이드의 주변에서 붉은 빛이 일렁이고, 두 가지 스킬의 상반된 힘이 부딪히며 번개 같은 불똥이 튀고 있다.

"저건……!"

로우가 깜짝 놀란 듯이 소리를 질렀다. 루루리 역시 로우와 비슷한 생각을 하고 있었다. 며칠 전, 제이드가 '위험한 특별 훈련'이라는 이름으로 길드 본부 훈련장에서 발동했다가 일어설 수 없을 정도로 심하게 소모한 스킬이었다.

"끅…….'

그때와 마찬가지로 제이드는 역시나 고통스러운 표정을 짓고 비틀거리며 한 발짝 비틀거렸다. 디아 스킬을 능가하는 힘을 발휘하는 그 스킬은 소모가 매우 큰 듯하다.

"그런 저급한 기술로 내 공격을 막다니 말이 안 되잖아?!"

하지만 자기 힘에 절대적인 자부심이 있는 마신에게 '저급한 기술'에 공격이 막힌 사실은 적잖은 충격을 주었고, 순간적인 빈틈을 만들어냈다. 비에나가 제이드를 경계하고 거리를 두자 —— 그 등 뒤에서 무언가가 부딪혔다.

피에나의 등이다.

"피에나?"

아리나가 피에나를 몰아서 여기까지 유도한 것이다. 나란히 늘어선 한 쌍의 마신. 문득 아리나 일행의 의도를 겨우 알아차린 비에나가 얼굴을 굳혔을 때는 이미 아리나가 워해머를 높이 쳐들고 한 발짝 크게 내디디고 있었다.

"하아아아아아아압!!!!"

힘을 충분히 준 워해머에서 뾰족한 부분이 무자비하게 피에나의 얼굴을 마신핵과 함께 일격에 부숴버렸다. 묵직한 소리가 동굴 안에 울려 퍼지고, 그것은 피에나를 부수는 것으로 멈추지 않고, 목적대로 비에나에게 도달하는데――.

아니.

"칫……."

아리나는 아쉬운 듯 혀를 차며 제이드의 옆으로 몸을 피했다. 그 코앞에서 은색 화살 하나가 스쳐 지나갔다. 아리나가 보는 곳에서는 이상한 소리를 내며 피에나가 재생하고.

"위험해라~!"

눈앞에서 워해머의 일격을 피한 비에나의 목소리가 동굴에 메아리쳤다. 그곳에는 새침한 얼굴로 쌍둥이 마신이 서 있었다.


34


"틀렸나……."

중얼거리고, 제이드는 미간에 주름을 잡았다.

이쪽의 공격 타이밍은 완벽했다. 하지만 피에나의 육체를 파괴한 탓인지 워해머의 기세가 약간 약해져, 비에나의 핵에 도달하기까지 1초의 시간차가 발생했다. 그 틈에 피하고, 재생하는 기회를 주고 말았다. 마신처럼 초월적인 신체 능력이 없는 적이라면 통할 법한 초강수지만, 역시 상대가 너무 나빴다.

"괜찮아? 제이드."

이미 땀에 흠뻑 젖은 제이드를 아리나가 힐끗 본다. 복합 스킬의 반동으로 점점 힘이 빠져나가는 감각이 들면서도, 제이드는 꾹 참고 고개를 끄덕였다.

"그래……. 아직 더 싸울 수 있어."

"그래서…… 뭐야, 아까 화살을 쳐낸 스킬은?"

"복합 스킬이야."

"복합 스킬……?"

처음 듣는 말에 아리나가 눈살을 찌푸린다.

"내가 마음대로 만든 거야. 두 스킬을 동시에 발동해서 〈시구르스 월〉 효과를 중복시키는…… 그게 바로 〈미리아〉야."

본래 〈시구르스 월〉이 부여할 수 있는 방어력은 일정하다.

몇 번을 겹쳐도 효과는 중복되지 않으며, 강화되는 방어력에는 상한이 있다. 따라서 그 한도를 초과하는 공격── 디아 스킬의 공격력은 절대로 버틸 수 없다.

하지만 그 상한선을 넘을 방법이 하나 있다. 그것은 여러 스킬이 있고, 남다른 내구력을 가진 제이드만이 할 수 있는 방법── 다른 스킬 효과를 가미해 〈시구르스 월〉의 효과를 강제로 겹치는 것이다.

그 결론이 〈시구르스 블러드〉를 경유하는 방법이었다.

〈시구르스 블러드〉는 동료에게 가는 스킬을 강제로 자신에게 돌리는 스킬이지만, 본래는 주변에 퍼진 스킬을 무조건 자신에게 돌리게 하는 스킬이다. 이 특성을 이용해 주변에 미리 여러 개 발동한 〈시구르스 월〉을 〈시구르스 블러드〉로 회수하면, 본래는 중복되지 않아야 할 〈시구르스 월〉을 겹칠 수 있게 된다. 주변에 미리 발동한 만큼 방어력 강화 효과가 더해져 억지로 상한선을 돌파할 수 있는 구조다.

뭐, 그 멍청한 방법을 떠올린 것은 너무 오래전 일이고, 당시 제이드는 시도한 지 1초도 지나지 않아 기절해 일주일 정도 앓아누워야 했지만.

"이것저것 시험해 봤지만, 의식을 유지하는 한계는 〈시구르스 월〉 네 번…… 하지만 디아 스킬에도 잘 통했어……!"

말하자면 자신의 높은 내구력을 이용해서 막무가내로 방어력을 강화하는 방법이다. 하지만 이제 제이드도 마신과 대등하게 맞설 힘을 가지게 되었다. 예전 시르하와의 전투에서처럼 아리나만 믿어야 하는 한심한 탱커가 아니게 되었다.

숨을 훅 내쉬며 기운을 내고, 제이드는 허리춤에 찬 장검을 뽑았다.

"아리나 씨, 한 번 더 가자."

"어?"

"아리나 씨 혼자서 동시에 격파하는 것은 역시 무리야. 그건 잘 알았어. 이번엔 내가 비에나를 때릴 거야. 둘이서 동시에 공격하자."

"제이드가……?"

"신호할게. 동시에 가자."

자세한 설명은 생략한다. 아무튼 이렇게 서 있는 동안에도 묵직한 나른함이 몰려온다. 몇 번의' 특별 훈련 '으로 여러 스킬을 동시에 유지하는 한계치를 알았다고는 하지만, 오래 버틸 수는 없다. 스킬 피로로 쓰러지기 전에 빨리 끝내고 싶다.

"……. 알았어."

제이드의 의지를 알아챘는지, 아리나는 아무 말도 하지 않고 작게 고개를 끄덕였다.

다시 각자의 목표물을 향해 시선을 돌리며 거의 동시에 땅을 박찬다.

"오빠, 대단해~! 그런 저급한 기술로 내 화살을 막았어!"

비에나와 거리를 좁히는 제이드에게, 소녀 마신은 호들갑스럽게 놀라는 반응을 보였다. 제이드의 〈미리아〉 때문에 생겼던 동요는 금방 가라앉았다. 결국 마신의 재생 능력 앞에서 제이드 일행이 손쓸 방법이 없음을 깨달았기 때문이다.

"하지만 그것만으로는 이길 수 없어!"

그렇게 말하면서 생성한 은색 화살을 시위에 걸고, 제이드에게 쏜다. 제이드는 몸을 오른쪽으로 홱 날려서 피한 뒤, 움츠러들지 않고 비에나와 거리를 좁힌다. 이어지는 두 번째 화살을 몸을 숙여 피하고 한 걸음 앞으로. 세 번째 화살을 대형 방패로 쳐내고, 더 앞으로, 앞으로———.

우격다짐으로 크게 파고들고, 장검의 사거리에 넣었다. 그 순간, 제이드는 대형 방패에 씌운 〈미리아〉를 풀고 비에나에게 내밀어 시야를 가렸다.

"?!"

대형 방패의 스킬을 푸는 대신, 제이드는 오른손에 쥔 장검에 힘을 주었다.

"〈수렴〉, 〈전개〉!"

슝, 하고 뿔뿔이 흩어진 붉은 빛이 제이드에게 모이고, 곧이어 장검에 휘감겼다.

〈시구르스 윌〉을 겹겹이 씌운 장검이 붉게 물든다. 동시에 온몸에서 식은땀이 확 났다. 복합 스킬의 연속 발동에 몸이 비명을 지른다. 제이드는 터질 듯이 격렬하게 뛰는 심장의 박동을 느끼며, 슬쩍 아리나를 봤다. 신호다. 눈치챈 아리나와 잠시 눈이 마주치고, 상황을 살피던 아리나 역시 단숨에 피에나와 간격을 좁혔다.

"──〈미리아〉!"

방어력 강화 효과를 겹겹이 두른 장검을 내밀자── 피처럼 붉게 빛나는 칼끝이 피에나의 목을 마신핵과 함께 깊숙이 꿰뚫었다.

"끄……아?!"

디아 스킬로 만든 무기도 아닌, 평범한 장검에 쉽게 핵을 관통당한 비에나는 깜짝 놀라 눈을 크게 떴다.

〈미리아〉로 방어력 강화 효과를 겹겹이 두른 검—— 즉, 물리적인 강도를 높인 검은 이미 칼이 아니라 부러지지 않는 철봉이다. 하지만 높은 강도는 그대로 무기가 된다. 마신의 화살을 쳐낸 시점에서 제이드는 〈미리아〉를 입힌 검이라면 마신핵을 관통할 수 있다고 확신했다.

"끄윽……!"

하지만 복합 스킬의 두 번째 발동은 제이드에게 예상보다 더 큰 반동을 가져왔다. 몸 어딘가에서 삐걱거리며 비명을 지르고, 한순간 다리가 후들거린다. 하지만 어떻게든 버티고 검을 뽑아 비에나와 거리를 벌렸다.

"아……아……?"

목에 있는 반쪽 핵에 균열이 크게 생긴 비에나는 한 걸음, 두 걸음 비틀거렸다. 안쓰러운 상처도, 두 동강이 난 핵도 재생이 시작되지 않는다. 슬쩍 확인해 보니 피에나의 핵도 아리나의 워해머에 의해 얼굴과 함께 사라졌다.

"성공했어……!"

재생 능력이 작동하지 않는 것으로 보아 아리나와 같은 타이밍에 핵을 파괴한 것 같다.

평범한 접수원이면서 뛰어난 전투 감각과 응용력을 가진 아리나에게 감사했다. 제이드와 공격 타이밍을 쉽게 맞췄는데, 보통은 쉬운 일이 아니다. 정말이지 접수원으로 두기에는 아까운 인재다.

하지만 이것으로 마신의 재생 능력을 완전히 끊었다. 제이드는 무심코 승리를 확신하고 조금은 긴장을 푸는데──.

그 순간이었다.

"──땡~ 입니다 ♪"

은색 화살이 제이드의 눈앞에 날아왔다.

"?!"

맞는다── 몸이 얼어붙는다. 하지만 그 직전에 화살을 쳐냈다. 아리나다.

"잠깐만, 확실하게 동시 공격이었을 텐데…….."

아리나가 조금 긴장한 목소리로 말하며 제이드의 옆에 섰다. 그 시선이 향하는 곳에서는 피에나가 순식간에 육체를 재생하고, 핵의 상처를 수복한 비에나가 태연하게 웃고 있었다.

"대단해, 오빠. 역시 미남은 하는 일이 다르네!"

"무슨…….."

제이드는 그 광경에 깜짝 놀랐다. 아리나의 말대로, 확실한 동시 공격이었을 것이다.

"동시 공격이 먹히지 않아……?!"

왜지? 제이드는 살짝 혼란에 빠졌다. 둘 다 핵을 통째로 날려 버렸을 것이다. 둘 다 죽었을 것이다. 그런데도 어디서 재생하는 힘을 얻을 수 있단 말인가.

"하지만, 아무리…… 미남이어도 이런 저질 기술에 당하다니, 나 좀 충격이야."

비에나가 중얼중얼 말했다.

"굴욕이잖아……. 굴욕이야……."

비에나는 다음 순간, 아이덴을 노려봤다.

"나에게 제물을…… 더 많은 힘을…… 기술을 내놔!"

화풀이하듯 아이덴을 향해 시위를 당긴다. 그러자 정신이 번쩍 든 제이드가 아이덴에게 뛰어갔다. 카앙! 하고 불쾌한 소리를 내며 제이드의 검이 화살을 튕겨냈다. 하지만 방어 자세가 완벽하지 않았던 제이드는 딱딱한 돌바닥으로 내동댕이쳐졌다. 반쯤 구르면서 로우에게 외친다.

"로우! 저 녀석을 데리고 위로 올라가! 방해돼!"

"……!"

제이드의 엄격한 말을 듣고, 아이덴이 반사적으로 무언가를 말하려 했다.

하지만 금방 표정을 굳히며 입을 꾹 다물고, 한동안 허공을 보다가 동료의 시체로 시선을 돌렸다. 그래도 결국 아무 말도 하지 못한 채, 맥없이 고개를 숙이기만 했다.

자신이 추구했던 것의 정체. 믿었던 새 동료의 비밀. 마지막까지 매달린 수단조차 소용없다는 것을 알고 절망하고 있었다.

"괜찮겠어, 리더?"

로우가 혹시나 하는 느낌으로 확인한다. 아이덴을 지상으로 데리고 나간다. 그것은 곧 로우도 이 자리를 떠나는 것을 의미한다.

"로우. 만약 마신이 밖으로 나가면…… 그때는 부탁해."

제이드는 대답 대신 이렇게 말했다. 짐짝으로 여길 마음은 없었지만, 전선을 이탈할 인물로서 마신에 대한 유효타가 없는 로우가 가장 적합한 것도 사실이었다.

"내 스킬로는 해치울 수 있을지 모르겠지만 말이야. 뭐, 그때는 맡겨줘."

허세를 부린 로우는 아이텐을 부축하고 계단을 올라갔다.

"아! 제물이 도망쳐!"

발을 동동 구르고, 비에나의 얼굴이 새빨개진다.

"이젠 화났어……! 피에나!"

아까부터 전혀 자기 뜻대로 되지 않는 것에 화가 난 비에나는 피에나를 소리쳐 불렀다. 그리고 부르는 대로 쪼르르 다가간 피에나의 목에── 비에나가 무자비하게 손톱을 들이대고, 쑤시고, 그곳에 있던 작은 마신핵을 파헤쳐 버렸다.

"뭐?! 무슨 짓을……?!"

마신핵을 잃은 피에나의 육체가 너덜너덜하게 부서져 사라졌다. 그런 모습에 눈 하나 깜짝하지 않고 분노로 얼굴을 일그러뜨린 비에나는 빼앗긴 마신핵을 삼켰다.

"나를…… 화나게 했구나……?"

소녀의 낮은 목소리가 동굴에 섬뜩하게 울려 퍼졌다.

"죽어…… 죽어…… 죽어……!"

중얼거리며 비에나의 몸이 부풀어 오르기 시작했다.

"?!"

귀여운 얼굴이, 손이, 점점 커지고, 변형하고, 소녀의 모습조차도 사라져 간다. 그 기괴한 모습과 도대체 눈앞에서 무슨 일이 벌어지고 있는지 도무지 이해할 수 없는 불안감에 제이드의 표정이 딱딱해졌다.

"무슨……."

마침내 그곳에 나타난 것은 진한 금발의 여성이었다.

그러나 그 키는 사람의 두 배는 될 법한 크기로, 소녀들이 들고 있던 거대한 은색 장궁도 그 여자가 들고 있으면 작게 보일 정도다. 눈에는 초점이 없고, 입도 반쯤 벌린 채로 있다. 무엇보다 그 목에는 시르하의 마신핵을 능가하는 거대한 핵이 섬뜩할 정도로 검게 빛나고 있었다.

흥, 하고 제이드의 귀 옆을 날카로운 바람이 스쳐 지나갔다.

"어……?"

제이드의 입에서 무심코 얼빠진 소리가 나왔다.

귀 옆을 스쳐 지나간 것은 바람이 아니다. 거인녀가 날린 은색 화살이었다.

잠시 후.

콰아아앙! 다음 순간, 제이드에서 약간 떨어진 바위에서 굉음이 울려 퍼졌다. 화살이 꽂힌 바위가 갈라지는 소리였다. 발사된 은색 화살도 그 속도를 견디지 못하고 너덜너덜하게 부러졌다.

제이드는 그 모습을 시야 한구석에서 포착하면서, 무심코 숨이 멎었다.

──보이지 않았다.

한 발짝도 움직일 수 없었다.

낌새조차 느낄 수 없었다.

갑자기 날아온 화살이 제이드의 머리를 깨뜨리지 않은 것은 단지 우연에 불과했다.

"나는 빌피나⋯⋯."

거인녀는 조용히 중얼거리며, 그러나 동작만은 정확하게 다음 화살촉을 아리나에게 겨누며 조용히 말했다.

"죽어."


                                35


아리나는 등골이 오싹해졌다.

빌피나라는 거인녀가 쏜 화살이 꽝! 하고 흉악한 소리를 내고 허공을 가르며 날아왔다. 너무 빠른 속도에 깔끔한 포물선을 그리지도 않고, 시위를 떠난 은색 화살은 일직선으로 아리나를 향해 날아왔다.

"──!"

그 압도적인 속도에 잠시 정지할 뻔한 머리를 억지로 깨우고,

거의 반사적으로 워해머를 들어 방어했다. 은색 화살은 조준을 빗나가지 않고, 아리나의 워해머에 부딪히고——.

푸슝, 하고 맥없는 소리가 울려 퍼졌다.

"어……?"

아리나는 눈앞에 펼쳐진 광경에 깜짝 놀랐다.

아까만 해도 쉽게 쳐냈던 화살이—— 순식간에 망치 머리에 파고들어 강하게 밀어붙이고…….

워해머를 파괴했다.

그런데도 맹공은 멈추지 않고, 흉포한 화살은 궤도를 살짝 틀어서 아리나의 옆구리를 꿰뚫었다.

"——!"

파고드는 통증이 온몸에 퍼졌다.

경직하는 시야 속에서 파괴된 워해머가 터지면서 하얀 입자가 되어 흩어졌다. 난생처음 보는 광경에 아리나의 머릿속이 정지했다.

그 직후, 뒤로 확 날아간 아리나는 굴러떨어지듯 낙하했다.

"꺼, 꺼헉……."

옆구리에 화살을 맞은 것뿐. 그렇게 생각하지 못할 정도로 극심한 통증이 아리나의 온몸을 관통하고 있었다. 너무 아파서 의식을 잃을 것 같았다. 머릿속이 혼란스러운 가운데, 빌피나라고 자신을 소개한 여자가 화살을 직접 손에 쥐고 느릿느릿 다가왔다.

"나는 빌피나…… 죽어…… 나는 빌피나……."

중얼중얼 말하며, 일어서지 못하는 아리나를 향해 은색 화살을 높이 쳐든다——.

36

"아리나!"

거인녀의 은색 화살이 아리나에게 떨어지기 직전, 간발의 차이로 뛰어든 제이드는 아리나를 껴안고 굴러가듯 화살을 피했다.

"끄억……!"

그때 거인녀의 화살이 제이드의 팔뚝을 스쳤다. 스쳤을 뿐인데, 손쉽게 갑옷을 뚫고 살을 파고들어 깊은 상처를 새겼다. 먹잇감을 해치우지 못한 화살촉은 딱딱한 바위에 꽂히고, 쿵! 하고 섬뜩한 소리를 내며 깊은 구멍을 뚫는다. 그 충격에 다리가 휘청거리면서, 제이드는 아리나를 안고 빌피나와 거리를 벌렸다.

"이건 뭐지……?!"

인간이 되다 만 듯 기이한 모습으로, '빌피나'라고 말한 거인녀는 천천히 고개를 든다. 제이드가 보이지 않는지 멍한 눈으로 주변을 몇 번이고 두리번거리고 있다.

힘은 엄청나지만 동작은 느리고 지능이 떨어지는 마물 같은 몸짓. 이를 확인한 제이드는 아리나를 루루리에게 데려갔다.

"아, 아리나 씨……!"

루루리도 얼굴이 새파랗게 질려 아리나에게 달려갔다.

"치명상은 피했지만…… 상처 부위가…… 이상하군……."

아리나를 눕히고 느릿느릿 걸어오는 빌피나를 경계하며 바라보던 제이드는 부상의 고통에 얼굴을 일그러뜨렸다.

화살에 맞은 제이드의 팔에는 혈관이 손상될 정도로 깊은 상처가 새겨졌는데도 피가 나지 않고, 대신 상처가 검게 물들어 있었다. 게다가 제이드에게 걸린 〈시구르스 리바이브〉가 전혀 반응하지 않아 좀처럼 치유가 시작되지 않는다.

"평범한 상처가 아닌가……?"

상처 속에서 무언가가 꿈틀거리며 날뛰고 있다. 그렇게 표현할 수밖에 없는 고통. 아리나도 너무 아파서 이마에 식은땀을 흘리며 이를 악물고 고통스러워한다.

(저것도 마신……?)

제이드는 거인녀를 바라보며 눈살을 찌푸렸다. 멍하니 허공을 응시한 채 넋이 나간 듯 가만히 있는 거인녀는 목에 거대한 마신핵이 있다. 양쪽 뺨에는 각각 반으로 쪼개진 디아의 증표가 이상하게 나란히 있었다.

'우리는 둘이 하나' —— 비에나가 몇 번이나 의기양양하게 말했던 것을 떠올렸다. 두 뺨에 새겨진 반쪽짜리 디아의 증표는 두 개를 합쳐야 비로소 하나의 마법진이 된다.

(저 덩치 큰 녀석이 쌍둥이 마신의 진짜 모습인가……?!)

디아의 증표와 거대한 검은색 마신핵. 특징만 놓고 보면 확실히 마신이다. 하지만 지금까지 보아왔던 감정과 생각을 가진 마신과는 분명히 다르다. 마치 형태만 인간을 닮은 또 다른 무언가──.

"힐!"

〈시구르스 리바이브〉가 통하지 않는 제이드의 모습을 본 루루리는 아리나에게 치유 마법을 걸었다. 하지만 당연히 시구르스 스킬도 통하지 않는 부상에 더 약한 마법이 통할 리가 없었다.

"정화의 빛!"

그래도 포기하지 않고 다른 방법을 시도했지만, 역시 효과가 없었다.

"독……은 아닌 것 같은데요……. 애초에 마법도 안 통해요……!"

"후훗, 헛수고야. 이 화살은 '죽음의 화살' 이니까……."

그렇게 말한 것은 비에나였다.

어느새 '빌피나' 는 사라지고 다시 비에나와 피에나로 돌아왔다. 비에나는 재미있다는 듯이 폴짝폴짝 뛰면서 동요하는 제이드와 루루리를 보고 웃는다.

"이건 '죽음'을 직접 부여하는 기술이야. 조금이라도 스치면 확정 사망! 일정 시간이 지나면 죽음이 기다리고 있어 ♪"

"화……확정 사망……?!"

"그렇거든? 그래서 말했잖아, 시시하다고! 기왕이면 꽝! 하고 화려하게 하고 싶은데 말이야! 여자 마음을 모른다니까!"

일부러 허리에 손을 얹고, 비에나는 귀엽게 화난 듯한 몸짓을 보였다. 하지만 제이드 일행이 마주한 현실은 하나도 귀엽지 않았다.

그렇다. 그 화살은 단순한 원거리 무기가 아니다.

제이드는 자신에게 걸린 루루리의 〈시구르스 리바이브〉가 왜 효과가 없는지 비로소 깨닫고—— 말문이 막혔다. 화살이 닿은 대상에게 '확정 사망'이라는 디아 스킬 효과 부여. 즉, 이것은 디아 스킬급의 상태이상. 그래서 하위 스킬인 〈시구르스 리바이브〉가 효과를 발휘하지 못하는 것이다.

한순간에 상황이 역전되고, 위기에 처했다.

게다가 아까의 빌피나라는 여자는 대체 뭔가. 초점이 안 맞고 흐리멍덩한 눈으로 똑같은 말만 중얼거리는 모습에선 지성이나 이성을 느낄 수 없었지만, 한편으로는 강력한 힘을 지녔다.

(아리나 씨의 워해머를 깨부쉈어……?!)

예전에 싸웠던 마신 시르하와 아리나의 힘은 호각이었다. 그 이상의 마신이라는 건가.

어쨌든 이대로 가면 아리나가——.

"루루리. 나한테 건 〈시구르스 리바이브〉를 풀고 아리나 씨를 치료하는 데 최선을 다해 줘. 아리나 씨의 확정 사망 해제를 맡길게······!"

방법이 없다는 것을 알지만, 제이드는 일부러 그렇게 말했다. 그렇게 말할 수밖에 없었다. 어떻게든 부탁할 수밖에 없다.

"······."

루루리는 고통에 신음하는 아리나를 보며 새파래진 얼굴로 작게 고개를 끄덕일 수밖에 없었다.


## 37


"죽음의 화살로 생긴 상처, 아프지? 잘생긴 오빠."

아까의 격노에서 분위기가 확 바뀌어서 기분 좋게 콧노래를 흥얼거리는 비에나와 아무렇지 않은 표정으로 부활한 피에나. 쌍둥이 마신과 제이드가 대치하고 있다.

"이젠 끝내고 싶지? 오빠?"

두 사람이 제이드에게 천천히 다가온다. 키득키득, 키득키득. 동굴에서 메아리치는 소녀의 소름 끼치는 웃음소리를, 제이드는 코웃음으로 받아쳤다.

"고통 정도로 나를 막을 줄 알았다면 큰 오산이야."

최악이다. 큰소리를 치면서도 제이드는 목덜미에 식은땀을 흘렸다.

알 수 없는 상처를 입은 아리나를 보는 바람에 심하게 동요하고 있었다. 심장이 크게 뛰고, 냉정해지려고 해도 머릿속이 엉망으로 흐트러진다.

동시 격파는 통하지 않는다. '빌피나'로 변신하면 아리나의 〈디아 브레이크〉도 통하지 않는다. 제이드의 복합 스킬도 이미 두 번이나 발동해서, 더는 유지하기 힘든데——.

"끅……!"

그때, 시야가 확 뒤집혔다. 챙 하고 검이 떨어지는 소리와 함께 기묘한 부유감이 느껴지더니 어느새 무릎이 바닥을 치고 있었다.

"제이드!"

뒤에서 루루리가 다급한 목소리로 외쳤다. 그제야 자신이 현기증을 내고 쓰러져 차가운 동굴 바닥에 엎어진 것을 깨달았다. 입안에 상처가 났는지 쇠 냄새가 나는 피 맛이 퍼져나간다. 손에서 떨어져 바닥을 구른 검에서 유지하던 〈미리아〉의 진홍색 광채가 사라지는 것을 보고, 제이드는 깨달았다.

(한계인가……!)

특별 훈련 때처럼 의식이 날아가지 않은 것만 해도 기적인가.

"젠장……."

욕하려고 해도 힘이 빠진 목소리밖에 나오지 않는다.

(어떻게 하라는 거야…… 이런 걸……!)

모르겠다. 어떻게 하면 이길 수 있을까. 전혀 모르겠다.

아니―― 어쩌면 이제 무리일지도 모른다.

제이드는 지금까지 탱커로 살아온 모험가 인생에서 처음으로 마음이 꺾일 것 같았다.

"잘생긴 오빠, 벌써 한계야? 그럼 내가 영혼을 가져갈게……라고 생각했는데."

비에나가 악마처럼 웃고 활을 겨누다가 그 조준을 제이드에게서 살짝 돌렸다. '확정 사망'을 가져오는 화살이 향하는 것은――아리나였다.

"저기 있는 제물이 아까부터 꼬물거리는 게 지긋지긋하니까 먼저 처리합니다~. 잘생긴 오빠는 내가 나중에 천천히 먹어줄게 ♪"

"……!"

쿵. 제이드의 심장이 크게 뛰었다.

이제는 화살을 막을 〈미리아〉가 없다. 지금 화살을 쏘면 끝장이다.

아리나가 죽는다.

아리나가――.

(진정해……!)

숨을 깊이 들이마시며 제이드는 자신을 타일렀다.

루루리는 반드시 아리나를 회복해 줄 것이다. 그러니 그때까지는 무슨 수를 써서라도 이 자리를 사수해야 한다. 승산이 있는 길은 그것밖에 없다. 그렇다면 최선을 다해 지금 할 수 있는 일을 할 뿐이다.

지금 탱커로서 할 수 있는 일. 그것은 아리나를 향한 관심을 자신에게 돌리는 것이다.

제이드는 기면서 필사적으로 비에나를 관찰하고, 주의를 끌 수 있는 무언가를 생각했다.

쌍둥이 마신. 아이처럼 생긴 외모. 시르하보다 떨어지는 체력과 공격력. 무한한 재생 능력. 반쪽짜리 핵, 반쪽짜리 디아의 증표——.

(반쪽……?)

문득 깨달았을 때, 제이드는 이미 입을 열었다.

"——기다려. 실패작……!"

화살을 날리려던 비에나의 손이 딱 멈췄다.

"방금, 뭐라고 했어, 오빠?"

"못 들었어? '실패작'이라고 했는데."

피를 뱉어내고, 사지에 힘을 주어 일어선다. 제이드는 이판 사판의 도발을 시작했다.

——몸을 바쳐 동료를 지키는 탱커는 결코 적의 시선이 다른 데로 쏠리게 해서는 안 된다.

그것이 탱커의 기본이자 진가다. 하스톨을 통한 헤이트 확보는 마물처럼 본능적으로 행동하는 상대에게는 효과적이지만, 자신이 생각하고 이성적으로 행동하는 인간에게는 통하지 않는다. 물론 마신도 마찬가지다.

하지만 적대를 끌어내는 방법은 마법만 있는 게 아니다.

대상의 감정을 흔드는 도발, 말솜씨 좋은 허세…… 감정을 가진 생물이기에 통하는 방법.

유사시에는 모든 수단을 동원해 적의 주의를 끌어라. 탱커 스승이 입에 침이 마르도록 한 말이다. 벌거벗고라도 적의 주의를 끌어라. 머리를 써라. 마법에 의존하지 마라.

"저기, 오빠. 난 그렇게 덜떨어진 도발은 진짜 싫거든?"

"도발 같아?"

"뭐?"

"완성품에 도달하는 과정에서 실패작이 여럿 탄생하는 건 흔한 일이지."

제이드는 비에나의 차가운 살의를 무시하고 담담하게 말을 꺼냈다. 지금부터 말하려는 것은 아무런 근거가 없는 상상 속 이야기다. 쌍둥이 마신의 관심을 끌지는 모른다.

하지만—— 절대로 한눈팔게 두진 않겠다.

"우리가 알기로 그 태양의 마법진, 디아의 증표가 새겨진 물건은 모두 상상을 초월하는 성능을 가진 물건이야. 선인들이 만들었다는 것 말고는 아무것도 알 수 없지만…… 이거 하나만은 말할 수 있지. 반쪽짜리 디아의 증표는 지금껏 한 번도 본 적이 없다고."

"……"

비에나는 아리나를 노리는 것도 잊고 가만히 제이드를 보고 있었다. 아까만 해도 아이처럼 시시각각 변하던 표정이 딱딱해지고, 인형처럼 무표정하다.

"너희 얼굴에 있는 반쪽짜리 디아의 증표, 둘이서 하나라고 한다면, 왜 빌피나가 되었을 때 완벽한 하나가 되지 않을까?"

둘이 하나—— 그렇다면, 피에나의 핵을 먹은 비에나는 완전체여야 한다. 하지만 그 결과로 나타난 것은 지능이 떨어지고 힘만 센 괴물, 빌피나다. 디아의 증표는 하나의 마법진이 아니라 여전히 양쪽 뺨에 반쪽씩 있었다.

"디아의 증표는 선인들이 창조자로서 새기는 것. 그렇다면 '반쪽짜리 디아의 증표'는 무슨 의미지?"

"……."

"나는 너희 말고 다른 마신을 알아. 완성된 디아의 증표가 새겨져 있었지. 그 녀석에 비하면 너희의 성능은 확실하게 떨어지거든. 재생하지만 육체는 약하고, 빌피나는 힘만 세고 지능이 없어. 모두 조금씩 뒤떨어지지."

"실패작? 아니야……."

중얼. 드디어 비에나가 말했다. 하지만 제이드는 아랑곳하지 않고 말을 이어갔다.

"그래서 나는 이렇게 생각했어. 너희 몸에 박혀 있는 것은 완성품에 도달하기까지 시행착오를 겪으며 탄생한 실패작의 핵이 아닐까 하고. 실패작에 실패작을 더해도 결국은 실패작이지. '빌피나'는 단순한 실패작의 집합체. 아니, 억지로 핵을 합친 만큼 더 불안정하고 제어하기 어려운 실패작이라고 해야 할까?"

"아니야……!"

"너희는 둘이 하나가 아니야. 각각 조금씩 성능이 떨어지는 실패작. 그래서 창조자인 선인들은 실패작의 증거로 너희 몸에 '반쪽짜리 증표'을 새겼어."

"닥쳐!"

비에나의 날카로운 목소리가 동굴 안에 격하게 울려 퍼졌다.

분노로 눈을 부릅뜨고, 표정을 굳히고, 핏기가 가셔 창백해진 얼굴로. 그러나 눈빛만은 이글거리고 핏발을 세워서 마치 물어뜯을 것처럼 제이드를 노려보고 있었다.

조금 전의 귀여운 소녀는 온데간데없었다.

"아니야……. 아니야……. 아니야, 아니야, 아니야, 아니야, 아니야, 아니야, 아니야……!!"

비에나는 자기 머리를 붙잡고 소리쳤다. 격하게 일렁이는 눈동자는 분노로 불타오르며 제이드를 노려봤다. 격한 감정이 치밀어 올라 떨리는 손가락을 제이드에게 들이댔다.

"실패작이라고……? 하찮은 제물이…… 너부터 먹을 거야……! 잘게 다져서…… 온갖 고통을 맛보게 해줄게……!"

"공교롭게도 이미 온몸이 아파 죽겠는걸."

제이드는 자신을 똑바로 겨눈, 부들부들 떨리는 화살촉을 바라보며 웃어 보였다.

──주의를 돌렸다.

"뭐, 내 목숨은 쉽게 내줄 순 없지만⋯⋯!"

대형 방패를 들고 제이드가 외친다.

"〈수렴〉⋯⋯ 〈전개〉!"

파직, 하고 이상한 소리가 나며 한순간 시야가 하얘졌다. 스킬을 발동하려는 순간── 그러나 온몸에 극심한 통증이 몰려왔다. 너무 고통스러워 몸이 떨리고, 말 그대로 새빨간 불똥이 튄다.

"윽⋯⋯."

세 번째 복합 스킬 발동으로 인한 반동.

예상보다 심한 증상. 그러나 제이드는 움츠러들지 않았다. 이 복합 스킬을 마신과의 싸움에 사용하기로 했을 때부터 어중간한 반동으로 끝나지 않을 것임을 전부 고려했기 때문이다.

죽음의 화살에 맞아 팔에 생긴 상처와 맞물린 극심한 통증. 이제 몸의 어디가 아픈지도 알 수 없다. 하지만 온몸을 휘감는 통증을 강철 같은 의지로 무릎 꿇렸다. 비틀거리려고 하는 몸을 억지로 붙잡고, 고통으로 사라질 것 같은 의식을 입술을 깨물며 붙잡았다. 버티면서, 제이드는 계속했다.

"복합 스킬, 발동──!"

머릿속에서 잠시 깜빡이듯 떠오르는, 얼마 전의 분통한 기억.

마신 시르하라는 미지의 강적에게 속수무책으로 당한 자신.

아리나의 위기를 보고도 움직이지 않던 손발.

그리고 이번에는 아리나가 그토록 고대하던 백년제조차 만족스럽게 즐기게 해주지 못했다. 내게는 마신에 대항할 힘이 없으니까. 마신과의 싸움에서는 의지할 수밖에 없으니까.

마신과 대등하게 맞설 힘을 원한다. 아리나가 원하는 '평온'을 줄 수 있는 남자가 되고 싶다. 백년제에서 보여준 행복한 표정. 언제나 그럴 수 있도록——.

그걸 위해서라면, 이딴 몸을 얼마든지 망가져도 상관없다.

"——〈미리아〉!!!"

깜빡이는 시야 속에서 붉은 빛이 터졌다. 그것이 피의 색인지, 아니면 스킬의 빛인지, 제이드는 이미 판별할 수 없었다. 하지만 이제는 뭐든 상관없었다. 제이드는 억지로 입꼬리를 올리고, 진홍색 방패를 들고서 비에나를 향해 도발하듯 웃었다.

"쏘라고, 그 화살을. 날 죽일 수 있다면 어디 한번 죽여 봐."


38


"제, 제이드……!"

세 번째로 복합 스킬을 발동한 제이드를 보고, 루루리는 작게 비명을 질렀다.

비에나와 피에나는 무언가 욕을 내뱉으며 분노에 차서 제이드에게 화살을 쏘아대고 있다. 하지만 그 모든 것을 제이드는 대형 방패로 막고 있었다. 그때마다 소름 끼치는 끔찍한 소리가 울려 퍼지고, 악몽 같은 광경에 루루리는 핏기가 가셨다.

제이드의 복합 스킬이 내는 빛이 일렁이며 동굴 속에 퍼진다. 그것을 보며, 루루리는 공포를 느끼고 있었다.

"……!"

제이드가 저토록 몸을 바쳐 지키고 있는데, 루루리를 믿고, 목숨을 버리고 있는데, 그 기대에 부응할 방법이 없는 자신이 두렵다.

치료하라니, 어떻게 하라는 거야?

루루리는 멍한 표정으로 아리나를 내려다봤다.

옆구리에 난 상처는 시커멓고, 마치 아리나를 좀먹는 것 같다. 아리나의 얼굴은 죽은 시체처럼 창백하다.

디아 스킬을 가진 아리나에게는 하위 스킬인 〈시구르스 리바이브〉의 효과가 발동하지 않는다. 발동해도 제이드의 상처에 효과가 없는 것을 보면 헛수고다. 백마법도 통하지 않는다.

하지만 치료해야 해.

생각해. 생각해. 생각해. 생각해. 생각해. 생각해.

하지만 머릿속은 냉정함을 잃었고, 현재 상황의 타개책을 생각하거나, 자신이 아는 모든 치유 지식을 끌어내거나 하지 않고, 그저 한 가지 관계없는 기억에 끌려갔다.

구역질이 날 정도로 낯익은 광경이었다. 한때 동료를 죽음으로 몰아넣었던 그 광경과.

그때의 쓰라린 기억과 경험이 루루리의 생각을 부정적으로 만들고, 점점 정체시켰다.

무리야. 어차피 나는 못 해. 이 곤경을 극복할 힘은 없어.

무력해.

무능해.

그래서 나는 또, 나 때문에 동료를 잃는 거야.

탁, 메마른 소리가 울렸다. 힘이 빠진 손에서 로드가 떨어진 소리였다.

"미……미안해요…… 아리나 씨…… 제이드!……!"

입술을 깨물었다. 어느새 눈물이 넘쳐흘렀다. 생사를 가르는 이 전장에서, 아무런 가치도 효과도 없는 물방울이 눈에서 흘러내렸다.

"저는 못 해요……. 어차피 안 돼요……. 아무것도…… 할 수 없어요……."

어쩔 수 없는 부상 앞에 주저앉아, 우는소리를 하고, 눈물을 흘렸다.

아무것도 할 수 없어 미안해요.

미안해요, 미안해요, 미안해요, 미안──.

"그렇다면 됐어."

조용한 목소리가 들려왔다.

고개를 번쩍 들어서 보니, 아리나가 상처를 부여잡고 일어서려 하고 있었다. 그 모습을 본 루루리는 절망도 잊은 채 벌떡 일어났다.

"아, 아리나 씨, 움직이면 안 돼요, 상처가……!"

"상관없어. 이기지 못하면 죽으니까…… 좋은 방법이 떠오르면, 그때는 잘 부탁해."

"그……그런 게 아니에요! 저는 이미, 저로서는……!"

"나는 있지."

기운을 북돋듯 숨을 힘차게 내쉬며 아리나는 떨리는 손을 앞으로 내밀었다. 그 눈빛은 자신이 죽을 가능성을 앞에 두고도 전혀 움츠러들지 않았다. 아니, 아까보다 더 필사적으로, 이글거리는 무언가가 눈동자 속에서 불타오르고 있었다.

"나와 관계가 있는 사람을 하나도 잃고 싶지 않아."

"어……?"

"저런 녀석이라도, 잃고 싶지 않아."

아리나의 눈은 제이드의 눈을 똑바로 바라보고 있었다.

"그걸 위해서라면 싸울 거야. 아프든, 힐이 없든, 관계없이."

"……!"

"스킬 발동, 〈디아 브레이크〉……!"

아리나가 고통에 얼굴을 찡그렸다. 하지만 나타난 워해머를 단단히 움켜쥐었다.

그 모습을, 루루리는 더 말하지 못하고 멍하니 바라봤다.

──왜 회복하지 않았어!

루루리를 비난하던 옛 동료의 말이 가슴을 쿡쿡 찔렀다. 하지만 눈앞의 접수원은 그 말을 일축했다. 힐이 없다면 됐다고, 당당히 말한 것이다.

"나는 나를 위해 싸워. 그게 다야."

이 사람은 대체 뭘까?

루루리는 깜짝 놀랐다. 강한 스킬을 가진 사람. 야근으로 고생하는 사람. 접수원인데도 모험가로서도 활약할 수 있는 대단한 사람―― 그런 안이한 인식이 부끄러웠다.

아리나는 끝까지 싸울 작정이다. 어떤 상황에 몰리더라도, 자신이 어떤 상태가 되든 상관하지 않고 싸울 것이다. 소중한 것을 잃지 않으려고.

"……!"

――나는 뭘 하는 걸까?

루루리는 주먹을 불끈 쥐었다. 어느새 눈물은 뚝 그쳤다.

언제부터인가 루루리는 〈시구르스 리바이브〉에 의지하고 있었다. 그래서 마신에게 스킬이 압도당하면서 쉽게 자신감을 잃은 것이다.

자신의 실수로 동료들을 죽게 하고, 상처를 입히고, 그런데도 루루리는 뻔뻔하게도 힐러를 계속했다. 억울했으니까. '살인자'로 끝내고 싶지 않았으니까.

더욱, 강해지고, 싶었으니까.

"앗, 아리나 씨!"

어느새 루루리는 아리나를 붙잡고 있었다. 루루리는 떨어진 로드를 줍고 눈에 남은 눈물을 거칠게 팔로 닦으며 아리나에게 말했다.

"여기 가만히 계세요. 제가 그 상처를 치료해 볼게요⋯⋯!"

뒤돌아본 아리나는 패기가 넘치는 루루리의 얼굴을 보고 한순간 눈을 휘둥그레 떴다. 망설이듯 잠시 제이드를 봤지만, 루루리의 눈에서 이글이글 타오르는 결의를 보고 작게 고개를 끄덕였다.

"알았어."

거의 쓰러질 듯이 아리나는 벽에 기대어 앉았다. 목에선 식은 땀이 흐르고, 얼굴에서 핏기가 가셨다. 역시 억지로 참은 것이다. 루루리는 이어서 제이드에게 소리쳤다.

"제이드! 조금만 더 시간을 주세요. 아리나 씨를 회복할게요."

"알았다!"

루루리는 자신에게 주어진 〈시구르스 리바이브〉가 싫었다.

과거 동료가 죽을 위기에 처했을 때 각성하지 않고, 정작 중요한 순간에 전혀 도움이 되지 않는 이 스킬이.

그래서 루루리는 〈시구르스 리바이브〉에 대해 자세히 알아볼 생각도 하지 않았다. 스킬의 가능성—— 예를 들어, 겹쳐서 사용할 때 중복 효과가 있는지도 생각해 보지 않았다.

하지만 제이드도, 로우도 루루리를 쭉 지켜봐 주었다. 아리나는 치유를 포기한 어리석은 루루리를 용서해 주었다.

구하고 싶다. 그들을, 이번만큼은.

인간이 할 수 있는 일에는 한계가 있다. 확실히 그렇다. 하지만 그런 말로 소중한 동료의 생명을 포기하고 싶지 않다. 방법이 없다면 새로 만들면 된다. 제이드가 해냈으니 루루리도 할 수 있을 것이다.

"나는 걱정하지 마."

루루리의 당당한 목소리를 들은 제이드는 왠지 모르게 기뻐하는 눈치였다.

"치료하는 동안 너희는 내가 지킬게. 루루리는 힐에 집중해."

"네."

시구르스 스킬도 겹치면 디아 스킬과 대등해질 수 있다. 〈시구르스 리바이브〉는 부여한 대상자를 항상 건강한 상태로 유지하는 강력한 치유 스킬이다. 상태이상에도 효과가 있다. 만약 〈시구르스 리바이브〉에 중복 효과가 있다면. 효과를 겹침으로써 아리나에게 걸린 디아 스킬의 상태이상 '확정 사망'도 상쇄할 수 있을 것이다. 그 가능성을 믿어 볼 수밖에 없다.

만약 예상이 빗나간다면, 도중에 루루리의 힘이 다 떨어지면, 실패하면 모든 것이 끝장이다. 아리나는 죽고, 제이드도, 로우도, 도시 사람들도 모두 죽는다.

하지만 해보자.

"스킬 발동, 〈시구르스 리바이브〉!"

루루리는 검게 변한 아리나의 환부에 손을 대고 스킬을 발동했다. 시구르스 스킬의 붉은 빛이 반짝였지만, 몇 초도 버티지 못하고 칠흑 같은 어둠에 짓눌려 힘없이 줄어든다.

"스킬 발동, 〈시구르스 리바이브〉!"

하지만 스킬의 빛이 완전히 사라지기 전에 루루리는 재빨리 두 번째 스킬을 발동했다. 힘을 되찾은 〈시구르스 리바이브〉가 마신의 디아 스킬을 먹어치운다.

휘청. 시야가 흔들렸다.

마치 온몸에 무게추를 단 듯한, 지금껏 느껴보지 못한 피로감이 몰려왔다. 점점 힘이 빠져나가는 것을 느낄 수 있었다. 그것이 확실하게 느껴진다. 심장 박동은 비정상적으로 빨라지고 온몸의 모공에서 땀이 나왔다.

피로감이라는 말로 설명할 수 있는 것이 아니었다. 그것은 명백하게 정상이 아니었다. 하지만 아리나의 상처는 아직 아물지 않았다. 두 번이나 반복된 〈시구르스 리바이브〉도 사라지려 하고 있다.

"스……킬, 발동……! 〈시구르스 리바이브〉!!!"

제발. 제발 통해 줘.

루루리는 기도하며 세 번째 스킬을 발동시켰다. 아까보다 더 확실한 현기증이 찾아왔다. 의식이 흐릿해지고, 멀어질 것만 같았다. 하지만 딱딱한 바위 바닥에 손을 대고 루루리는 필사적으로 의식을 유지했다. 제이드는 지금까지 이런 고통을 견딘 것일까. 아아, 나는 아무것도 안 했는데. 그토록 싫던 〈시구르스 리바이브〉에 의지하기만 했다.

"지지 않아······.!"

힐러가 포기하면 모든 게 끝나는 거다.

"스킬 발동, 〈시구르스 리바이브〉!!!"

지금이 기회라는 것처럼, 루루리는 힘을 더 했다. 시구르스 스킬의 붉은 빛이 점점 진해진다. 손바닥이 타는 것처럼 뜨겁다. 호흡이 가빠지고 숨을 제대로 쉴 수 없다. 괴롭다.

하지만 포기하지 않는다. 다시는 절대로 포기하지 않는다. 상처는 힐러만이 치유할 수 있으니까.

얼핏 보니, 붉은 빛이 어둠을 조금씩 밀어내기 시작하는 것 같았다.

"스킬 발동, 〈시구르스 리바이브〉!!!"

이것이 내가 '할 일'이니까──!


## 39


로우는 아이덴을 부축하며 지상으로 뻗은 어두운 계단을 오르고 있었다.

"제기랄, 어쩌다가 이런 일이······! 난 디아 스킬을 원했을 뿐인데······."

아까부터 아이덴은 투덜거리고 있었다. 그 이기적인 말에 로우는 화를 내거나 반박하지 않고, 그저 묵묵히 무시하고, 계속해서 지상을 향했다. 지금 로우가 할 일은 아이덴을 데리고 지상에 가는 것이기 때문이다.

"그 녀석 때문이야……. 전부 다, 그 살인자 때문에 내 인생이 꼬였어……!"

"하아, 진짜. 시끄럽네."

하지만 마법으로 얼어붙은 호수를 건너 호숫가에 도착하자마자 로우는 한숨과 함께 아이덴을 밀쳤다.

"……?!"

황급히 자리에서 일어난 아이덴은 얼굴이 굳어졌다. 로우의 로드가 코앞에 꽂혔기 때문이다. 지팡이 끝을 바라보는 로우의 조용한 눈빛에 아이덴은 말을 삼켰다.

"넌 아까부터 계속 주절대던데, 전부 틀렸잖아. 병신아."

"뭐가 틀렸지?! 그 살인자 때문에 내 동료가 죽었어! 내 오른팔도! 눈도! 그런 일만 없었더라면, 나는 이런, 이런 비참한 길로 추락하지 않았……."

아이덴은 말을 잇지 못했다. 로우가 입을 힘껏 막았기 때문이다. 입을 가리는 부드러운 동작이 아니다. 손톱이 파고들어 피가 흐를 정도로 볼을 움켜쥐고 꽉 조인 것이다.

"아……아악……!"

"그 더러운 입으로 한 번만 더 루루리를 욕해 봐라. 얼굴 반쪽을 뭉갤 테니까."

"……!"

그 말을 듣고서야 아이덴은 깨달았다.

나는 제삼자이니까 참견하지 않는다. 일관되게 그런 태도를 보이던 남자의 눈에서 사실은 냉혹한 분노가 끓어오르고 있었다는 것을. 등골이 오싹할 정도로 격렬한 살의를 마침내 숨기지 않게 되었다는 것을.

로우의 날카로운 눈빛에 아이덴은 본능적인 공포를 느꼈다. 그리고 근거 없이 깨달았다. 이건 일반인의 눈이 아니다. 눈앞에 있는 것을 사람으로도, 생명체로도 인식하지 않는 그 눈은, 역전의 모험가가 보이는 눈빛과도 달랐다.

말하자면, 인간을 죽이는 데 익숙해진, 피로 물든 살인귀의 눈이다.

"넌, 너, 대체 뭐야?"

아이덴은 뺨의 통증마저 사라지게 하는 공포에 몸을 떨면서, 묻지 않을 수 없었다.

"정말 모험가인가……?!"

"너에게 대답해 줄 의리는 없어."

로우는 아이덴의 질문을 일축하며 담담하게 입을 열었다.

"난 말이야, 신사니까, 남의 옛날 일에 참견하는 시시한 짓은 안 한다고. 애초에 다 끝난 이야기를 누구 탓이니 아니니 하는 건 상관없어. 하지만……."

잠시 숨을 고르고, 로우는 조용히 말했다.

"루루리는 힐러에서 도망치지 않았어. 약한 자신에게서 도망치지 않았다고. 디아 스킬인지 뭔지는 모르겠지만, 강해 보이는 것에 의지하려고 자신의 나약함에서 도망친 건 너잖아.”

“……!”

“너를 여기서 갈기갈기 찢긴 쉽지만, 그래 봤자 루루리만 울겠지. 평생 너 같은 쓰레기를 잊지 못할 거야. 그러니까 알겠냐? 그 나약한 근성을 고치지 않을 거면, 다시는 루루리 앞에 더러운 낯짝을 드러내지 마……!”

아이덴을 힘껏 내던진 로우는 더 보지도 않고 숲의 출구를 향해 걷기 시작했다.

“나는 지금부터 길드 본부에 지원군을 요청하러 가겠어. 만약 마신이 여기까지 올라오면, 그때는 힘의 원천이 몇 명이든 상관없이 끝장이니까. 나는 루루리와는 달리 너 같은 쓰레기에게 시간을 쓸 만큼 친절한 사람이 아니야.”

“……!”

“넌 도망치든 말든 마음대로 해.”

말을 끝낸 로우의 뒤에서 아이덴의 기척은 조심스럽게 숲속 깊숙이 사라져갔다. 그 발소리를 듣고 로우는 길드 본부로 향했다.

＊ ＊ ＊ ＊

새빨간 시구르스 스킬의 빛이 터지고, 푸르스름한 동굴 안을 한순간 진홍색으로 물들였다.

"!"

루루리는 숨을 삼켰다.

루루리가 중복으로 쓴 〈시구르스 리바이브〉가 마신이 부여한 〈디아 모테〉를 모조리 먹어 치운 것이다. 그와 동시에 아리나의 손상된 내장을 치유하고, 뜯어진 근섬유를 이어주고, 찢어진 피부를 만들어 아픈 상처를 덮는다.

어둠은 찔끔찔끔 작아지다가 사라졌다. 힘이 다한 듯 〈시구르스 리바이브〉의 붉은 빛도 서서히 녹듯이 사라졌다.

그러나 아리나의 구멍 난 외투 안에서는 상처 하나 없는 깨끗한 맨살이 났다.

"해……해냈어요……!"

〈시구르스 리바이브〉에는 중복 효과가 있었다. 달아오른 머리로 멍하니 그 사실을 곱씹고, 루루리는 처음으로 자신의 스킬에 감사했다. 어깨를 흔들며 숨을 헐떡이고, 온몸이 땀으로 흠뻑 젖어 몸이 뼈까지 시렸지만, 성취감이 가득했다.

"아리나 씨, 다 나았어요……."

루루리는 흥분한 투로, 왠지 모를 뿌듯한 기분으로 어느새 기절한 아리나의 어깨를 흔들었다.

"아리나 씨! 아리나 씨?"

하지만 몇 번을 불러도 아리나의 무거운 눈꺼풀은 움직이지 않는다.

"어……?"

설마—— 늦었나?

〈디아 모테〉가 부여한 '확정 사망'이 벌써 찾아온 걸까? 루루리는 눈을 크게 떴다. 심장이 싸하게 뛰었다.

"아리나 씨! 일어나세요! 죽으면 안 돼요, 아리나 씨——!"

소리친 순간, 루루리의 시야가 아찔하게 흔들렸다. 하늘과 땅이 뒤집혀 어느새 아리나의 배 위에 쓰러져 있었다.

"아……."

스킬의 다중 사용에 따른 반동. 그럴 수가, 이런 때. 루루리는 더 움직이지 않는 손으로 아리나를 깨우려고 애썼다. 하지만 시야는 점점 어두워지고 어둠이 내려앉더니——.

"아리나…… 씨……."

털썩. 루루리는 의식을 잃었다.

40

제이드의 의식은 점점 흐려지고 있었다.

루루리의 치료가 시작된 후 얼마나 시간이 흘렀는지 알 수 없다. 하지만 여전히 아리나가 일어선 기미는 보이지 않았고, 필사적인 루루리도 아까 이후로 아무 말이 없다.

하지만 제이드는 루루리를 믿고 있었다. 문제는 몸이 더 버틸 수 없다는 것이다.

"콜록!"

또다시 피를 토한다. 거듭된 복합 스킬 발동으로 인한 반동은 이제 완전히 제이드의 몸을 공격하고 있었다. 몸 여기저기서 피가 나오고, 불타오르듯 뜨거웠던 몸은 어느새 섬뜩할 정도로 차갑게 얼어붙은 듯했다. 몇 번인가 경험한 적이 있는, 죽음이 임박했음을 알리는 신호. 슬슬 위험하다.

(아, 의식이──.)

순간적으로 머릿속이 하얗게 흐려진다. 다음 순간, 마치 시간을 단축한 것처럼 흔들리는 제이드의 눈앞에 갑자기 화살촉이 나타났다. 잠시 의식이 끊겼다는 것을 깨달았을 때, 스치기만 해도 죽음을 부여하는 공포의 화살이 제이드의 얼굴을 관통하려 하고 있었다──.


\* \* \* \*


──가야 해.

꿈처럼 두리뭉실한 느낌 속에서, 아리나는 문득 그렇게 생각했다.

조금 전까지만 해도 뭔가 아주 힘든 상황이었던 것 같은데 기억이 나지 않는다. 그보다 문득 옛날 기억이 되살아났다. 가야 한다. 하지만 어디로?

그래, 맞다. 백년제다.

백년제에 가고 싶다는 생각이 강하게 들기 시작한 것은 접수원 2년차 때였다. 마침 백년제 특별 보너스 기간 중이었다.

"어어?! 아가씨, 백년제를 몰라?"

창구를 찾은 수다쟁이 모험가가 호들갑스럽게 놀랐다.

"지금 하는 축제인데?"

"네. 딱히 관심도 없고요."

"셋째 날만이라도 가보라고! 엄청 예쁘거든?!"

(너희 때문에 오늘도 야근인데……?!)

속으로 욕하면서도 어떻게든 얼굴에 드러내지 않으려고 애쓰면서 어색하게 수속을 밟아 나간다. 수다쟁이 남자 모험가는 그 와중에도 쉴 새 없이 입을 놀려서 떠들었다.

"셋째 날에는 '진혼제'라는 이벤트가 있어. 마법의 빛이 이렇게, 하늘에 확 떠오르는 거야. 불꽃놀이 따위는 성에 안 찰 정도로 예쁘다고."

"진혼제?"

"그래. 죽은 모험가들의 영혼을 애도하는 거야."

"축제인데도 불구하고 참 우중충한 일을 하는군요."

"우중충해지지 말라고 축제 때 시끌벅적하게 명복을 비는 거야. 뭐, 예쁘니까. 이피르의 명물이야."

"하아."

사람의 영혼으로 명물…… 모험가들은 대체 무슨 생각을 하는 걸까? 진짜 멍청하다.

(죽으면 끝인데.)

생각나는 것은 아리나가 어렸을 때 던전에서 죽은 한 모험가였다. 아리나는 그 모험가―― 슈라우드를 아주 좋아했고, 모험가도 아주 좋아했다. 언젠가 모험가가 되어 슈라우드와 함께 던전 공략에 나서는 것을 꿈꾸고 있었다.

하지만 현실은 너무도 잔인했다.

슈라우드는 던전에서 마물에게 습격받아 너무도 쉽게 아리나의 앞에서 사라져 버렸다.

모험가라는 불안정하고 위험천만한 직업을 선택했을 때의 결말이 어떤지, 꿈에 취해서 방심하면 어떻게 되는지. 이 세상이 얼마나 잔혹한지―― 그것은 아직 어린 아리나의 마음에 영원히 지울 수 없는 외로움과 함께 새겨졌다.

"그런 짓을 해도 죽은 사람은 기뻐하지 않을 것 같아요."

어느새 그런 말을 하고 있었다.

애초에 애도해야 할 영혼은 이미 스스로 하늘나라로 떠난 지 오래다. 남겨진 사람이 울부짖고 눈물을 흘려도 현실은 달라지지 않는다. 그들은 돌아오지 않는다.

죽은 자도 자신이 죽었다는 사실을 행사로 이용당하고, 호객에 이용당하는 것은 참을 수 없는 일이지 않을까. 아리나라면 분명 화를 낼 것이다.

"……."

매몰찬 말에 잠시 당황한 모험가는 눈을 깜빡였지만, 아무렇지 않게 발주 수속을 진행하는 아리나를 보고 씩 웃었다.

"당연히 그렇지. 그런 건 살아남은 우리가 납득하려고 하는 거야."

"그렇군요."

점점 더 시시해진다. 이렇게 쓸데없는 이야기를 하는 시간이 아깝다. 후딱 끝내고 쌓인 일을 처리하고 싶다.

"좋은 이야기, 감사합니다. 다음 분이 기다리셔서……."

"앗, 미안해!"

매뉴얼에 있는 말로 오래 죽치는 모험가를 쫓아내고, 아리나는 다시 밀려드는 모험가와의 싸움으로 돌아갔다.

"피곤해……."

퇴근 후. 한밤중에 아무도 없는 사무실에서, 아리나는 책상에 엎드려 있었다.

축제의 활기찬 소리가 희미하게 들려온다. 밖에서는 백년제의 셋째 날 행사가 성대하게 열리고 있어서, 창밖이 대낮처럼 밝았다.

정리해야 할 서류는 산더미처럼 쌓였지만, 더 이상 야근할 기력이 없이 녹초가 되었다. 익숙하지 않은 창구 업무. 수다스러운 모험가들 상대. 실수하면 안 된다는 압박감. 낮에만 모든 힘을 다 써버린 것이다.

"진혼제라……."

무심코 백년제 광고지를 바라보고 있었다.

낮의 모험가가 말한 진혼제는 백년제 셋째 날 밤을 장식하는 백년제의 메인 이벤트라고 한다. 선인들의 기술로 만든 특별한 병 안에 마법으로 빛의 구슬을 가두어 특설 광장에 모으고, 밤 12시가 되면 병을 개봉해 마법의 빛이 일제히 하늘로 올라간다는 내용이다.

힐끗 시계를 보니 마침 밤 12시가 다 되어가고 있었다.

"……."

약간의 호기심이었다. 야근에 지친 탓도 있다. 아리나는 저절로 이끌리듯 창가로 가서 커튼을 걷고 피곤한 얼굴로 멍하니 하늘을 바라보다가…….

"──!"

한순간. 숨을 죽였다.

수백 개의 빛이 막 하늘로 솟아오르려는 순간이었다. 상상한 것보다 훨씬 많은 빛의 구슬이 풀려나 사방으로 천천히 퍼지며 하늘로 올라간다. 건물 틈새로 자꾸만 나타난다. 시간이 지나면서 빛의 구슬이 밤하늘을 가득 채우고, 마침내 빛의 천장이 되어 어둠 속을 유유히 헤엄치고 있었다.

──당연히 그렇지. 그런 건 살아남은 우리가 납득하려고 하는 거야.

그런 것은 무의미하다는 것을 머리로는 알면서도. 어리석고, 일방적이고, 무의미한 행위라고 뇌가 단정해도. 이유도 모른 채 가슴이 떨렸다. 그것은 숨 쉬는 것을 잊을 만큼 아름다웠다.

슈라우드의 영혼도 보내고 싶다. 그렇게 생각했다.

비록 그것이 일방적이고, 어리석고, 이기적인 행위더라도.

애도하고 싶다. 그 사람의 영혼을. 다른 누구도 아닌 나를 위해서.

납득하고 싶다. 그 사람이 없어진 이 쓸쓸한 현실을————.

————가야 해.

아리나는 문득 떠올랐다.

그래, 가야 한다. 소중한 사람을 다시는 잃지 않기 위해서.

마신과의 싸움은 아직 끝나지 않았으니까.


## 41


제이드의 얼굴을 관통하려고 육박하던 화살은 퍽! 소리를 내며 엉뚱한 방향으로 날아가 버렸다. 직전에 끼어든 무언가가 화살을 쳐낸 것이다.

깜짝 놀란 제이드가 고개를 들자, 낯익은 소녀의 얼굴이 보였다.

"아리나 씨……."

말이 제대로 나왔는지 모르겠다. 입안이 온통 피범벅이 되어서 부글부글 이상한 소리를 냈을지도 모른다. 하지만—— 입가에는 웃음을 띠고 있었다. 루루리가 해줬다. 선언한 대로 치유해 준 것이다.

아리나는 평소처럼 얼굴을 찡그리며 제이드를 보고 있었다.

"왜 항상, 잠시만 눈을 떼면 죽기 일보직전인 거야……."

"상처투성이인 남자는 멋지잖아……."

"전혀."

"저기, 아리나 씨……."

긴장이 풀린 순간, 몸이 살짝 기울어졌다. 안 돼. 지금부터가 중요한데. 이제는 몸 어디에서도 힘이 나지 않는다.

"사실은, 탱커가 이런 말을 하면 안 되는데……."

마지막 힘으로, 제이드는 오른손을 들어 손바닥을 펼쳤다.

"뒷일은, 맡겨도 될까?"

"응. 수고했어."

짧은 대답과 함께 아리나의 손과 제이드의 오른손이 마주쳤다. 작고, 부드러운, 감촉만으로는 너무도 가녀린 그 존재에 또다시 의지해야 하는 안타까움이 가슴을 찌른다.

"맡길게……."

그 말을 마지막으로, 제이드의 의식이 뚝 끊겼다.

## 42

휘청 넘어선 제이드의 몸은 아리나의 옆을 지나치고 쿵 소리를 내며 쓰러졌다.

"……."

그 이후로는 조금도 움직일 기미가 보이지 않았다. 이렇게 기력을 소진한 것을 보면, 아마도 세 번째 복합 스킬을 발동한 것이리라. 그렇지 않다면 마신이 아리나가 회복할 시간 따위를 줄 리가 없다.

아리나가 눈을 떴을 때, 루루리가 옆에서 쓰러져 있었다. 아마 한계까지 힘을 써서 아리나를 치유해 주었을 것이다.

"왜…… 살아있어?"

분위기가 확 바뀌고, 시커먼 분노를 드러내는 비에나가 아리나를 보고 이를 드러냈다. 그 옆에서 피에나가 감정이 없는 눈으로 조용히 보고 있다.

"내 화살에 맞아 죽었지?"

"죽지 않았으니까 살아있어."

대답 같지 않은 대답에 비에나는 점점 더 짜증이 난 듯 혀를 찼다. 하지만 솔직히 아리나도 루루리가 어떻게 그 상처를 치유했는지 알 수 없다. 대답할 방법이 없다.

아리나는 조용히 말했다.

"그건 그렇고, 하던 거나 계속할까?"

"뭘 그렇게 잘난 척해? 나보다 약한 주제에."

"강하든 약하든 하는 거야."

단호하게 말하면서 아리나는 손을 내민다. 소리도 없이 펼쳐진 하얀 마법진과 함께 탄생한 은색 워해머를 움켜쥐었다.

"나는 후딱 끝내고 재개한 백년제에 가고 싶어. 넌 지상으로 나가서 살육하고 싶겠지. 그러니 소원은 둘 중 하나만……."

그리고 비에나를 찌릿 노려보고 말했다.

"살아남은 자만 이룰 수 있어."

43

"아 시끄러워⋯⋯. 시끄러워, 시끄러워⋯⋯! 하찮은 제물이 살아남을 리가 없잖아!"

격앙된 투로 조롱하고, 비에나가 피에나를 불렀다.

또 그 '빌피나'가 될 셈인가. 깜짝 놀란 아리나는 부름을 받고 달려가는 피에나에게 다가갔다.

"그렇게 두지 않아⋯⋯!"

합류를 저지하려고 워해머를 높이 쳐들고⋯⋯!

멈췄다.

걸음을 딱 멈춘 아리나의 앞에서, 비에나가 피에나의 핵을 뜯어내어 입에 집어넣었다.

"아하하하! 이제야 알았어? 허접은 뭘 하든 의미가 없다고!"

입을 크게 벌리고 아리나를 조롱하면서, 비에나의 몸이 변형된다. 그 몸이 거대한 괴물로 변해가는 모습을, 아리나는 가만히 지켜보고 있었다.

"나는 빌피나⋯⋯."

곧이어 나타난 거인녀는 장궁의 시위에 화살을 걸고, 초점이 맞지 않는 눈으로 허공을 보면서, 한편으로 손으로는 아리나를 향해 활을 단단히 겨누었다.

"……."

철퍽. 아리나는 물웅덩이를 박차고 빌피나의 앞을 가로막고 섰다.

물론 포기한 것은 아니다. 제이드가 없는 지금은 성가신 재생 능력을 가진 쌍둥이 마신이 더 버겁고, 덜떨어진 인형 같은 '빌피나'를 공략하는 것이 승산이 있다고 판단했기 때문이다.

문제는 이 빌피나를 어떻게 쓰러뜨릴지인데.

"죽어."

피융! 아리나를 향해 화살이 날아온다. 이미 눈으로 볼 수 없는 일격에 아리나는 빌피나의 손만 봐서 발사 타이밍을 판단하고 옆으로 피한다. 화살이 시위를 떠난 뒤 후 움직여도 늦는다. 공격을 막으려 해도 관통당한다.

쿵! 화살이 꽂힌 물웅덩이가 그 충격으로 물보라를 일으키며 터졌다. 화살 한 개로 가능한 공격력이 아니다. 저걸 맞고 잘도 살았다며, 아리나는 다시 한번 소름이 돋았다.

"나는 빌피나…… 죽어……."

다시 날아오는 화살을 같은 요령으로 피한다. 회피만 계속되고 반격에 나서지 못한다. 저만한 속도의 화살은 섣불리 거리를 좁히면 죽음에 가까워지기 때문이다.

(하지만 이대로는 이길 수 없어……!)

바위 바닥을 탁 걷어차고, 아리나는 빌피나에게 접근했다.

유지하고 있던 일정한 거리가 점점 좁혀진다.

빌피나는 딱 봐도 복잡한 생각을 할 수 없는, 비정상적인 괴력만을 보유한 마신이다. 이기는 것은 간단하다. 더 강한 힘이 있으면 된다.

아리나는 빌피나의 힘을 능가할 방법을 딱 하나 떠올렸다.

연이어 날아오는 화살을 피하며, 아리나는 순식간에 빌피나에게 다가갔다. 그곳은 이미 죽음의 영역이다. 한순간이라도 집중력이 끊기면, 빌피나의 동작을 놓치면 순식간에 죽는다.

"나는 빌피나…… 죽어."

피융! 빌피나의 화살이 날아왔다.

숨을 훅 내쉬고, 아리나는 온 힘을 다해 정면에서 그 죽음의 화살을 워해머로 내리쳤다. 꽝! 하고 엄청난 소리가 동굴 안을 뒤흔들었다.

──왜 아리나의 힘은 마신 시르하를 이길 수 있었을까?

마신 시르하와의 싸움에서 아리나가 그 힘을 이긴 이유는 알 수 없다. 하지만 그때 모종의 힘이 작용한 것은 분명하다. 막상막하였던 힘은 막판에 이르러서야 아리나가 우위를 점했다.

상위의 힘에 하위의 힘은 상대가 되지 않는다. 그것이 수수께끼로 가득한 스킬에서 유일한 밝혀진 진실이다.

그러니까 동급인 디아 스킬끼리 힘이 막상막하가 되는 것은 당연하다. 거꾸로 말하면 그 이상도 그 이하도 아닌, 어디까지나 그 힘은 막상막하여야 한다.

그렇다면 왜 아리나의 힘이 마신 시르하의 디아 스킬을 꺾었을까? 생각해 볼 수 있는 것은 아리나의 스킬이 디아 스킬보다 상위의 힘일 가능성뿐이다.

예를 들어 아리나가 가진 〈디아 브레이크〉가 어떤 조건에 의해 디아 스킬을 능가하는 것으로 '변이' 한다면——.

끼기긱! 하고 불쾌한 소리를 내며 화살이 워해머를 파고든다. 하지만 아리나는 계속해서 힘을 주었다. 워해머를 파헤치고, 죽음의 화살은 아리나의 어깻죽지를 스치며 날아간다. 그와 동시에 부서진 은색 망치도 하얗게 터지면서 안개처럼 흩어졌다.

"끄윽……!"

풍압에 날아간 아리나는 동굴의 딱딱한 바닥을 굴렀다. 살짝 스치기만 해도 아까의 극심한 통증이 되살아난다. 온몸에서 땀이 흐른다. 하지만 이 싸움에서 지면 어차피 죽을 거니까, 이미 그런 고통에 연연할 수는 없었다.

"나는 말이야, 그토록 고대하던 백년제를 방해받아서, 속에서 열불이 날 것 같다고……!"

불쑥 중얼거리고, 아리나는 이를 악물고 눈앞의 빌피나를 노려보았다.

"매번, 매번, 내 소박한 평온을 방해하고서, 거저 넘어갈 줄 알아……?!"

아리나는 손을 쑥 내밀고 악을 쓰듯 외쳤다.

"스킬 발동, 〈디아 브레이크〉!"

아리나의 스킬이 '변이' 하는 조건은 알 수 없다. 그러므로 아리나가 할 일은 하나뿐. '변이' 가 일어날 때까지 계속 싸우는 것이다.

"죽……."

기계처럼 똑같은 말만 반복하던 빌피나가 딱 멈췄다. 화살을 시위에 걸려던 손도 멈추고, 아리나를 바라보며 석상처럼 움직이지 않는다.

아리나의 손에 나타난 것이 평소와 같은 은색 워해머가 아니었기 때문이다.

그것은 눈부시게 빛나는, 황금색 입자를 입힌 황금색 워해머였다.

"죽…… 죽……."

마치 무언가에 겁을 먹은 듯 빌피나는 꼼짝도 하지 않는다. 그 대신에 초점이 맞지 않던 눈이 처음으로 아리나를 향했다. 두 눈에는 확실한 공포가 있었다.

"죽……!"

빌피나가 이전과는 다른 이상한 행동을 했다. 아리나를 조준하던 활을 돌린 것이다. 화살촉이 향하는 곳은—— 쓰러져 있는 루루리였다.

"!"

"죽어……."

빌피나가 시위를 당긴다. 깜짝 놀란 아리나는 땅을 박차지만, 화살이 시위를 떠나면 이미 끝이다. 그 흉악한 속도를 따라잡을 수 없다.

"큭……."

조급하게, 허둥대며, 무턱대고 루루리에게 달려갔다. 하지만 틀렸다. 늦는다──.

그때 문득 아리나는 근거 없는 확신에 사로잡혀 그 이름을 불렀다.

"제이드!"

그 순간.

아리나의 외침에 화답하듯 하늘을 가르며 날아온 대형 방패가 빌피나의 팔에 명중해 화살의 궤도를 살짝 틀어지게 했다. 거의 동시에 살인적인 바람 소리와 함께 발사된 화살은 루루리의 몇 걸음 앞을 파괴하는 데 그쳤다.

이를 확인할 틈도 없이 아리나는 방향을 빌피나로 바꾸고 있었다. 그동안에도 빌피나는 다음 표적을 향해 시위를 당겼다. 몸을 반쯤 일으킨 제이드였다.

"멋대로 굴지 마……!"

아리나는 낮게 신음하고 땅을 걷어찼다. 황금의 입자를 뿌리며 워해머를 높이 쳐든다.

"네, 상대는……!"

날아오는 화살의 정면에 끼어든다. 피융! 하고 화살이 발사

되고, 동시에 아리나가 망치를 휘둘렀다. 살인적인 빌피나의 화살과 아리나의 망치가 정면으로 충돌하는 순간——.

"나야!!!!"

묵직한 소리가 났다.

기세에서 이긴 것은 아리나의 워해머였다. 혼신의 일격이 은화살을 깨부쉈다. 황금색 워해머의 기세는 멈추지 않고 빌피나의 목에 박힌 검은 마신핵에 확실히 닿았다.

"그토록 기대하고, 야근도 애쓰고, 애쓰고…… 겨우 가게 된 백년제도 내던지고…… 내가 여기 온 이유를 알기나 해……?!"

쩌적, 쩌적! 아리나의 워해머가 마신핵에 작은 균열을 무수히 만들며 파괴해 나간다. 아리나는 악문 이 사이로 억울함이나 분노와는 다른 감정을 쥐어짜고, 눈을 부릅뜨고 온 힘을 쏟아부었다.

"나에게서 소중한 것을 빼앗는 것은…… 마신이든 신이든 절대로 용서하지 않아……!!"

워해머가 파고들 때마다 고통에 몸부림치는 빌피나의 비명이 동굴에 울려 퍼진다. 동굴이 들썩이고, 물이 떨어지고——.

"이제 그만, 네가 죽어어어어어————!!!!"

파직! 마신핵에 결정적인 균열이 생긴 순간.

"아……아아…… ."

빌피나의 힘없는 목소리와 함께, 그 몸은 안개처럼 흩어져 사라졌다.

　아리나는 빌피나가 사라지는 것을 끝까지 보고 나서, 쓰러진 루루리의 상태를 확인했다.

・　루루리는 기절하기만 한 것 같았다. 빌피나의 화살이 스치면서 아리나의 어깨에 생긴 상처도 그 주인을 해치우면서 깨끗하게 사라졌다. 안도의 한숨을 쉬고—— 다시 한번 주위를 둘러본다.

　푸르스름하게 빛나는 신비의 동굴, 벽에서 나는 빛을 반사해 반짝이는 푸른 물웅덩이, 그리고 여기저기 피를 뿌리고 쓰러진 시체 등등.

　피로도 확 몰려왔다. 아리나는 기절한 루루리를 등에 업고, 바닥에 방치된 로드를 챙기고서 마지막으로 그 녀석에게 향했다.

　"그리고 역시 예전처럼 살아있던 거네."

　완전히 뻗은 제이드에게 황당해하듯 말했다.

　"그래도 팔다리에 힘이 들어가지 않아……. 방패를 던질 수 있었던 건 기적이야."

　힘없이 대꾸하는 목소리를 듣고, 아리나는 엄지를 척 세웠다.

　"나이스 방패!"

　"아리나 씨, 용케 내가 아직 움직일 수 있는 걸 알았네."

"왠지 그럴 것 같았을 뿐이야. 바퀴벌레 같은 생명력을 가진 놈이 '뒷일을 부탁해.' 처럼 예쁜 말만 남기고 퇴장할 리가 없잖아."

"……."

뭔가 말하고 싶은 눈빛은 무시했다. 루루리를 내려놓고 쓰러지듯 주저앉은 아리나는 온몸을 짓누르는 피로감에 몸을 맡긴 채 멍하니 허공을 봤다. 몇 초의 침묵이 흐른 후, 승리의 여운도 사라지는 듯한 어두운 한숨과 함께 아리나는 중얼거렸다.

"결국…… 백년제…… 조금밖에 즐기지 못했어……."

피곤해서 몸이 무거운지라, 지금 당장 축제를 보러 갈 체력은 도저히 없었다. 모든 일정을 즐기기로 한 백년제지만── 첫째 날은 포기할 수밖에 없을 것 같다.

"미안해……."

왠지 모르게 제이드가 멋쩍은 듯이 고개를 푹 숙인다.

"마신도 말이야! 꼭 백년제 중에 부활할 필요는 없잖아……!"

아리나는 억울해서 목소리를 떨었다. 올해 백년제는 모든 일정을 즐기자. 그렇게 결심하고 오래전부터 준비하고 싸웠다. 그런데 첫날에 축제가 습격당하는 판국. 마신 부활까지 보너스로 붙다니, 대체 이거 뭘까? 무슨 천벌일까?

"이놈이고 저놈이고 항상 나를 방해하기만 하고 말이야. 대체 뭐냐고…… 뭐냐고──!!"

통곡과 함께, 아리나는 울음을 터뜨렸다.

# 45

"진짜로 하네."

일주일 전의 습격이 꿈인가 싶을 정도로 당연하다는 듯이 축제 분위기로 들썩이는 이피르의 큰길을 보며, 아리나는 반쯤 넋이 나간 투로 중얼거렸다.

이미 마신을 물리친 지 일주일이 지났다. 습격에 의한 혼란 속에서 강행된 백년제였지만, 둘째 날 이후의 개최에 대해서는 신중한 논의가 이뤄진 듯했다. 결국 백년제는 잠시 중지하고, 날짜를 변경한 일주일 뒤, 규모를 축소해 하루만 재개하기로 했다.

뭐, 전면 취소보다는 잘됐다. 그런 생각을 하며 아리나는 백년제를 구경하러 갔다.

습격 사건이 있었는데도, 여전히 큰길은 신나게 떠들고 노는 모험가들로 북적거렸다. 아리나는 첫날에 다 구경하지 못한 노점을 돌면서, 한 손에 생선 소금구이 꼬치를 들고, 다음 목표를 찾고 있었는데—— 바로 그때.

문득 주위의 풍경이 멈춘 것을 눈치챘다.

(이건…….)

술잔을 기울이는 모험가도, 힘차게 호객하는 노점 아저씨도, 애정행각을 벌이는 커플도, 모두 시간이 멈춘 듯이 정지했다.

아니, '시간이 멈춘 듯한 것'이 아니다.

"안녕, 아가씨."

예상대로 진짜 시간이 멈춘 풍경에서 나타난 것은 길드 마스터 그렌이었다. 그렌의 스킬 〈시구르스 크로노스〉에 의한 것이다.

주위 시간을 멈추고 '관찰'할 수 있는 시구르스 스킬. 현역 모험가 시절에는 무적의 스킬로 추앙받고, 그렌을 명실상부한 최강 모험가의 자리에 올려놓은 희귀 스킬이다. 하지만 시구르스 스킬보다 격이 높은 디아 스킬을 가진 아리나에게는 무효화된다. 지금 이 자리에서 움직일 수 있는 사람은 아리나와 그렌뿐이다.

"이번에도 신세를 졌군. 잠깐 고맙다고 말하려고 왔어."

"그런 일로 굳이 시간을 멈출 필요는 없지 않나요?"

"이렇게 해야 덜 번거롭지 않겠나?"

"그건, 확실히……."

고작해야 길드의 말단 직원에 불과한 접수원 아리나가 당당하게 길드 마스터와 대화하는 모습을 사람들이 보면 곤란하다. 안 그래도 제이드와 함께 축제에 있는 모습이 목격된 적도 있으니까.

"제이드 스크레이드한테도 그렇게 신경 써 달라고 말해 주세요. 어디서든 대놓고 말을 거니까……."

"하하, 그 녀석은 뭘 말해도 소용없어. 절대로 일부러 그러는 거니까."

역시나. 나중에 혼쭐을 내야지…….

"이번에는…… 아니, 이번에도 그런가. 엄청난 강적이었나
보군……. 제이드와 루루리는 그 이후로 며칠 동안 침대 신세
를 졌지……. 로우가 지원을 요청해 준 덕분에 영원의 숲에서
신속하게 치료실로 옮길 수 있었던 게 그나마 다행이었어."

아리나의 어깨에 손을 툭 얹은 그렌은 갈색 얼굴에 온화한 표
정을 짓고 웃었다.

"무엇보다도 모두가 살아 돌아올 수 있었던 것은 아가씨 덕
분이야. 고마워."

"이번엔 저 혼자 잘해서 이긴 게 아닌데요……. 그보다도."

아리나는 도끼눈을 뜨고, 머리 두 개만큼은 위에 있는 그렌의
얼굴을 노려보았다.

"이피르 카운터에 접수원을 늘려서 야근을 없애 주겠다던 약
속은 어떻게 된 거죠?!"

"어? 저기, 조금만 기다려 주게. 이쪽에도 여러모로 사정이
있다고."

"꼭 지켜주세요……!"

이를 악물고 낮게 으르대는 아리나에게 움찔한 듯, 그렌은 몇
걸음 뒤로 물러나 식은땀을 흘리며 빠르게 말했다.

"뭐, 이번엔 마신 토벌에 대한 감사를 전하러 왔을 뿐이니
까……. 아, 슬슬 다음 약속 시간이니까 가야겠어."

"꼭, 꼭이에요⋯⋯!"

"아, 알았어, 알았대도. 그러면 백년제를 잘 즐겨, 아가씨."

서둘러 자리를 뜨려던 그렌은 문득 발걸음을 멈추고 아리나를 돌아보았다.

"아, 맞다. 아가씨, 다음에도 잘 부탁하마."

"네?! 재수없는 소리 하지 마세요. 다음은 없어요."

"하하. 하긴 그런가."

얼버무리듯 웃으며, 그렌의 널찍한 등이 정지한 사람들 사이로 사라진다. 그 모습이 보이지 않게 됐을 때, 소리도 없이 시간이 움직이기 시작했다.

## 46

"음. 이제 하이라이트 이벤트 시간이네."

밤이 깊어지고, 백년제의 마지막 시간이 다가오고 있었다.

일정을 축소해 재개된 백년제는 둘째 날의 프로그램을 싹 건너뛰고 셋째 날의 내용만 진행하게 된 것이다. 아마도 모험가들의 의견이 많았기 때문이리라.

매년 셋째 날에 열리는 하이라이트 행사─── 진혼제만은 꼭하고 싶다고.

백년제는 이 진혼제와 함께 막을 내린다. 결국 모든 노점을 다 돌아보지 못한 아쉬움과 불만을 가슴에 품은 채, 아리나는 포도주잔을 비우고 서둘러 대광장으로 향했다.

(뭐, 백년제의 모든 일정을 즐긴다는 목표는 달성하지 못했지만, 가장 가고 싶었던 진혼제가 없어지지 않아 다행이…….)

"아리나 씨!"

안도하는 아리나의 등 뒤로 이제는 귀가 지겨운 남자의 목소리가 들려왔다.

"……."

순식간에 얼굴이 험악해진다. 어깨 너머로 돌아보니 제이드 스크레이드가 손을 흔들며 달려오고 있었다. 말 그대로 피투성이였던 남자가 불과 일주일 만에 멀쩡하게 뛸 수 있게 된 것도 이제는 익숙하다. 제이드는 아리나에게 달려오자마자 웃으며 폭탄 발언을 날렸다.

"하루 데이트의 절반만 했잖아? 아직 절반이 남았다고 생각했어."

"남지 않아! 하루는 하루, 그건 이미 끝났어!"

한숨을 푹 쉰 아리나는 문득 냉정해지더니, 제이드에게서 시선을 돌렸다.

"아무렴 어때. 잠깐만 같이 가자."

"어?"

자기가 쳐들어와 놓고서, 제이드는 놀란 듯 눈을 딱 두 번 깜빡였다.

"어? 그래도 돼, 아리나 씨……?"

"응."

아리나는 제이드와 함께 대광장으로 향했다. 어둠 속에서 찬란한 빛에 휩싸인 대광장에 도착하고, 입구 근처 노점에서 작은 병을 하나 샀다.

작은 금속 손잡이가 달린, 낮고 뭉툭하게 생긴 이 병은 평범한 병이 아니다. 렐릭의 기술을 응용해 만든 '라이트 보틀'이다. 만든 후 일정 시간이 지나면 내용물을 남기고 흔적도 없이 사라지는 이 병이 무슨 용도로 쓰이냐 하면, 백년제 이날밖에 안 쓰인다. 아니, 이날만을 위해 개발된 것이 틀림없다.

"이건……."

뭔가 말하려던 제이드는 입을 가물 아리나의 옆을 걸었다.

백년제 셋째 날에 열리는 진혼제.

순직한 모험가들의 영혼을 추모하기 위해 마법의 빛을 영혼에 빗대 라이트 보틀에 넣어 밝히고, 특설 무대에 모으는───그것뿐인 행사다.

중앙 광장에는 이미 수백 개의 라이트 보틀이 모여 은은한 빛의 집합체를 이루고 있었다.

셋째 날을 위해 만들어진 특설 무대도 그동안 덮여 있던 천을 걷어냈다. 대광장의 분수대를 나무의 큰 줄기로 보고, 거기에서 라이트 보틀을 놓을 수 있는 발판이 나뭇가지처럼 뻗어나가고 있다. 멀리서 보면 마치 빛으로 만든 큰 나무처럼 보인다.

분수대의 물도 라이트 보틀에 의해 반짝이며 환상적인 공간을 연출하고 있다.

하지만 그 주변은 이런 아름다운 풍경을 망치는 것처럼 땅바닥에 앉은 모험가들이 술을 마시며 소란을 피우고, 커플들이 애정행각을 벌이고 있었다. 죽은 모험가를 생각하며 눈물을 흘리는 사람은 한 명도 없었다. 그렇다고 그들이 결코 매정해서 그런 것은 아니다.

진혼제에는 눈물을 보이지 않는다. 그것이 오래전부터 이어진, 암묵적인 규칙이었다. 하늘나라로 떠나는 영혼이 외롭지 않도록. 남은 영혼이 언제까지나 슬픔에 사로잡히지 않도록.

"제이드, 마법 쓸 수 있지?"

아리나는 빈 라이트 보틀을 제이드에게 들이밀었다.

"빛을 켜 줘. 나는 마법을 배우지 않아서 못 해."

"내가 해도 되겠어?"

"응."

제이드가 라이트 보틀에 빛을 밝히고, 아리나는 그것을 특설 무대의 한쪽에 놓았다. 술을 사고, 찬란하게 빛나는 특설 무대를 멀리서 바라보며 돌로 포장된 광장 바닥에 앉았다.

"어렸을 때 알던 모험가가 한 명 죽었어."

"그렇구나……."

"그 모험가…… 슈라우드라고 하는데, 꽤 친했거든."

"……."

이상한 침묵이 흐른 후, 제이드는 "그렇구나."라고 중얼거리고, 더 깊이 물어보려고 하지 않았다. 아리나도 더 말할 생각이 없었다. 그저 같이 한동안 가만히 한 손에 술을 들고, 무수한 라이트 보틀이 만들어내는 빛의 풍경을 바라보며——.

"제이드는, 죽지 마."

문득, 무의식중에 그런 말이 입에서 나왔다. 몇 초간 침묵이 흐른 후, 아리나는 자신이 무슨 말을 했는지 깨닫고 왜 그런지 모르겠지만 얼굴이 화끈거렸다.

"어?! 아니, 아니야! 바퀴벌레처럼 질기니까 죽이려고 해도 죽지 않을 텐데! 아니, 네가 죽든 살든 나랑은 상관없어! 방금 말 취소! 취소야!"

팔로 X자를 만들고 허둥대는 아리나에게, 제이드가 환하게 웃었다.

"괜찮아, 아리나 씨, 나는 아리나 씨의 워해머 말고는 죽을 생각이 없어."

"취소라고 했지……!"

얼버무리듯, 아리나는 바닥에 대자로 누웠다.

"그나저나 결국 올해도 백년제를 즐기지 못했잖아——!!!!"

일어나자마자 큰 술잔을 꿀꺽꿀꺽 다 마신 후, 무릎에 얼굴을 묻고 몸을 웅크렸다.

"결국 첫날에 제이드랑 축제만 구경하고…… 이건 그냥 데이트잖아……. 맛있어 보이는 게 많이 있었는데, 찜한 게 많았는데, 3일에 걸쳐 먹거리를 모두 제패해 주려고 했는데……!

흑……흑…… 으아아아아아아앙!!"

"지, 진정해, 아리나 씨."

"저기, 혹시 이피르 카운터의 아리나 아가씨 아니야~?!"

아리나가 큰 소리로 울부짖고 있을 때, 왁자지껄한 목소리가
끼어들었다.

남자 모험가 몇 명이 이미 술 냄새를 풍기며 한 손에 술잔을
들고 아리나를 둘러싸고 있었다.

시시한 놈들이 여자를 꼬시려고 왔군. 제이드가 조용히 중얼
거리고 남자들을 노려보았다.

"이봐, 여자를 꼬시려면 딴 데 가서 알아봐. 아리나 씨는 지금
나랑 데이트 중이라고."

"진짜? 백은 나리잖아?! 뭐야, 제이드 씨와 좋은 사이야? 아
리나 아가씨도 결국 얼굴이냐~!"

"아뇨, 아닌데요."

그때까지 아이처럼 울며 난리를 치던 아리나는 순식간에 업
무 모드의 얼굴로 돌아갔다.

"거절할 수 없는 무리한 교환 조건이 걸려서 어쩔 수 없이 데
이트하게 된 거예요. 새로운 형태의 조건 만남이에요."

"저기, 아리나 씨. 그러면 내 평판이 떨어지는뎁쇼……."

"이 아가씨는 일을 무진장 잘한다고!"

갑자기 모험가들 사이에서 그런 말이 나오자 분위기가 확 바뀌었다.

"어?"

놀라서 눈을 깜빡이는 아리나의 앞에서, 그 한마디를 시작으로 모험가들이 차례로 고개를 크게 끄덕이며 큰 소리로 말하기 시작했다.

"무슨 소리야, 그야 당연하지! 어쨌든 항상 다른 접수원들보다 두 배나 빠른 속도로 발주를 처리하고 있으니까!"

"뭐, 그 대신 발주와 상관없는 잡담을 1초라도 하려고 하면 눈빛으로 죽이려고 들지만 말이야! 하하하! 그래도 일 처리는 빨라."

"항상 웃는 얼굴인데 왠지 무섭기도 하고 말이지! 그런데도 아리나 씨 앞에 줄을 서게 된단 말이지. 중독성이 있다고 해야 하나, 능숙하게 후다닥 처리하니까 보면 기분이 좋아진단 말이지."

"이피르 카운터는 엄청나게 기다려야 해서 예전에는 별로 갈 마음이 안 생겼는데, 아리나 아가씨가 오고 나서는 자주 가게 됐지."

"급할 때 정말 고맙단 말이지."

"나는 아리나 아가씨가 처음 출근한 날부터 봤다고. 그때는 필사적으로 일했는데, 어느새 능숙한 접수원이 됐어. 이 아저씨, 기쁘기도 하고 슬프기도 하고……."

모험가들 입에서 예상치 못한 평가가 연이어 쏟아져 나온다.

"어……?"

그 모습을, 아리나는 입을 반쯤 벌리고 멍하니 바라보고 있었다. 할 말을 잃었다. 그 옆에서 제이드가 왠지 모르게 자기 일처럼 만족스러운 듯이 웃고 있다.

"그렇대. 아리나 씨. 잘됐네."

"자, 잘되긴……."

왠지 모르게 얼굴이 빨개진 아리나는 무심코 고개를 돌렸다.

그렇게 생각하는 사람이 있을 줄은── 고맙게 여기는 사람이 있다고는 한 번도 생각해 본 적이 없었다.

그게 일이니까. 당연한 일을 했을 뿐이다.

월급을 위해, 안정된 생활을 위해, 정시 퇴근을 위해. 모든 것은 오로지 자신이 꿈꾸는 평온을 위해 일하고 있었다. 모험가를 위해 뭔가 한 적은 한 번도 없다. 그런데도──.

"아리나 아가씨는 말이지, 아무리 혼잡해도 거부하지 않아. 얼굴은 무서운데도 줄 끝까지 챙겨주고, 꼭 발주해 준다고. 다른 데 같으면 오늘은 바쁘니까 딴 데 가서 알아보라고 당연한 것처럼 말하는데……."

술기운에 하는 말이라곤 하지만, 그런 말을 들으니 왠지 모르게 가슴이 뜨거워졌다. 뭔가 알 수 없는 감정으로 마음이 가득 찼다. 따뜻하게 채워졌다.

마치 뜨거울 정도로.

불타오를 정도로 뜨거운…….

아아. 이것은…….

──분노다.

"아하…… 즉…… 당신들이 내 창구에서 열심히 줄을 서고, 열심히 야근할 일거리를 만들어 줬다는 뜻이구나……?"

중얼중얼 낮게 말하는 아리나의 목소리를 듣고, 옆에서 만족스럽게 고개를 끄덕이던 제이드가 깜짝 놀란 표정을 지었다.

"잠깐만, 아리나 씨. 이건 좋은 이야기일 텐데……."

"미담 따위는 필요 없어! 내가 원하는 건 정시 퇴근뿐이야!"

"어어……."

"내 일을 늘리다니……! 이 악물어, 쓰레기 모험가들아!!!!"

소리치고, 아리나는 빈 잔을 바닥에 세게 내려놓더니 주먹을 불끈 쥐고 콧김을 씩씩거리며 모험가들에게 덤벼들었다.

"멈춰, 멈춰! 아리나 씨!"

제이드가 황급히 아리나를 뒤에서 붙잡고 제압했다. 술에 취해 스킬 발동에 생각이 미치지 않은 것은 모험가들에게도, 아리나에게도 구사일생의 행운이었다.

"저기, 잠깐, 아리나 씨! 정신 차려! 진정해! 서두르지 마!"

"시끄러워! 너희는 내 창구를 노리고 줄 서지 말라고! 내 창구가 혼잡하면 신속하게, 자발적으로 다른 창구로 가라고! 나는 언제나 정시에 퇴근하고 싶다고!!! 내 야근을 늘리지 말라고오오오오!!"

"와, 기운 넘치는걸, 아리나 아가씨! 아저씨랑 팔씨름할래?"

매도당하는데도 오히려 기뻐하며 어깨동무를 하려는 모험가의 얼굴에 아리나의 주먹이 한 대 꽂혔다. 순식간에 주정뱅이들 사이에서 환호성이 터져 나오고, "잘한다, 아리나! 더 해!"라며 부추긴다. 신이 난 모험가들에게 둘러싸인 아리나의 악다문 이 사이로 원한에 사무친 소리가 낮게 깔린다.

"야근…… 야근 때문에……! 오랫동안 기대했던 이 백년제를 구경하는 것도 이만저만 고생한 게 아니라고……! 그런데도 반도 못 즐기고……! 뭐야, 나한테 무슨 저주가 걸린 거야?! 내가 전생에 무슨 짓을 했는데?!"

후반부에는 거의 울먹이며, 어깨를 들썩이고 눈을 촉촉이 적셨다. 그만큼 올해 백년제를 기대하고, 그만큼 노력하고, 온갖 방면으로 애썼다. 낮잠을 자도 매년 백년제를 즐길 수 있는 녀석들과는 마음가짐이 달랐다.

"아리나 씨 마음은 이해해. 내년에 즐기자, 내년에. 헉! 이봐, 아리나 씨는 지금 정서적으로 불안정하니까 저리 가."

"좋아! 얘들아! 훼방꾼은 물러가자!"

제이드에게 쫓겨난 모험가들은 "철수! 철수!"라고 이상하게 들뜬 기색으로 외치며 다시 밤의 축제로 향했다.

"아! 제이드, 이런 데 있었어요."

눈물과 콧물로 얼굴이 엉망이 된 아리나가 무릎을 끌어안고 징징대고 있을 때, 교대하듯 다가온 인물이 있었다.

"우리한테만 물건을 사게 시키고 자기 혼자 아리나 씨와 데이트하는 건 좀 아니야, 리더."

루루리와 로우다. 보아하니 제이드를 찾아다닌 모양인지, 양팔에 무거운 종이봉투를 들고 있는 로우는 다소 핼쑥한 얼굴이다. 한편, 옆에 있는 루루리는 최근 왠지 침울해 보이던 그늘이 사라지고, 개운해진 듯 밝은 표정을 짓고 있었다.

"윽, 들켰네."

당황한 제이드 옆에 있는 아리나를 발견한 루루리가 활짝 웃었다.

"마침 잘됐어요, 아리나 씨. 이제부터 축제 뒤풀이를 해요!"

"어……?"

그 말이 무슨 뜻인지 전혀 이해하지 못한 아리나는 눈물을 삼키고 놀라 눈을 깜빡였다. 그런 아리나를 보고 로우가 입꼬리를 살짝 올려 웃으며 말했다.

"축제가 끝나기 전에 가게에 남은 것들을 전부 사들였어. 남은 것이라서 한쪽으로 쏠린 감이 있지만, 축제 분위기를 좀 더 오래 즐길 수 있잖아."

"숙소로 돌아가서 거하게 2차 모임이에요!"

"2차…… 모임……?"

"가자, 아리나 씨."

멍하니 있는 아리나를, 제이드가 일으켜 세운다.

"모두와 상의했어. 이번에도 무사히 마신을 물리치고 모두 살아 돌아올 수 있었으니…… 뒤풀이를 하자고!"

그때. 그 말과 겹치듯 악단의 웅장한 나팔 소리가 울려 퍼졌다.

축제의 끝과 진혼제의 시작인 밤 12시를 알리는 소리다.

시끄럽게 떠들던 모험가들도 나팔 소리에 놀라 걸음을 멈추고 일제히 광장 중앙에 마련된 특설 무대로 시선을 돌렸다. 그리고 잠시 정적이 흐른 후——.

라이트 보틀이 하나둘씩 사라지고, 안에 있던 빛의 구슬이 풀려났다.

"오! 올라갔어, 아리나 씨!"

한꺼번에 하늘로 오르기 시작한 빛을 보고, 이제나저제나 기다리던 그 광경에 주위에서 환호성이 터져 나왔다.

"음, 환호성……?!"

죽은 자의 영혼을 추모하는 진혼제라고 해서 좀 더 엄숙한 분위기를 상상했던 아리나는 술집에서 소란을 피우는 취객들과 별반 다르지 않은 환호성에 깜짝 놀랐다. 황급히 주위를 둘러보니 기이한 광경이 펼쳐져 있었다.

이제는 소란을 떨 이유만 있으면 뭐든 좋다는 식으로 큰 소리로 노래하는 사람, 술에 취해서 알몸이 된 남자, 라이트보틀이 사라진 줄도 모르고 술을 들이켜는 사람, 손가락으로 휘파람을 부는 사람, 싸우고 주먹다짐을 벌이는 사람 등, 상당히 야만적이고 시끄러웠다. 차례차례 하늘로 올라가는 예쁜 빛 아래에서 너희는 대체 뭘 하냐고 호통을 치고 싶어질 정도로, 환상적인 분위기는 조금도 찾아볼 수 없었다.

"어, 어어……?"

그 광경에 아리나는 입을 딱 벌렸다. 그리고 깨달았다. 2년 전 진혼제에서 처음 보았던 빛의 천장은 멀리서 보았기 때문에 아름다웠던 것임을.

"잘됐네, 아리나 씨. 이것만 보면 백년제의 절반을 맛봤다고 해도 과언이 아니야. 즉, 올해 백년제는 전부 즐긴 셈이지."

"그럴 리가 있겠냐!"

제이드가 뭔가 좋은 느낌으로 마무리하려는 것을 가로막고, 제정신을 차린 아리나는 이를 악물고 밝은 하늘을 손으로 가리켰다.

"내년에는 기필코……! 내년에는 기필코 백년제의 모든 일정을 즐길 거야……! 저 빛에 맹세코……!"

"아리나 씨, 진혼제의 빛은 그런 의미가 아니에요."

"아, 진짜. 이젠 됐잖아. 2차 모임 가자. 팔 아프거든……?!"

그렇게 말하는 백은 멤버들과 함께, 아리나는 2차 모임으로 넘어가고자 길드 숙소로 걷기 시작했다. 진혼제를 보려고 광장에 모였던 사람들도 뿔뿔이 흩어진다. 일부는 아직 술이 부족한 것처럼 술집으로 들어가는 사람도 있었는데, 정말이지 기운이 넘치는 작자들이다.

(이게…… 진혼제…….)

상상을 초월하는 광경에 반쯤 넋이 나간 채 아리나는 멍하니 생각했다.

라이트보틀에 담긴, 슈라우드의 영혼을 상징하는 빛. 그가 죽은 현실은 쓸쓸한 것이라고, 아리나는 쭉 그렇게 여겼다. 그래서 진혼제를 통해 슈라우드의 영혼을 추모하면 뭔가 조금은 달라질지도 모른다고 생각했다.

(애초에 사실은 별로 외롭지 않은 걸지도 몰라.)

요즘은 특히나 그런 생각이 든다.

만약 혼자서 진혼제를 보러 갔다면—— 접수원들의 야근에 시달리면서 억지로 가서 혼자 떠오르는 빛을 바라봤다면 그렇게 생각하지 않았으리라. 외로움을 곱씹고, 슈라우드의 환영을 떠올리며, 조금은 우울해졌을 것이다.

하지만 현실은 어떤가. 결국 그곳은 시끄럽고, 끝없이 집요한 동료가 있었고, 야근을 늘리게 하는 모험가들이 자기들 듣기 좋게 떠들며 실실 웃는다.

짜증이 나고, 속이 터지고, 덕분에 조금도 우울해질 수 없다고 할까, 외로움을 느낄 겨를조차 없다.

(그렇구나. 난 외롭지 않구나.)

문득, 아리나는 뒤돌아서 밤의 어둠 너머로 사라져가는 빛을 쳐다봤다.

일은 결국 일이다. 그 이상도, 그 이하도 아니다. 자기 인생을 위한 일. 자신의 평온을 위한 정시 퇴근. 분명 그것은 앞으로도 아리나의 가장 중요한 목표이자 이상일 것이다.

　하지만 접수원이라는 직업을 통해 아리나는 안정된 삶과 월급, 그리고 수많은 야근 말고도 무언가 다른 것을 얻은 것 같다.

　——다른 사람과 함께 있는 것도, 별로 나쁘지 않을지도 모른다.

　문득 그런 생각이 들어서, 아리나는 입가에 미소를 지었다.

# 후기

안녕하세요. 오랜만입니다. 코사카 마토입니다.

1권에서 야근 묘사가 너무 생생하다며 사회인들을 들썩이게 한 본작의 2권은 어땠을까요? 이번에도 제 실제 체험을 바탕으로 사회에서 흔히 있는, 야근에서 흔히 있는 이야기를 가득 담아 봤습니다.

아니, 진짜로 있다고요! 이번 작품의 아리나 씨처럼, 몇 달 전부터 기대했던 이벤트를 앞둔 시기에 한해서 갑자기 상사가 떠넘기는 업무가! 밀려드는 잔업이! 휴일 출근이! 마치 딱 노린 듯한 타이밍에 마음속으로 'XX 상사아아아아아!!' 라고 분노의 포효를 지르며, 웃는 얼굴로 업무를 받습니다. 끄으으응…….

두말할 나위 없이, 2권에는 그런 원한이 잘 들어가 있습니다. 현실이란, 사회란, 이렇듯 자기 뜻대로 안 돌아가는 법이라는 것을……. 하지만 그날의 원한을 아리나가 성대하게 날려 주었습니다. 축제에 가서 잘됐네, 아리나 씨.

뭐, 이런 원망은 그만 칭얼거리고, 이번에는 루루리가 애써주었습니다.

이 작품의 독자님은 느끼고 있을 테지만, 이 작품은 게임 요소를 의식한 설정입니다. 역할이 정해진 게임 말이죠.

완전 물리 공격으로 패는 여자애의 이야기를 쓰면서 할 말은 아니지만, 사실 저는 힐러 직업을 고르기 쉬운 인간입니다. 이유인즉슨, 솔직하게 말해서 회복으로 동료의 위기를 구해서 '고마워' 소리를 듣고 싶기 때문입니다(흑심만 있는 더러운 인간입니다).

그러나 실제로 힐러를 해보면 '동료의 위기를 구하기' 가 무진장 어렵습니다. 보스의 공격 패턴을 숙지하는 건 당연하고, 아군의 장비와 행동을 통해 어떤 상황에서 위험해질지 상상해서 대비하지 않으면 동료의 위기를 좀처럼 구할 수 없었습니다. 어려운 보스가 상대면 파티가 금방 무너지고, 게임 오버가 뜹니다.

그렇게 되면 힐러가 재밌습니다! 자신의 지식과 경험(그리고 방대한 플레이 타임과 과금 등)을 전부 써서 죽기 살기로 동료를 회복하고, 죽기 살기로 전멸 직전인 파티를 살리고 싶어집니다. 이쯤 되면 집념. 힐러의 자존심이 생기면 끝장. 눈을 이글거리며 싸우게 되는 직업입니다. 이번 작품에서는 그런 힐러에 초점을 맞춰 봤습니다. 즐겁게 보셨다면 좋겠습니다.

자, 이번에도 담당 편집자 요시오카 님, 야마구치 님에게는 신세를 많이 졌습니다. 그리고 1권에 이어서 무진장 귀여운 그림을 그려 주시는 가오우 선생님, 2권을 출간, 선전해 주신 편집부 여러분. 그리고 무엇보다도 이 책을 집어 주신 당신에게. 진심으로 감사의 말씀을 올립니다. 현실은 자기 뜻대로 되지 않지만, 내일도 열심히 살아봅시다!

# 길드의 접수원인데,
# 야근이 싫어서 보스를 혼자 토벌하려고 합니다 2

2024년 12월 16일 제1판 인쇄
2024년 12월 20일 제1판 발행

**지음** 코사카 마토 | **일러스트** 가오우

**옮김** JYH

**제작 · 편집** 노블엔진 편집부

**발행** 데이즈엔터(주)
**등록번호** 제 2023-000035호
**주소** 07551 서울특별시 강서구 양천로 570 NH서울타워 19층
**대표전화** 02-2013-5665

**ISBN** 979-11-380-5524-6
**ISBN** 979-11-380-4224-6 (세트)

GUILD NO UKETSUKEJO DESUGA,
ZANGYO WA IYANANODE BOSS O SOLO TOBATSUSHIYO TO OMOIMASU Vol.2
ⓒMato Kousaka 2021
Edited by 전격 문고
First published in Japan in 2021 by KADOKAWA CORPORATION, Tokyo.
Korean translation rights arranged with KADOKAWA CORPORATION, Tokyo
through Korea Copyright Center Inc.